HEAVEN
萩原重化学工業連続殺人事件

浦 賀 和 宏

幻冬舎文庫

HEAVEN
萩原重化学工業連続殺人事件

1

祥子《しょうこ》の両親は電車の脱線事故で死んだ。十数人もの乗客が亡くなった大惨事だった。意識が戻った時、祥子は頭を包帯でぐるぐる巻きにされて病院のベッドにいた。数日後、包帯を取った自分の姿を鏡で見ると、自慢の長い髪は無残に刈られ、そして頭には醜い傷が残っていた。しかし祥子はその自分の姿を見ても、何も思わなかった。

急性硬膜下血腫の緊急手術を受けたのだと聞かされたのは、二ヶ月後、退院してからのことだった。

祥子は脱線事故の衝撃で、頭を強く打ったのだという。脳の血管が破れて、硬膜と脳の間に血が溜まった。だから頭を開いて、その血の塊を取り除いたのだ。

看護師は、毎日祥子にその日の日付を尋ねてきた。毎日、ここがどこだか言わされた。時々、簡単な計算もさせられた。ついうっかり日付や計算の答えを間違えると、即座に検査が始まった。主治医は、事故の後遺症で祥子の脳に障害が残っていないかを心配したのだ。だから祥子は、普段から何を訊かれても絶対に間違えないように神経を集中させていた。そうしていれば、日付もちゃんと言えたし、計算も間違えずにこなすことができた。

それでも祥子は思った。自分の脳にはやはり、障害が残っているのではないだろうかと。

祥子は、両親が死んだと聞かされても、まるで悲しくなかった。あんなに大好きだった、お父さんとお母さんなのに。

退院後、身寄りのない祥子は児童養護施設に引き取られた。施設にはいろんな事情の子供達が一緒に暮らしていた。施設に入って一年した時、祥子は日記をつけ始めた。祥子は感情を取り戻したかった。涙を流すのは、恐怖に震えるのは、満面の笑みで微笑むのは、そして誰かを愛するのは、一体どんな気持ちなのだろう。

自分を客観的に観ることが、感情を取り戻す手がかりになるような気がした。大学ノートにびっしりと刻んだ日記は、祥子の記憶と感情の断片だった。

日記などを書いている子供は、施設内で祥子だけだった。だから男子達はよく祥子をからかい、日記を取り上げ、皆の前で朗読した。でもそんなことをされても祥子は平気だった。抵抗もせず、ただ能面のような表情でされるがままになっていた。次第に男の子達も張り合いがないと感じたのか、祥子をからかうのを止めた。祥子は黙々と日記を書き続けた。だから祥子の視力は見る見るうちに落ちていった。

ある日、祥子は施設の保育士に連れられて、眼鏡を買いに行った。祥子は、どんな服が、どんな髪型が自分に似合うのか、まるで考えたことはなかった。手術のために丸刈りにされた頭は、いつの間にかおかっぱ頭になっていた。

保育士と眼鏡屋さんが祥子に『ぴったり』という眼鏡を選んでくれた。大きな、丸い眼鏡だった。祥子は鏡の中の自分を見つめた。これが自分だとは思えなかった。まるで他人のようだった。ではこの鏡を見ている自分は、毎日日記を書いている自分は誰なのだろうと考えた。答えは出なかった。

それでも祥子は、毎日日記を書き続けた。

星の綺麗な夜、男子達が外で遊んでいた。その様子を祥子はぼんやりと眺めていた。その時、誰かが、はしごで屋根に登ったら面白いぜ、と言い出した。男子達は有言実行とばかり、物置からはしごを持ってきて施設の壁に立てかけた。だが勇気のない彼らは、お前が登れ、否《いや》、お前が先だと、先陣を切るのをためらっていた。だから祥子が率先してはしごを登った。男子はそんな祥子を、あっけにとられた顔をして見ていた。

がたがたと揺れる不安定なはしごを登っても、傾斜がついた屋根に足を踏み出しても、祥子はまるで恐怖を感じなかった。

施設の屋根に寝転がって、夜の星々を見上げた。何十万年前の星々の光が、夜空に煌《きら》めいていた。あの星々はもうとっくに死んでいて、今、この瞬間には存在していないのかもしれない。そんなことを考えると、祥子はほんの少しだけ、不思議な気持ちになった。

その時、誰かがはしごを登ってきた。名前を青柳輝樹《あおやぎてるき》といい、よく年下の女の子を虐《いじ》めて泣かせていた。しかし今の輝樹は萎縮《いしゅく》した様子で、いつもの明るく、得意げな様子がまるで嘘のようだった。屋根に登るのが怖いのだ。

「お前、勇気があるんだな」

そう言って、輝樹は祥子の隣に横たわった。

輝樹と二人、暫《しばら》く無言で夜空を眺めていた。他の男子が登ってくる気配はなかった。すると下でクスクス笑いが聞こえてきた。輝樹が身を起こしてそちらに向かおうとしたが、遅かった。一瞬の隙をついて、下に残った男子達の手によってはしごが外された。彼らはカップル！　カップル！　と囃《はや》し立てながら、はしごを担いでどこかに行ってしまった。祥子と輝樹はたった二人、屋根の上に取り残された。

「おい！　待てよ！　戻って来いよ！」

みっともなくわめく輝樹に、祥子は言った。

「他人から意地悪される気持ちが、分かった？」

輝樹は背中を丸めながら、まったく立つ瀬がないといった様子で祥子の隣に座った。

やがて輝樹が無言で、祥子の手を握ってきた。その意味を祥子は知る術《すべ》もなかった。だから祥子は、輝樹にされるがままになっていた。でも次第に輝樹の掌《てのひら》が汗ばんできて、生暖かく気持ち悪くなってきたので、祥子はその手を振り解いた。

「ご、ごめん」

と輝樹は言った。いつものイジメっ子は、そこには存在しなかった。

「どうして、そういうことするの」

と祥子は訊いた。

「俺、俺ぇ――」

「何？」

突然、輝樹は祥子の方を向いて、こう言った。

「俺、お前のことが好きなんだ！」

突然の告白にも、祥子は動じなかった。

祥子は、他人の気持ちや、自分が他人からどう見られているかなど、まるで考えたことがすらなかった。

なかった。イジメっ子の輝樹にそんなふうに見られていたなんて意外だった、という気持ち

「だから何?」

「――いや、だから何って」

「私と、セックスしたいの?」

祥子はまだ小学生だったが、セックスが何かぐらい知っていた。輝樹はびっくりしたような顔をしたが、その表情は、次第に期待に満ちたようなものに変わっていった。

やっぱり『好き』という言葉は『セックスしたい』という意味なんだな、と祥子は思った。だけどそれを直接言ったら下品だから、大人はいろんな言葉に置き換えて誤魔化すのだ。

ゆっくりと、輝樹の顔が祥子に近づいてきた。輝樹の鼻息が、気持ち悪いような気がした。しかし祥子は、逃げなかった。屋根に登れば、怖いと感じるかもしれない。だから登った。でも怖いとは思わなかった。もし輝樹にキスされて輝樹を好きになったら、素敵だな、と祥子は思った。恋というものが、人間の中で一番尊い感情のように思えた。祥子は恋に恋していた。それが祥子にわずかに残った感情の欠片《かけら》だった。

祥子と輝樹の、唇と唇が重なった。モノを食べ、モノを話す身体の器官に、不思議な感触がした。これが恋なのだろうか、と祥子は考えた。

しかし唇を離しても、祥子が輝樹に抱いている感情は、キスする前のそれとまったく同じものだった。でも祥子は落胆することもなかった。落胆するという感情すらも、失っていたからだ。

その時、下で誰かが足を踏み鳴らしてこちらに近づいてきた。力強いそれは、大人の足音だった。輝樹はさっと祥子の上から退《の》いた。

乱暴に、屋根にはしごがかけられた。そして誰かが上に登ってきた。

「輝樹ぃ——お前」

「俺じゃない！　俺が悪いんじゃないよ！」

登ってきたのは保育士達の中でもリーダー格の氷田《ひた》光一《こういち》だった。彼は園長の息子だったから、彼がそういう地位にいることを誰も疑問に思っていなかった。

祥子達は氷田によって、すぐさま屋根から降ろされた。祥子はおとがめなしで、輝樹が一人怒られていた。普段の行いの結果が、こういう時に出るのだった。輝樹は不満そうに唇を尖《とが》らせてはいたものの、氷田の説教を素直に聞いていた。それが祥子とのキスの代償ならば安いものだと考えているのかもしれなかった。

ある日、祥子の友人のリエが施設の玄関先で、園長先生に頭ごなしに怒鳴られていた。リエは両親に虐待されてこの施設に入っていた。

園長の剣幕は尋常ではなかった。彼女は子供が何か粗相をするとすぐにヒステリックに怒鳴るけれど、しかしここまで怒っている園長の姿を祥子は見たことがなかった。

すぐに施設中の子供達が玄関先に集まってきた。そして皆、固唾《かたず》を呑んでことの成り行きを見守っていた。

「この人でなし！　犯罪者！　私はあんたをそんなふうに育てた覚えはないよ！　恩を仇で返しやがって！」

大人の、女の人が、そんな汚い言葉を使うのを、祥子は初めて耳にした。リエは手に、小さな、可愛らしい花柄の紙袋を持っていた。園長は、それを問答無用で取り上げた。そして乱暴にビリビリと破った。中から現れたのは、紙袋と同じような、花柄の便箋のセットと、そしてカラフルな筆記用具だった。

「私のお金で！　こんなものを買って！」

リエは施設のお金を盗んだのだ。彼女は泣きながら弁解した。

「――お母さんに、手紙を出そうと思ったの」

「便箋だったら、買わなくたって、施設にいくらでもあるでしょう⁉　何よ！　こんなものでお金を無駄にして！」

その時、遠巻きに見つめている子供達の中から、リエを擁護する声が上がった。

「いいじゃねえか！　それぐらい！　大した金じゃねえだろうがよ！」

輝樹だった。輝樹のその声を合図に、男の子達が、万引きするよりマシじゃん、と合いの手を入れた。

「うるさい！　黙りなさい！　あんた達、口が過ぎるわよ！」

それから園長は、リエに向き直って、言った。

「レシートはあるんでしょう？」

リエは必死に頷いた。

「じゃあ、今からお店に戻って、返品してきなさい」

リエは泣きじゃくった。そんなことできません、と必死に懇願した。

「何でできないの！　できないことないわよ！」

園長はリエを宥《なだ》め賺《すか》したが、リエは泣きじゃくりながらその場に立ち尽くし、一歩も動こうとはしなかった。そんなリエを見ながらも、やはり祥子は何も思わなかった。可哀想だとも、自業自得だとも、輝樹のように庇《かば》ってあげたいとも、思わなかった。

「もういい！　あんたなんか！」

「嫌！　嫌！　嫌！」

園長は、リエの腕を掴み、力ずくで外に引っ張っていった。リエは靴を履く猶予すら与えてはもらえなかった。靴下のまま、リエは外に放り出された。外はもうとっぷりと日が暮れていた。

園長に突き飛ばされ、リエは冷たい石畳の上に倒れ込んだ。リエは立ち上がった。そして泣きながらこちらに走り寄ってきて、懇願した。

「ごめんさい！　買ってきたもの全部、お店に返してくる！　だから私を捨てないで！」

園長はリエの目の前で、戸をぴしゃりと閉めた。そしてすかさず鍵をかけた。リエは半狂乱になって、泣きわめきながら戸を叩いた。

園長は、保育士達に命令した。

「勝手口を閉めて。ホールの窓も。あの子が入ってくるかもしれないから」

しかし保育士達はためらっていた。皆、何もそこまですることはないと思っているのだ。

「早く！」

だが、園長に逆らえる者など誰もいなかった。施設の窓も、扉も閉ざされて、リエは完全に閉め出された。

リエの泣き声は、いつまでもいつまでも施設の外から聞こえてきた。小さい子供達の中には、何が起こったのか完全に理解できず、リエのように泣き出す者までいた。園長はその子達に向かって、いい？　泥棒をすると、ああいうことになるのよ。だからあなた達は絶対に人の物を盗んじゃ駄目よ！　と鬼のような形相で言い諭していた。

祥子は、玄関にうち捨てられたパステルカラーの便箋を拾った。自分を虐待した親に手紙を送ろうとするリエの気持ちが、祥子にはまるで理解できなかった。

「祥子ちゃん」

優しい声がした。お母さんの声のような気がした。

園長だった。

「それを渡してちょうだい。明日、お店に返してくるから」

祥子は言われるままに、便箋を園長に手渡した。園長は優しく祥子の頭を撫《な》でてくれた。

「祥子ちゃんは、手がかからなくて、本当にいい子だわね」

リエに怒鳴り散らした、あの園長と同一人物だとは、とても思えなかった。

ご飯の時間になっても、お風呂の時間になっても、リエが許されることはなかった。最初はけたたましかったリエの声も段々とか細くなった。だが、完全に途切れることはなかった。

ごめんなさい。開けてください。ゆるしてください。そんなリエの声が、玄関の向こう側から微《かす》かに聞こえてきた。

皆が寝静まった夜、玄関の戸が開く音がした。祥子は寝付かれず、まだ起きていた。何となしに廊下に出て、玄関の様子を見に行った。涙で汚れた、死人のような顔のリエが玄関にいた。リエの側には、氷田光一がいた。

「さあ、おいで——皆寝ているから、静かにな。ご飯を食べて、そしてお風呂に入らせてあげる」

二人は廊下の向こうに消えていった。その後ろ姿を、祥子はずっと見つめていた。いつまでもいつまでも見つめていた。

夏休み、男子達は学校の宿題そっちのけで、朝から晩まで外で遊んでいた。祥子も輝樹に誘われて、その仲間に入った。リエも祥子の後をついてきて、男子のグループに加わった。

遊び場は、施設から少し歩いた所にある児童公園が多かった。できたばかりのジャングルジム。子供が乗れる鮮やかなピンクの象のオブジェ。ブランコは風で静かに揺れた。

でも、皆、そんなものには目もくれなかった。作られた遊具よりも、もっと面白いものが公園の向こう側に、それこそ山のようにあったからだ。

公園は森の中にあった。公園が、森の入り口のような形になっているのだった。小さな森だったが、子供の彼らにとっては、そこは正に一日がかりの冒険に値する場所だった。

擦り傷を作りながら木に登った。虫に刺され、虫を捕まえ、虫を殺した。そういう男の子がするようなことを、祥子は自分から率先してやった。わずかな小遣いで買った駄菓子を皆で食べた。施設の子だ、施設の子だ、と囃し立てる団地の子供達と戦争を繰り広げた。森の反対側に出ると、まるで見知らぬ街に来てしまったような、そんな錯覚を覚えた。リエはとても楽しそうだった。あの便箋の一件以来、施設の中で彼女はとても暗かった。そんなリエも、この公園で皆と遊んでいる時は光り輝いて見えた。

ならば私もそうなのだろう、と祥子は思った。暗いリエを見るより、明るいリエを見る方が、少しだけ優しい気持ちになれるような気がした。そのことに気付いた時、祥子は皆で駄菓子を買う時に、あまり自分の分は買わないで小遣いを少しだけとっておくようにした。まったく買わない時もあった。輝樹に、何でお菓子買わないんだ？　と訊かれたけれど、あまりお腹減ってないの、と答えて誤魔化した。

いつものように森を探検していたある日のこと、祥子は森の中に建っている、小さな洋館を見つけた。

森の中に、半ば埋もれるように建っていた。白い壁の周囲にはびっしりと緑の蔦《つた》が這っていた。森に食われているみたいだ、と祥子は思った。祥子はその場に立ち尽くし、洋館をじっと見つめた。この感じは何なのだろう、と暫く考え、施設の屋根の上から星々を見つめた時と同じであることに思い当たった。

立ち止まって洋館を見上げている祥子に、輝樹が近づいてきた。他の男子やリエも集まってきた。皆、森に浸食されている洋館を見つめ、押し黙った。

最初に口を開いたのは、リエだった。

「何だか、おばけが出てきそう」

「——誰か住んでいるのかなあ」

と輝樹が呟いた。

「空き家だから近づくなって大人は言ってるけど、空き家じゃないみたいだ。学校の連中が見たんだって。怪しい髭のおっさんがあの家に出入りしているのを」

と事情通の男子の一人が言った。

祥子は、男子達に背を向けて、洋館の方に歩いていった。

「おい、祥子！　待てよ！　待てったら！」

祥子は、男子達の制止の声など耳に入らなかった。祥子は洋館の玄関の前に立った。インターホンがあったので、それを押してみた。返事はなかった。ドアノブを握ると、ドアはあっけなく開いた。

祥子はためらうことなく洋館の中に入っていった。男子達も怖《お》ず怖《お》ずと祥子の後に続く。一番最後までためらっていたリエも、思い切った様子で屋敷の中に踏み込んだ。

人気《ひとけ》はなかった。廊下には埃が溜まり、天井には蜘蛛《くも》の巣も張っている。絵に描いたような空き家だ。人が住めるような家とは、とても思えなかった。

「ほんとに、こんな家に髭のおっさんなんかが住んでるのか？」

「きっとホームレスのおっさんが住み着いてるんだろ」

男子が後ろで話をしている。家の中は薄暗かったが、祥子は明るい方へ、明るい方へと歩いていった。すると、窓がある部屋に出た。そこから外の光が差し込んでいた。どうやら寝室らしく、ベッドがあった。薄汚れているけど、掃除すれば使えそうだ。

祥子はベッドに腰掛けた。スプリングがきしんだ。

ふと気付くと、さっきまでずっと側にいたリエが、寝室の入り口近くに立っていた。ベッドに座っている祥子から距離を置いているように見える。その代わりに、輝樹が寝室に入ってきて、祥子の足下の床にだらしなく座り込んだ。

輝樹はスカートから伸びる祥子の太ももを見つめていた。

「――帰ろうよ」

とリエが消え入りそうな声で言った。

「私、ここ、嫌い」

さっきまで、興味深げに屋敷の中を見回していたリエとは、まるで別人のようだった。祥子はベッドから立ち上がり、寝室を後にした。

結局、自分を怖がらせてくれるようなものは、何もなかった。

この家に足を踏み入れなければ、今でもこの洋館は、子供達の間で『髭のおっさん』が住む『恐怖の館』として恐れられていたに違いない。その幻想を、祥子があっという間に粉々にしてしまったのだ。

その時、祥子は、廊下の向こうに曲がり角を見つけた。そちらはまだ探検してはいなかった。祥子は、そうするのが当たり前のように角を曲がった。そこには上に続く階段があった。

祥子は階段を上ろうとしたが、リエが祥子の腕をぎゅっと摑んで制止した。

「もういいよ。本当にいいって。帰ろうよ」

気がつくと後ろに男子も集まってきていて、リエのように怯《おび》えた顔で、階段の上を見つめていた。

「知らない家の、二階って、何かがいそうな雰囲気がするよな」

と誰かが言った。皆がそれに同意した。

その時、階段の上で廊下が鳴るような音がした。その音を聞いて男子達が大声を上げた。

「こういう古い家は、あちこちがきしんで、音がするものなのよ」

と祥子は言った。だがその時すでに、男子は一人もいなかった。皆、一目散に外に逃げ出してしまったのだ。

「祥子、帰ろうって！　怖いよ！」

結局、リエが執拗に止めるので、二階の探検は断念した。外に出てから、改めて自分達がいた洋館を見上げた。二階の窓で、何かの影が動いたような気がした。きっと日の光の加減でそんなふうに見えただけだろう。祥子はそう思い、リエと共に施設に帰っていった。


数日後、夕暮れ時、祥子は皆の目を盗んで、一人で再びあの洋館を訪れた。皆があんなに行くのを嫌がる二階に、今度こそ上ってやろうと思ったのだ。

空き屋の前に立った時、後ろから祥子の名を呼ぶ声が聞こえた。

輝樹だった。

「一人で何しに来たんだよ。こんな所に」

「二階に上ってみようと思ったの」

「そんなことのためにわざわざ一人で来たのか？」

「誰か誘ったら、必ず止めるでしょう」

輝樹は、祥子が空き家に向かうことを期待していたのだ。だからこそ、途中で声もかけずに、こっそり後をつけてきた。そして祥子が期待通りに空き家に向かったので、心の中で快哉を叫んだに違いないのだ。

祥子は、輝樹に、あの時、屋根の上で訊いた質問を、もう一度繰り返した。

輝樹は何も言わなかった。俯《うつむ》き、下を向いていた。

祥子はゆっくり輝樹の手を引いて空き家の中に入っていった。あの階段へと続く廊下を素通りし、寝室へと向かった。

階段を上るのはいつでもできた。でも、異性と身体を重ねるのはそう簡単にできることではない。

輝樹が好きだという感情はなかった。好きという感情が何なのかすら分からなかった。だが好き同士の男女だけが身体を重ねることができるのは知っていた。ならば身体を重ねれば、結果として相手の男性を好きになれると祥子は思った。

寝室の、きしんだベッドの上で、祥子は輝樹を受け入れた。身体を切り裂かれる痛みを感じた。これが好きという感情なんだ、と祥子は思った。すべてが終わった後、輝樹は祥子をそっと抱き締めて、好きだよ、好きだよ、祥子、と言ってくれた。

その時、輝樹は、マットについた血を見つけて、びっくりしたような顔をした。そして、大丈夫だった？　と訊いてきた。祥子は頷いた。

祥子は、輝樹に、

「どうして私のことが好きなの？」

と訊いた。輝樹は面食らったような顔をしたが、暫く考えて、

「分からない」

と答えた。

暫くそのまま抱き合って、じっとしていた。二階に行ってみたいというささやかな好奇心は、霧が晴れたようになくなっていた。施設に帰る気にもなれない。いつまでも輝樹とここでこうしていたい。このままここで輝樹と暮らしたい。

祥子は言った。

「私も、あなたが好きよ」

輝樹は祥子の顔をじっと見つめた後、嬉しそうに祥子をぎゅっと抱き締めた。

2

有葉《あるは》零《れい》は今夜も獲物を探していた。

夜の街。月の出る夜。蒸し暑い夜。肌を露出した女達。行き交う男と女。すれ違う人々。男を誘うように歩く女達。女を物色する男達。誰も、零を見向きもしなかった。まるで零などその場に存在していないかのごとく、彼の前を行き交った。

零は、こんな名前だから、幼い頃から、数字のゼロにかけて、存在してない、存在が薄いとからかわれた。酷い時には幽霊の『霊』にかけられて、お化けだ、亡霊だ、などとイジメられた。そんな誹謗中傷を受けたのも、名前は元より、零の色白で細面の外見に起因していた。長めの美しいストレートの髪も、ひやかされる原因だった。男子でそんな髪をしている者はいなかったし、長い黒髪の向こう側から覗く白い顔は、正しく柳の木の下に佇んでいる幽霊のようだったのだ。

だが、時代は変わる。

思春期になると、零はぐんと背が伸びた。白い肌もある種、神秘的な輝きを放つようになった。その頃から、零は女子の視線を意識するようになった。ファッション誌を買い漁り、流行の服やアクセサリーにバイトの金を注ぎ込んだ。だが最も気を遣ったのは、髪の毛だった。流行の服やスニーカーを手に入れても、中学も高校も規定の制服があった。だから自由に自分を表現できるのは、髪の毛しかなかったのだ。

零は、これもまたファッション誌で見つけた、信用のおける一流の美容師を予約し、自分に合う髪型が何なのかアドバイスを受け、その通りに髪を切ってもらった。高校時代は、次々に彼女を替えた。スマートに女と別れられることも、零の才能の一つだった。零は得意になった。見た目を磨くことに、自分に釣り合う女子の品定めに夢中になった。成績はどんどん落ちていったが、下には下がいた。零はせいぜい、どん底に落ちないよう、ちょっとだけ努力すればよかった。だから大学受験に失敗しても、平気だった。浪人する生徒は珍しくなかったからだ。

そして、今、零はここにいる。女を、獲物を、見定めながら。

その時、携帯電話が鳴った。ディスプレイを見た。零は、ちっと舌打ちした。三日前にふった女からだった。どうせ、よりを戻してくれとの催促だろう。即座に電話を切った。自分はどうして駅前の広場なんかにいるのだろう、と思った。繁華街に行けば、可愛い女の子がいると単純に考えたのが間違っていたのかもしれない。

とぼとぼと家に帰った。零の好みのタイプは、清楚《せいそ》で自然な、黒髪の少女だった。そんな少女も、きっと今頃家にいるに違いない。間違っても、あんな繁華街で男の誘いを待ってはいないはずだ。

夜の住宅街は人が極端に少なかった。晩飯を食べていなかったことを思い出し、携帯の時計を見た。近所にショッピングセンターがあって、その中のファストフードのチェーン店は、この時間、まだ開いていた。

夜だからだろうか、店内は閑散としていた。平日の昼間にここで飯を食ったことがあるが、繁華街のこういった類の店とは、客層がまるで違った。家族連れや、買い物ついでに寄ったとおぼしき主婦のグループ。零のような若者は珍しく、何となく肩身が狭かった記憶がある。だが客が少ない今はそんな心配はない。

店に入った瞬間、零の視線は、視界の片隅に、ある客の姿を捉らえた。黒髪の、ボブヘアーの女だった。丸い眼鏡をかけている。歳は大体、零と同年代ぐらいだろうか。白いシャツを着て、黒いトートバッグを座席に置き、テーブルに何やら大きな用紙を広げている。そしてその用紙をじっと見つめながら、ハンバーガーをぱくついている。

どれも代わり映えしないハンバーガーのラインナップより、零の興味は、店にいる眼鏡の少女に向いていた。零はレジで手早く、これとこれのセット、と適当に注文を済ませた。

トレイに載せたハンバーガーのセットを持って、少女の斜め向かいの席に座る。ちらりと少女を盗み見ることを忘れなかった。

顔の造りも、胸の大きさも、及第点だった。少し厚い唇でストローを咥《くわ》えるその仕草も、とても色っぽかった。シャツにスカートといった、素っ気なく、野暮ったいとも言えるファッションも零好みだ。ダイヤの原石は、大げさに装飾しないで、素材の魅力を引き出すようにカットすべきなのだ。

零はポテトを食べると見せかけてＬサイズのコーラのカップを、わざと手の甲で倒した。コーラと氷が床に飛び散り、少女の足下まで広がった。

「あっ！　ゴメン！」

自然な感じで、零は立ち上がった。向こうのレジから慌てて店員がモップを持って駆け寄ってくる。零は床を拭き始めた店員のことなど目もくれず、少女に向かって話しかけた。

「靴、濡れてない？　もし駄目になっちゃったら、弁償するよ」

だが少女は、零の申し出に首を振った。そして、

「いいえ、結構よ」

と冷たい、まるで感情の消えたような声で、言った。

零は少女の反応に少し驚いていた。コーラが飛び散った瞬間も、この少女は顔色一つ変えず、テーブルに広げた用紙を眺めていた。どんな人間だって、目の前に何かが飛んできたら、さっと身を避けようとする。身を避けなくても、そちらをちらりと見るはずだ。

零は少女が食い入るように見つめている用紙を見やった。

それはどこかの街を写した航空写真のようだった。

「——それ、何の写真なんだい？」

その時初めて少女は、零の顔を見上げた。ダイヤの原石だった。

「あなた、ここに住んでるの」

「ショッピングセンターには住んでないぜ。そういうゾンビ映画あったけど」

脈ありと見た零は、すかさず自分のトレイを少女の横の席に移動させた。向かい合わせに座りたいのは山々だが、広げた写真が邪魔だった。

「そういうことを訊いてくるってことは、君はこの町内の子じゃないの？」

少女は零の質問には答えず、再び写真に視線を落とした。零はその視線を追った。そして少女と同じように、しばらく見つめた。

「え？　それって、この町内の航空写真？」

少女は軽く頷いた。

「どうして？　何で？　君、どこから来たの？」

「用があって来たのよ」

「友達に会いに来たのか？」

「友達はいないわ」

少女は写真を指さしながら、ここよ、ここに用があるの、と言った。

零は目をこらした。ただの民家のようだった。今いるショッピングセンターらしき建物は確認できたが、しかしそこは少女が指さしている場所から、遠く離れていた。

「交番で訊いたら？」

「あまり足跡を残したくないわ」

「俺はいいのか？」

「あなたは警官じゃないもの」

少女は冷たく、まるで感情を持たないふうに思えたが、その一方受け答えは飄々《ひょうひょう》として、まるでつかみどころがなかった。

「電話して、ここに迎えに来てもらったら？」

と言って、零は、しまった、と思った。少女が尋ね人に会えるかどうかなど、知ったことではないのだ。それに彼女が会おうとしている人物が男だったら、すべては水の泡だ。

だが、少女は意外な答えを返してきた。

「相手は、私のことを知らないわ」

じっと少女を見つめた。どこまでも白い肌だった。まるで作り物の皮膚のように思えた。

「どうして私のことを見てるの」

「いや――誰に、何の用があるのかなって思って。別に俺には関係ないことだけど」

すると少女は、零にこんなことを訊いてきた。

「あなた、新理司《しんりつかさ》って知っている？」

「ああ！」

零は思わず声を上げた。これで分かった。少女は新理司のファンで、直接自宅まで追っかけに来たのだ。そう考えれば、すべてに説明がつく。

どうしてもっと早く気付かなかったのだろう。少し野暮ったい服装に、眼鏡に、黒髪。読書好きの美少女の見てくれとしては、これ以上ないほどぴったりだ。

「知っているのね」

少女は写真から顔を上げて、零を見た。

「知ってるさ。有名人だから」

新理司の家は、風が吹けば飛んでいきそうなトタン屋根のバラック、とまではいかないが、それでも年季が入っていそうな、古い、木造の平屋だった。そして庭のあちこちには、乱雑にゴミ袋が放置されている。ゴミの分別が面倒なのか、ゴミ捨て場まで行くのが面倒なのか、それともゴミではなく新理司の貴重な財産なのか。

「君、新理司のファンなんだろう？　行かない方がいいと思うぜ。きっと偏屈だから、追い返されるに決まっている」

「どうしてそう思うの」

「そりゃ、偏屈じゃない普通の人間だっていい顔はしないさ。約束もなしに、突然家に行くなんて」

「そうじゃなくて」

「え？」

「どうして、私がファンだと思うの」

「ファンだから会いに行くんだろう？」

零は母親から、新理司は小説家だと聞かされた。驚いたが、半信半疑だった。小説家なんて人種が自分の町内にいるなんて想像もできなかった。本屋には沢山の小説が並んでいる。その小説の作者は、一体どこに住んでいるのだろう。本当はどこにも存在していないんじゃないか。零はそんなことを思うのだ。

零にとって、新理司はそれだけの存在だった。噂好きな母の話に、相づちを打って付き合ってやっているだけの。だが、彼の名を知っていることが、まさかこんなところで役に立つとは、思ってもみなかった。

しかし——。

「私は、新理司の小説なんて、読んだこともないわ」

「――え？」

戸惑う零に追い打ちをかけるように、少女は言った。

「私はある組織の殺し屋で、新理司を暗殺する使命を負って、この町に来たのよ」

零は思わず周囲を見回した。閉店間際の店内に、客は零と少女の他には誰もいなかった。レジに立っている、零と大して歳が変わらないであろう店員の男女は、もう客は来ないと判断したのか、たわいもないおしゃべりに興じている。

こんな閉店間際のファストフード店にいる零と少女のことを気にかける者など、誰もいなかった。

「面白いことを言うね、君は。でも冗談は、もう少し笑顔で言った方が、ウケると思うけどな。で、何で新理司は殺されるんだ？　何か悪いことでもしたの？」

「今はまだしてないわ。これからするのよ。新理司は、テロリストだもの」

「確かに、あいつは家にゴミを溜めている。近所に住んでいる人にとっては、まさにゴミテロリストかもしれないな」

「ゴミを溜めているの？」

少女は意外そうな顔をした。それが初めて零に見せた、少女の感情の機微だった。写真だけではゴミ屋敷とは分からないらしい。

「ああ。小説家なんてことより、ゴミを溜めているってことの方が有名なくらいさ」

少女は写真を丁寧に畳んで、黄色い封筒に入れて紐で綴じた。封筒をトートバッグの中にしまって、そして、

「調子に乗って小説なんか書くから、居所がばれるのよ」

とぽつりと呟いた。

少女は零に、それが当然のことのように、こう言った。

「新理司の家に案内してくれる?」


少女は祥子と名乗った。姓は分からなかったが、零はあえて訊かなかった。ファーストネームしか名乗らなくても、一夜の後腐れない付き合いには何も支障はなかった。

「少し、歩くよ」

「どのくらい」

「正確な距離は分からないけど、三十分、いや四十分はかかるかな」

本当は、徒歩でも二十分もあれば十分だった。だが零はわざと遠回りをした。

「こっちだよ。こっちから行けば近いんだ」

零は大ボラを吹いて、自宅の方へ祥子を案内した。そちらは新理司の家とはまるで正反対

だったが、知ったことではなかった。

「本当に、こっちなの」

と祥子が訊いてきた。彼女が先ほどの店で、熱心にこの町の航空写真を見ていたことを思い出した。目的地の大ざっぱな位置程度は、頭の中に入っているのかもしれない。

「組織、って何だい？」

零は話をはぐらかした。組織。そんなものは、三流のペーパーバックの小説か、チープなアクション映画か、もしくは少年漫画の中にしか登場しないというのは、これはもう常識のようなものである。

「組織は、組織よ。訊かない方が、身のためだと思うわ」

「その組織の正体を知ったら、僕も殺されるのかい？」

そうよ、と祥子は頷いた。

嘘に決まっている。ボブヘアーに眼鏡の殺し屋。もしかしたら、零の知らない漫画やアニメに、そういうキャラがいるのかもしれない。

「それって、コスプレ？」

祥子は意味が分からないといったふうに首をかしげた。あくまでもキャラ設定を徹底するつもりらしい。零はこの件に関してはこれ以上追及しないことにした。

程なくして、零の自宅に到着した。零は浪人生で実家に暮らしていたが、母は今週いっぱい韓国旅行に出かけていて留守だった。だからこそ、零は街に出かけ、女を物色していたのだ。誰の目も気にせずに、家に誘うことができるから。

零は門を開けて敷地の中に入った。だが、祥子はこちらに来ようとはしなかった。

「何だか、話に聞いていたのとは、大分違う」

確かに、ここはあんなゴミ屋敷ではない。

零は開いた門に手を置き、祥子を見つめ、微笑んだ。

「考え直せよ。君が殺し屋？　誰も信じないぜ。新理司は男だ。君みたいなか弱そうな女の子に、大人の男が殺せるとはとても思えないけどな。まさかそのバッグの中に武器でも忍ばせてるっていうんじゃないだろうな？」

「そんなものないわ」

「じゃあ、どうやって殺す？」

祥子は暫く、零を見つめた。そして言った。

「私はベニクラゲよ」

暫く、零は黙り込んだ。意味が分からなかったからだ。

「クラゲって、海にぷかぷか浮かんでいる、透明な、あれか？」

「ただのクラゲじゃないわ。ベニクラゲよ。寿命が来たら、ポプリという赤ん坊のような状態になって、人生をやり直すの。どんなに強くても、どんなに武器を持っていても、不老不死の人間には敵わない」

「君は死なないのか？」

　と零は訊いた。祥子は頷いた。

「じゃあ、この家の門をくぐってもいいという理屈になるな。君は絶対に死なない。だからもし俺が殺人鬼だったとしても、俺は君を殺せない。初めて会った男の家に不用意に上がり込んだって、何の支障もないだろう？」

「それとこれとは、話が別だと思う」

「じゃあ君は、俺の誘いを拒むのか？」

「私は新理司を殺さなければいけないのよ」

「一時間や二時間の遅れはどうってことはないさ。さっき暢気《のんき》に飯を食ってたじゃないか」

　祥子には、まるで感情がないように思える。だが感情がまったくない人間などいやしない。もしいたとしたら、会話など成り立たないだろう。祥子は、他の人間に比べて、少しだけ感情の機微が平坦なのだ。ならその微妙なところを見定めて、くすぐってやればいい。

　零は、祥子が殺し屋だなんて思ってはいなかった。殺し屋も、不死身の肉体も、ボブヘアーや眼鏡のようにキャラの属性に過ぎない。祥子の感情の機微――それは彼女の自尊心だ。生の自分を他人に曝《さら》すのは耐えられない。だって本当の自分は、ちっぽけな、まるでつまらない人間だから。だから人はキャラを作るのだ。たとえそれがどんな陳腐で幼稚なものであっても関係ない。キャラとして成立していればいいのだから。

「高校時代、友達に誘われて、秋葉原のメイド喫茶って所に行ったよ。一人のメイドが俺達の相手をしてくれた。友達が彼女の名前を訊いた。もう忘れたけど、もの凄く変な名前だった。次に年齢を訊いた。彼女、何て答えたと思う？　製造されてまだ二年です、だって。どこで作られたとか、某博士に作られたとか、その店のメイド服の女の子一人一人に、全部キャラ設定があるんだ。彼女達は、その設定内で客と接しなければならない。そういうルールなんだ。君は、不死身の殺し屋というキャラの、何なんだ？」

　祥子の、平静さを保っていた顔に、怒りが滲《にじ》んだ。滲んだように思えた。

「私は、本当に、不死身なのよ」

「でも、それを俺はどうやって確かめればいいんだ？」

　その零の質問に、祥子は答えた。

「殺してみれば」

零の部屋は二階にあった。二階の廊下には二つ、ドアが向かい合わせに存在していた。西側に一つ。東側に一つ。零は東側のドアを顎でしゃくり、

「こっちは弟の部屋なんだ」

と言った。

零は自分の部屋——西側のドアを開けた。壁一面に、ディズニーアニメのフィギュアが、パッケージに納められたまま、ぎっしりと並べられている。女の子に評判がいいのだ。

「これ何？」

部屋に入ってすぐに、祥子は白い壁を指さした。壁の至る所に——天井にも——小さな星形の、プラスティックのプレートが無数に貼られていた。

零は無言で、部屋の照明を消した。途端に、部屋中にぼんやりと、大小様々の百数十個の星々が浮かび上がった。前に付き合っていた女をこの部屋に連れてくると——さっき電話をかけてきた女だ——『プラネタリウムみたい！』と感動していた。

「夜光塗料の光って不気味だわ。何だか、おばけが出てきそう」

「ああ、そう」

零は再び照明をつけた。

「君の背後には、今まで君が殺してきた何十人もの人間のおばけが取り憑《つ》いているかもな。

でも君は、一番幽霊から縁遠い存在だろう？　死なないんだから。死なない者は、幽霊にもならない」

「違うわ。私は、今まで何度も死んでいるのよ」

「はい？」

零は思わず訊き返した。

「生きることは、死ぬことと同じ。こうしている間にも、私達人間の細胞は分裂を繰り返していくの。分裂を繰り返す度、ＤＮＡのカウンターは短くなっていく。カウンターがゼロになった時、人間は死ぬの。私達人間の寿命は生まれた時から決まっている。この瞬間も、今も、時間は刻まれている。タイムリミットに向けての、時間が。人間は、一秒一秒、死んでいっているのよ」

零はベッドに腰掛けた。柔らかな、清潔なベッドのスプリングがきしんだ。祥子はバッグを降ろして、床に座り込んだ。その太ももを、零は見つめた。

零は黙り込んだ。祥子も口をつぐんだ。沈黙が部屋を支配した。

二人の視線が交差した。

「君は、一体、何なんだ？」

「私は、祥子よ」

零は祥子の手を取った。そしてぐっとこちらに引き寄せた。祥子は抵抗しなかった。

ゆっくりと、祥子に口付けをした。不死身と自称する殺し屋とのキスの味は、今まで身体を重ねた女達のキスと、大差はなかった。否、もう少し幼いような匂いがした。

「不思議な味がする」

唇を離して、零は言った。祥子は答えなかった。

彼女の瞳。

そこに映る男の影。

それは零自身の影だ。

その影の零の瞳には、祥子が映っているのだろう。

その影の零の瞳の祥子の影の瞳には、零が——。

永遠の命など、いらない。永遠は、容易《たやす》く手に入るのだ。ただお互い見つめ合うだけで。

零は祥子を抱き上げた。

そして文字通り、ベッドに放り投げた。

「君が殺し屋だったら、俺に抵抗すればいい。俺を殺して、逃げ出せばいい」

そう宣告して、零は祥子に覆い被さった。

祥子は零を殺さなかった。抵抗すら、しなかった。祥子の身体は、祥子とのキスとまるで同じだった。初々しい、まるでまだ青い果実のような味がした。まだ誰にも踏み荒らされていない、神聖な少女。零は祥子を抱き締め、まるで初めて女を抱いた時のように、無我夢中になった。

祥子は零の手をそっと取った。そして自分の首に持っていった。最初は右手、次は左手。零はされるがままになっていた。

「私の首を絞めて」

零は祥子に言われるがままに、ゆっくりと祥子の首を絞めていった。圧迫している祥子の首が、喉笛が、器官が、気道が、そのまま零自身にシンクロした。

思った。祥子こそが、自分が探し求めていた運命の女性なのだと。今まで沢山の女を抱いてきたのは、祥子に会うための道程だったのだと。

「祥子――」

すべてが終わった後、零は祥子の名を呼んだ。祥子は答えなかった。

はっとした。

シーツに、血がついていたのだ。

「初めてだったのか？」

やはり、祥子は答えなかった。

「祥子？」

その時、やっと零は、彼女の異変に気付いた。

「祥子！」

零は祥子の身体を揺さぶった。

だが、祥子は返事をしなかった。その目は薄く開いたままだった。

唇から涎《よだれ》と共に舌の先が飛び出ていた。

彼女は死んでいた。


零は絶叫し、ベッドから転がり落ちた。祥子の首には、赤い、零の掌の痕が残っていた。

零が先ほどの行為で絞め殺してしまったのは明白だった。

零は避妊をしなかった。零の体液は、祥子の中に残っている。DNA鑑定されたら零が犯人だと知れてしまうに違いない。それだけではない。零は祥子とファストフードの店にいた。わざとコーラを床にぶちまけたから、店員にも覚えられているはずだ。つまり、第三者の目撃証言もある。完全にアウトだ。逃げ隠れはできない。

自分が殺したのだ。自分は、人殺しなのだ。

確かにこちらから声をかけた。でも向こうが断れば深追いはしなかった。祥子は嫌がる素振りを見せず、それどころかこちらを誘うような態度さえ見せた。挙げ句の果てには、殺し屋だの、不死身だの、訳の分からない戯言《ざれごと》をほざき、自分を煙《けむ》に巻いたのだ。

しかも首を絞めてと言ったのは、祥子の方なのだ。自分は、そんなことをする気は微塵《みじん》もなかった。つまりこれは、自殺幇助《ほうじょ》のようなものではないのか。こうなった責任の一端は、祥子の方にもあるのは間違いない。どうして自分だけが、すべての責任を負わなければならないのだろう。祥子は？　祥子の責任は？　殺し屋、不死身の身体。そんなキャラを自分に押しつけ、自分を惑わせた彼女の責任は？

罪悪感など毛頭なかった。祥子の死体を見つめ、零は、祥子こそ諸悪の根源だと決めつけた。この女に出会わなければ、自分は人殺しにはならなかった。それは厳然たる事実なのだ。

俺が悪いんじゃない――。

俺が悪いんじゃない――。

俺が悪いんじゃない――。

「おれが、わるいんじゃ、ない」

零は、祥子の死体を消すことにした。死体が消えれば、零が祥子を殺した事実そのものも、消えるのだ。ファストフード店の店員に目撃されていても、関係ない。そもそも接点など、何一つ無い二人なのだから。

近所に汚いドブ川がある。そこに放り込めば、死体は海に流れる。もちろん最終的には発見されてしまうかもしれないが、川から女の死体が発見され、そして仮に身元が判明しても、零の所まで捜査の手が伸びるとは考え難い。

零はすぐに行動を開始した。祥子が持っていたトートバッグの中を浚《さら》う。入っていたのは、財布と、携帯と、例の航空写真が入っている封筒だけだった。女は必ず、メイク道具や、鏡や、ハンカチをバッグにしまう。現に祥子は、派手ではないが、化粧をしている。メイクが崩れたら、一体、どうするつもりだったのだろう。

零は慎重にハンカチでくるみながら、指紋がつかないように財布を手に取った。財布の外面は男物のように素っ気なかったが、中には一万円札がびっしりと詰まっていた。思わず数えそうになったが、指紋がつきそうで止めた。

今まで零が抱いた中で、こんな大金を持ち歩いている女など、一人も存在しなかった。財布に入っていたのは現金と、先ほどのファストフード店のレシートだけだった。カードや、免許証の類も、一切存在しなかった。

零は、悪寒を感じた。こんな人間が、この世にいるのだろうか。

震える手で、携帯電話に手を伸ばした。街を歩けば使っているのをよく見かける、ありふれたキャリアの、ありふれたメーカーの携帯電話。やはり指紋がつかないように慎重に扱ったが、手が震えているので上手くいったかどうか自信はなかった。

零はメールや通話履歴や電話帳を呼び出していった。しかし、何のデータも残されてはいなかった。まるで新品の携帯のように、まっさらだったのだ。契約してから一度も携帯電話を使ったことがないとしか思えない。零のような年頃にとっては考えられないことだ。携帯電話を使わない主義の人間はいる。祥子もそうなのかもしれない。じゃあなぜ持ち歩いている？　それもキャラ設定の一環なのか？

「なにが不死身だ！」

零は半泣きになりながら祥子を蹴飛ばした。命の消えた祥子の腕が、だらりとベッドから落ちてぶらぶらと揺れた。

祥子の死体に服を着せた。そして死体の脇に手を入れて、引きずるようにして部屋から出した。信じられないほど重かった。生きていた頃は、易々とベッドに放り投げられたのに。

ずるずると祥子の死体を引きずりながら、ゆっくりと慎重に階段を下りた。玄関のドアを開けた。夜の闇は、先ほどとはまるで違って見えた。祥子の死体を、家の塀の内側に、寄りかからせるように置いた。

零は庭の、スチール製の物置に向かった。今はもう使わないが、捨てられない雑多な様々なものが、その物置の中に放り込まれていた。

物置の中には、丸められた電気カーペットが立てかけられていた。後になくなったことに気付かれても、母はまさか零の仕業だとは思わないだろう。

更に物置を漁ると、自転車の荷台に、荷物を固定する際に使うフック付きのロープが見つかった。零は覚悟を決めた。もうやるしかない。

祥子の死体をカーペットでぐるぐる巻きにした。そして荷台に、落ちないようしっかりとくくりつける。これで傍目《はため》には死体には見えないはずだ。カゴの中に、祥子のバッグを放り込んだ。自転車にまたがる。そしてペダルを踏みしめた。零は自分に言い聞かせる。今は夜だし、あそこは高い土手になっていて、人気は少ない。見とがめられる心配はないはずだ。

頭の中で土手への道筋を辿る。最短ルートをとりたいのは山々だが、その道には児童公園があった。こんな時間に遊んでいる子供などいないだろうが、夜の公園など不良共のたまり場だと相場が決まっている。現に零の中学時代の友人の斉藤晴彦《さいとうはるひこ》も、よくあの公園に仲間と集まってタバコを吸っている。そんな現場を通りかかったら、必ず声をかけられる。

公園を避け、車が通る国道を避け、交番なども当然避けるとなると、自ずと道すじは決まった。大丈夫。今の時間は、皆家にいるさ。見られる心配はない。そう自分に言い聞かせて、ペダルを踏み出した、正にその一瞬だった。

白いバンが零の目の前を通り過ぎていった。運転しているのは、咥えタバコの初老の男性だった。短い顎鬚《あごひげ》ともみあげが繋がっている。作業着のような服を着ているので、どこかの業者なのかもしれない。

そこまで零が冷静に運転者を観察できたのは、一瞬、こちらをちらりと見た彼と目が合ったからだ。

見られた。零はそう思った。身体の震えが止まらなかった。もちろん車を運転している者が、周囲に気を配るのは当然かもしれない。でも、理屈ではなかった。

零は、ぼろぼろと涙を流しながら、自転車を漕ぎ出した。見られたからといって、今更止める訳にはいかないのだ。

ふらふらと蛇行運転を繰り返し、それでも何とか自転車を前に進めた。暗い夜道。人通りが少ない住宅街。いつもの自転車を漕ぐスピードなら、数分とかからずに土手に辿り着けるはずだった。だが後ろに死体を乗せていては、それもままならない。

思う。この荷台の重さは、自分の罪の重さだ。だからどんなに重くても、それを背負って、運ばなければならない。どうせ一生ついてまわるのだから。

寂《さび》れた小さな工場に差し掛かった。この廃工場は取り壊して、駐車場にすると聞いている。

向かいにあるコンビニが不安だったが、距離があるし客もいないようなので、目撃されることはないだろう。

――その時。

「――おい！　おーい！　零じゃねえか」

背筋が凍り付いた。心臓を鷲づかみにされそうになった。

その声は、工場の中から聞こえてきた。思わず我が耳を疑った。この工場の中には、誰もいないはずなのに。

零はゆっくりと、まるでネジを回すようにそちらに首を向けた。

暗闇の中から、静かに人影が姿を現した。

そこにいたのは、あの斉藤晴彦だった。

髪を目にも鮮やかな金髪に染めた晴彦は、手にタバコを持っていた。そして、人なつっこい笑顔で零に近づいてきた。

「何で――何で――」

「あ？」

「何で、そんなところに――」

「ああ、前、公園でタバコ吸ってたら補導されちまってよ。だから場所変えたんだ。ここいいぜ。人来ねえし、屋根あるしよ」

馬鹿な。これではわざわざ公園を避けてこっちを通った意味がまるでないではないか。

晴彦の後ろから、蛍のようなタバコの光が、もう一つ現れた。だぶだぶのトレーナーを着た、茶色い髪の女の子だった。女の子は、タバコを燻《くゆ》らせながら、

「ねえ、その人、だあれ？」

と晴彦に訊いた。

「ああ、こいつ。俺の中学の時の同級生。零っていうんだ。どういう字書くと思う？」

「幽霊の霊？」

「違うよ！　なんと数字の零だぜ！　まあ幽霊の霊よりましだけどよ！　だからこいつのあだ名、ゼロって言うんだ。なあ、ゼロ？　この子、春菜《はるな》って言って、今付き合ってるんだ。今度お前の彼女も仲間に入れて、皆でデートでもしようぜ。ところでお前、そのカーペット、何だよ？」

零は一目散に自転車をUターンさせた。

「おい、何だよ。零、どうしたんだ⁉」

背後から聞こえてくる晴彦の声を振り切るように、無我夢中で、今きた道を引き返した。

自宅に戻った零は、ほとんど放心状態だった。死体を捨てに行く途中で顔見知りに目撃さ

れて引き返すなんて、こんな間抜けな殺人者はいないだろう。

ふと気付くと、カーペットの中から祥子の手が突き出ていた。零はその手を中に押し込める気力すらなかった。

庭にカーペットごと祥子の死体を放り投げた。祥子のバッグも。そして玄関に飛び込んで、すかさず鍵をかけた。しゃがみ込んで肩で息をする。もう嫌だ。祥子と一緒に死んでしまいたい。そう心から思った。

自首するしかない。

晴彦など無視して、あのまま川に行けばよかった？　しかし、川に死体を流したところで、必ずどこかで見つかるのだ。

『カーペットにくるまれた、若い女性の強姦死体を沖合いで発見』

そんなニュースの見出しが頭にちらついた。証拠は山ほどある。死体に残された零の体液。ファストフードの店員に、晴彦とその彼女という目撃者。覚悟を決めるしかない。犯行がまだ発覚していないうちに自首しなければ、意味がないのだ。

零は震える手で、玄関先の電話機を手に取った。受話器を持ち上げ、生まれて初めて110番に電話した。

少年院では女の子を抱けないな、と思いながら。

警察はすぐにやってきた。

死んだように玄関にうずくまっていた零は、ゾンビのように立ち上がり、ゆるゆるとドアを開けた。

サイレンを鳴らしてやってくると思ったが、静かなものだった。その代わり、パトカーの赤ランプが眩《まぶ》しかった。

近所の住人達も、何が起こったのかと顔を覗かせている。制服警官が数名と、スーツを着た二人の男がいた。歳をとったのと、若いの。刑事だ、と思った。

「あんたか？」

と若い方が慇懃無礼《いんぎんぶれい》に零に訊いた。零は死にそうな声で、そうです、と答えた。

「死体は、どこに？」

「すぐそこの、庭に――」

二人の刑事はすぐに庭を見に行った。刑事達と入れ替わりに玄関に制服警官が入ってきて、零は取り囲まれた。手錠をかけられるかと思ったが、それはなかった。だが万が一、零が逃げ出しても取り押さえられるように、警官達はがっちりと周りを固めている。

零は俯きながら、言葉にならない言葉を口の中で呟く。俺はもう、お終いだ。

「おーい」

遠くから——実際はすぐそこの庭からだが、零にはとても遠くに聞こえた——若い方の刑事の声がした。

「どこだ？」

零は、ゆっくりと顔を上げた。

刑事が玄関に顔を見せた。憤った様子を隠せない様子だった。

「どこにあるんだ？」

零は刑事を見つめた。

「死体なんて、どこにある！　そんなもの、どこにもないぞ!?」

刑事が喋っている言葉の意味が、まったく分からなかった。ああ、カーペットにくるまっていたから、分からないんだな、と思った。

零は制服警官に腕を捕まれ、決して逃げ出さないように拘束されたまま、玄関から庭に足を踏み出した。

少し雑草が伸びている、見慣れた庭に、乱雑にカーペットが広げられている。しかし祥子の死体は、どこにも存在しなかった。

「嘘だ！」

零は叫んだ。

「ここに、ちゃんと死体があったんだ！　俺はそれをカーペットでくるんで川に捨てようとしたんだ！」

二人の刑事も、警察官も、その場に仁王立ちし、零の顔を睨《ね》め付けていた。

死体が、死体が、俺が殺した祥子が——と譫言《うわごと》のように呟く零を尻目に、警察官達が刑事に、どうします？　と訊いていた。

「一応、家の周りを見てこい」

と年上の刑事が命じた。それで警官達は、庭中、死体を捜した。捜査令状があれば、家の中も捜索せんばかりの勢いだった。

しかし祥子の死体は、どこにもなかった。

まるで文字通り、煙のように消え失せていたのだ。

「そんな——そんな——そんな——」

零は、祥子を殺した感触が未だ残る掌を見つめながら、呆然とその場に立ち尽くした。

祥子の首をぎゅっと絞めた。祥子をカーペットに包んで、抱え上げた。あの感覚は、決して幻なんかじゃない。

それなのに——。

「おい！　イタズラか⁉　罪になるんだぞ⁉　そういうのは！」

若い刑事が、零に怒鳴り散らした。

「違う！　俺は本当にあの女を――祥子を殺したんだ！」

「なら、その死体はどこにある？」

「それは、それは――」

その時、零は野次馬達の中に、春菜の姿を見かけた。不安そうにこちらを見つめている。

そうだ、晴彦達なら――。

「あの子だ！」

零は春菜を指差した。春菜は身体をびくっとさせた。

「俺は祥子の死体を川に捨てようとした。でもできなかった。あの子に見られたからだ！

あの子と、晴彦に！」

零は無我夢中で春菜に駆け寄った。そして春菜の肩を摑み、責め立てるように詰問した。

「なあ！　君、見ただろう⁉　俺が自転車でカーペットを運んでるのを！」

春菜は目をむいた。零の剣幕に押されて、まるで声が出ない様子だった。

すぐに警官達もやってきて、二人を囲んだ。

「君、本当か？　彼を見たのか？」

「は、はい――」

「見たのか？　見てないのか？　これは重大なことなんだよ」

警官に問い質され、春菜はこくりと頷いた。

「見ました。自転車を漕いでたんです。後ろに重そうなカーペットを乗せて」

年上の刑事が、今度は零に訊いた。

「何故カーペットを運んでいたんだ？」

「――だって、死体をそのまま運ぶ訳にはいかないし」

死体？　と春菜は呟いた。

「君は、死体を見たのか？」

若い刑事が春菜に訊いた。春菜はぶるぶると首を横に振った。

「いいえ、そんなの！」

「彼女は、死体なんて見てないって言ってるぞ」

「だから言ったじゃないか！　カーペットに丸めて運んだって！　こっちに来てくれよ！」

零は春菜の手を引いて庭に連れ込んだ。その後をぞろぞろと警察官達がついてくる。

零は広がったカーペットを丸め、まるでバウムクーヘンのようになったその先を春菜に見せながら、必死に説明を始めた。

「丸めたカーペットの太さはこんなもんだ！　中に何も入っていないから！　でもさっきは違った！　死体を中に入れて巻いたから、今よりずっと太かった！　そうだろう⁉」

「そうなのか？」

　と刑事達が春菜に尋ねる。

「よく分かりません。そう言われればそうかもしれないけど——辺りは薄暗かったし——」

　畜生！　零は心の中で叫び、晴彦を探した。見つけた。門から垣間見える野次馬の一番後ろから、ちょこんと顔を出していた。目が合って、しまった、と言いたげな顔をした。

「あいつだ。あいつを連れてきてくれ！」

　すぐに晴彦は、警官によって庭に連れてこられた。

「晴彦も、この子と一緒に見てたんだ。俺が死体を運んでたのを」

「死体だって？」

　晴彦は目をむいた。春菜とまったく同じ反応だった。

「そうなのか？」

「えっ——このカーペットを運んでるのを見ただけだよ。てっきり、粗大ゴミを不法投棄しに行くんだと思った」

「君らは、どこでそれを見たんだ？」

「あそこの、工場で」

「そんなところに入っちゃ駄目じゃないか！」

「え、でも――」

春菜が何か言いたそうな素振りを見せたが、説明するのが億劫《おっくう》といった様子で黙り込んでしまった。

若い刑事は、春菜と晴彦の身体をくんくんとかいだ。

「お前ら、ヤニ臭いな。吸ってたのか？　未成年じゃないのか？　お前ら三人で、警察をからかおうって腹か？」

「違うよ！　俺は関係ねえ！　死体なんて知らねえよ！」

晴彦と若い刑事が言い争いを始めた。年上の刑事が零に訊いた。

「君が殺したっていう、その子の氏名は？　住所は？　電話番号は？」

零は黙り込んだ。そして祥子の携帯電話のことを思い出した。データがまっさらと言っても、番号はあるだろう。こんなことになるのだったら控えておけばよかった。

「祥子、っていう名前しか知らない」

刑事は、小さくため息をついた。

「日本中に祥子っていう女が何人いると思う？　住所もない。電話番号もない。死体すらない。君は、一体警察にどうしろと？」

できるだけ罪を軽くしたいから自首したと言おうとした。しかし、もはや零の口からは何の言葉も出てこなかった。

「殺した子の、写真もないのか？」

零は頷いた。

「君の家族は？」

「母親は、今、韓国に旅行に行ってる」

「連絡は？」

「携帯がそのまま通じる」

「連絡してくれ。お母さんと話がしたい」

その年上の刑事は名前を近藤《こんどう》と言い、警部補だった。零は電話帳から母の番号を呼び出して、近藤につき出した。近藤は零から少し離れた場所で、電話をかけていた。

晴彦が非難めいた目で零を見ていた。零は顔を逸らした。

近藤は、たっぷり三十分近く母と電話で話していた。通話料金を気にする心の余裕は、今の零にはなかった。その間、晴彦も春菜もこの家に足止めされた。パトカーの赤いランプは、次から次に野次馬を呼び寄せた。

通話を終えた近藤がやってきた。そして静かな顔で零に問い質した。

「君は、入院してたのか？」

さあーっと顔が青ざめるのを感じた。

確かに高校時代大きな手術を受けて入院していたのは事実だ。だがちゃんと高校は卒業したし、第一、それとこの祥子の一件とは何の関係もない！　零は酷《ひど》く理不尽な気持ちになったが、しかし上手く刑事に反論できず、そうです、と認めることしかできなかった。

近藤は若い刑事に言った。

「帰るぞ」

「え？　いいんですか？」

「ああ　もういいんだ」

零は驚いた。たとえ死体がなくとも、人を殺したと言っているのだ。逮捕されるかどうかは別としても、警察署で取り調べぐらいしてもいいのではないか。

「君らも、もう帰っていいぞ」

晴彦も春菜も、その近藤の言葉でようやく解放された。晴彦は刑事達に不満たらたらの様子だったが、おとなしく帰っていった。どうやら喫煙の件はお咎《とが》めなしだったようだ。

「あんまり変なことやって、お母さんを泣かすんじゃないぞ」

去り際、近藤は零にそう言った。零は、その言葉に答えることもできなかった。

刑事達がパトカーに乗って去っていくと、次第に野次馬達もその場を後にしだし、最後に残ったのはポニーテールの若い女性だった。

零のことを、じっと見つめていた。単純に顔の造りだけとらえれば、完全に零のストライクゾーンだっただろう。だが零は、彼女のことをくどく気になどなれなかった。いくら美人といえども、ご近所さんと関係を持つ気はない。

彼女は向かいの瀬田という家に住んでいた。だが瀬田の家族ではなく、住み込みの家政婦だった。瀬田家はこの街で一番大きな邸だった。彼女は――一度母から名前を聞いたことがあるような気がするが、思い出せない――零の顔を穴の開くほど見つめてから去っていった。

空を見上げた。

月が綺麗だった。

涙が出た。

「祥子――」

今まで何度も女を抱いた。でもこんな気持ちになったのは初めてだった。

「どうなってるんだ？　生きているなら、生き返ったのなら、もう一度俺の前に姿を見せてくれよ――なあ、頼むよ――祥子」

祥子と出会ったことや、祥子を殺したことはもちろん、さっきまでこの庭や家の前の道路に、人が大勢押しかけていたのが、まるで夢の中の出来事のように思えてならなかった。あれは本当の出来事だったのだろうか。

自分は、それらの記憶を持って、今この瞬間に、ここに生まれてきたのではないのか。あの一切合切が現実だったという保証が、一体どこにあるのだろう。あるというのなら、誰かそれを教えて欲しい。零は心の底からそう思った。

3

（ノート）

あの爆発から生き延びた僕は、今日に至るまでの日々をこうしてノートに書き記している。僕がどこに潜んでいるかなんて、どうか詮索しないで欲しい。ただ僕は君に、僕の人生の意味をどうしても伝えたかった。

それは君にもかかわる重大な話なのだから。

見知らぬ街の、川辺の段ボールに住んでいるホームレス達と仲良くなって、お金の稼ぎ方を教えてもらった。君と一緒に街を歩いた時、人々は僕のこの醜い顔を見て目を背けたけど、世間からはじかれた彼らはこんな僕を優しく迎えてくれた。ノートとペンと、そして君へのプレゼントを買ったら、一ヶ月分の稼ぎは全部無くなった。でも僕は嬉しい。生まれて初めての女の子へのプレゼントだ。気に入ってくれるといいけれど。

僕はずっと引きこもりだった。

学校にも行っていなかったし、働いてもいなかった。毎日毎日、埃のたまった自分の部屋で膝を抱えて蹲《うずくま》っていた。どうしてそうなったのかは分からない。気がついたら、僕はそんな生活を送っていた。

僕には兄がいた。双子の兄が。兄の名前は零で、僕の名前は一《はじめ》という。数字の0と1だ。有るか無いかの、二進数の兄弟。0と1では、当然0の方が存在感が薄いような気がする。1は少なくとも0よりも大きい数だからだ。

でも現実の世界に存在するのは1ではなく0だった。僕は引きこもりだけれども、零はそうではなかった。外の世界と接触しない人間は、存在しない人間と同じ。恐らく長い時間をかけて書くだろうこの手記を、もし君に読んでもらえなかったら――こんなものは最初っから存在しないことになる。それを想像しただけで気が狂いそうな気持ちに襲われるけど、今は君が読んでくれることを信じて筆を進めるしかない。

部屋の出窓には沢山の雑誌が積み重なり、まるで山のようになっていた。重みのせいか、てっぺんは崩れて、何冊か床に散らばっている。僕は雑誌を元に戻すために立ち上がった。殆どが、いけすかない顔のモデルがスーツを着こなしているファッション誌だった。僕はまるで読んだことがなかった。きっと零のものだろう。

床の雑誌を残らず拾い上げた。薄い雑誌といえども何冊も纏《まと》めると結構な重さだった。殆ど身体を動かしていない手首が、ズキズキと痛んだ。

雑誌で半分ほど塞《ふさ》がれた窓から、外を眺めた。お向かいさんが見えた。瀬田さんの屋敷――君が住み込みで働いている家だった。どんな仕事をすれば、あんな大きな家に住めるのか、僕はそんな好奇心と羨望《せんぼう》が入り交じった眼差しで、瀬田家を見つめた。

そして僕は君を見つけた。

あの瞬間は、昨日のことのように思い出せる。君は長い髪をアップにした、ポニーテールの髪型をしていた。恐らく仕事がし易いようにだろう、長袖の上にベストのようなニットを着て、ズボンを穿《は》いた、少年みたいな格好をしていた。その瞬間、僕は君を好きになった。君に恋したんだ。

君は、ズボンが汚れるのも厭《いと》わずに、庭の片隅に膝をついていた。そして庭仕事をしていた。小さな男の子が、庭でボールを蹴って遊んでいた。君は、手の甲を額に持っていった。汗を拭っているようだった。

その時、君は僕の方を向いた。別に君は何も気にしちゃいなかったのかもしれない。でも僕は、盗み見ていたことを君に悟られたかもしれないと思って、すぐに窓から顔を背けた。

僕は出窓に戻そうとした雑誌を床に置いた。そして窓を半分塞いでいた残りの雑誌も出窓から降ろした。窓を塞がずにおけば、また君の姿を見ることができるかもしれない。

部屋の片隅に押し入れがあったので、僕はそこを開けてみた。沢山の漫画と、CDのアルバム。これも雑誌と同じように、皆、零のものだった。

零は社交的だった。見た目もよく、喋りも上手い。僕はそんな兄の陰に隠れて、ひっそりと生きてきた。零は、自分の部屋には邪魔だけど、捨てるまでには至らない雑多なものを、僕の部屋に持ち込んだ。この部屋は、物置部屋だった。いつか捨てるものを、一時的にしまっておく部屋。僕と同じ。

僕は押し入れに雑誌を収納するために、CDラックと、ビニールの紐で結ばれた漫画本の束を引きずり出した。CDラックを開けてみる。ドライブシャフトというアーティストのCDが目についた。それはあまり興味がなかったので、印象的なジャケットのCDを一枚取った。Virginia Astleyという歌手の『Hope in a Darkened Heart』というアルバムだった。

CDラックと漫画本と雑誌を押し入れにしまってから、僕はそのアルバムのジャケットをじっと見つめた。

薄ぼんやりと、まるで霧がかかったような少女の写真だった。少女は俯いて、少しはにかむように微笑んでいる。ベレー帽だろうか、被った帽子の隙間から零《こぼ》れた金髪が、彼女の顔を彩っていた。

そのCDを手にラジカセの前に向かった。CDとラジオとカセットが聴ける、前時代の代物。僕はトレイにCDを載せて、再生ボタンを押した。トレイがCDを呑み込んで、曲が始まった。優しい曲だった。

その時、背後から兄の——零の声がした。

「勝手に、人のCDを聴くんじゃねえよ」

CDを聴いていたから、ドアの開く音が聞こえなかったのだ。僕はそちらを見ずに答えた。

「人の部屋に勝手に自分の荷物を置いていた、零が悪いんだ」

ふん、と零は鼻で笑った。そしてヴァージニア・アストレイか、と言った。その時初めて僕は Virginia Astley の名前の読み方を知った。

「綾子《あやこ》はどうだ？」

と窓を見やりながら零は言った。その口ぶりから、既に零は君にいい感情を抱いていなかったことが窺えた。

「どうだって、どういう意味だよ」

「お前、向かいのあの女を見てたんだろう？」

図星だったから、何も言えなかった。

「昨日は、騒がしかっただろう——？」

と、零が言った。

「昨日？」

僕は昨日何があったのか思い浮かべてみたが、まったく思い出せなかった。

零は女の子にモテた。頻繁に自宅に女の子を連れ込み、そして自分の部屋で女の子を抱く。そんな時、僕はじっと息を潜めて我慢する。呼吸も止めて、早く帰れ、早く帰れ、早く帰れ、と呪文を唱えるのだ。

「零は、いつも騒がしいよ——友達が多いから」

「そんなに騒がしいか？」

「ああ、そうだよ。それで昨日、何があったんだ？」

「考えたくもないよ」

僕は憤慨した。だったら最初から言うなよ、と思った。

「俺がいなくなったら、どうする？」

「いなくなったらって、どういうことだ？」

「たとえば死ぬとか、警察に捕まるとか」

「何か悪いことでもしたのか？」

零は唐突に答えた。

「祥子を殺したんだ」

「しょうこ？──それって、女の子の名前か？」

零は頷いた。

「街で祥子と出会い、この家に連れてきた。俺はその女を殺してしまった。それで警察に自首した。でも祥子の死体は、跡形もなく消えたんだ」

僕は何も言えなかった。

「俺は必死に訴えたよ。確かに祥子という女は存在していて、俺はその子を殺したんだって。

でも誰も信じちゃくれなかった」

「いいじゃないか。死体が消えたんだから、殺人の証拠も消えたってことだろう？」

「ああ。でも何だか気持ちが悪い。だって死体が消えるはずがないもんな。でも俺は最近ようやく、その謎の答えに思い当たったんだ」

「何だよ。答えって」

するとまるで上から見下すような零の、知りたいか？　という言葉が降ってきた。

僕はそっぽを向いて、別に、と答えた。そんな祥子なんていう女がどうなろうと、僕の知ったことじゃなかった。

「何だよ。つまらない奴だな。お前もその真相を知ったら、きっと驚くと思ったのに——」

僕相手にこれ以上話しても無駄だと思ったのか、零は部屋から出て行った。ヴァージニア・アストレイの歌声は、いつの間にか止んでいた。

零がどんな事件に巻き込まれ、今、どんなふうに悩んでいたとしても、知ったことじゃなかった。いろんな女の子をとっかえひっかえ遊んでいるような男など。事件に巻き込まれたとしても、報いなのだ。罰なのだ。

僕は君が好きだった。

でも僕は、美しい君を愛する資格なんかないんだ。

僕はラジカセのイジェクトボタンを押した。

舌のように伸びたトレイが、ヴァージニア・アストレイのＣＤを吐き出した。

僕はゆっくりと、トレイの上に載ったＣＤをつまみ上げた。

ごくりと唾を飲み込み、ゆっくりとＣＤを裏に返した。

ＣＤの虹色の記録面には、世にも醜い男が映っていた。

これは僕の心の顔だ。

引きこもって表に出ず、人と接しない男は、自然にこんな醜い顔になるのだろう。綺麗な、美しい顔など、必要ないのだから。

最初は僕も零と同じく見目麗しい顔立ちをしていたのだ。それなのに僕は引きこもり、どんどん心が腐っていった。長いストレートの前髪の向こう側から、醜い顔が僕を見つめている。腕を下ろすと力の抜けた指先からＣＤが落ち、コロコロと部屋の隅まで転がっていった。

「これでいいんだ」

と僕は呟いた。永久に鏡を見なければ、僕の醜い顔は存在しなくなる。

ブラウン管のテレビをつけた。昼間は必ずワイドショーをやっている。僕はぼんやりと、今からこの現場に行くには、電車に乗って何時間ぐらいかかるだろうかと考えていた。まるで見知らぬ光景だったけど、大ざっぱな住所がテロップで画面に映し出されていたからだ。八王子とある。横浜のこの家から向かうには、大分距離がありそうだ。

どうやらそれは、女の子が変質者に殺されたという事件らしかった。女性レポーターはマイクを持ちながら、物々しい警備で私たち取材陣はこれ以上先に行くことはできない、などと歩きながら話している。そしてテレビ画面には、殺人の現場だという空き家の全景が映し出される。現場は森のようだ。古い、野ざらしになった洋館。

現場とスタジオは中継で繋がっていて、レポーターはスタジオの司会者に、現場の状況を伝えていた。少女は空き家に連れ込まれて殺害された。死体は死後、数日経《た》っていた。発見したのは、空き家に入り込んだ子供達だったという。身元の確認はまだできていない。そして現場からは凶器の鋸《のこぎり》が発見された——その件に関して、レポーターは『ショッキングな状況』という表現を使った。少女の死体は、頭部が切断されていたのだという。

首ではない、頭部だ。『額の部分を真一文字に』とレポーターは形容した。

その時、家中に、来客が来たことを知らせるインターホンが鳴り響いた。僕は訪問者が立ち去るのを、息を潜めて待った。にもかかわらず訪問者は何回もインターホンを押し続ける。零はどこかに出かけたのだろう。もし零が家にいるのなら、零が玄関に出るはずだ。

その時、僕は訪問者が君であることにようやく思い当たった。庭仕事をしている君を窓から覗き、君と目が合ったのだ。恐怖交じりの罪悪感がふつふつと沸き上がってきた。別に覗こうと思った訳じゃない、でも綺麗な君に見とれていたのは事実だった。

僕は覚悟を決めて部屋を出た。階段を下りて玄関に向かう。恐る恐るドアの魚眼レンズで外を覗くと、果たしてそこにいたのは君だった。

逡巡していると、再び君の手によってインターホンが鳴らされた。

僕は観念した。チェーンを外し、ドアを開けた。

ポニーテールに、ベストを着てズボンを穿いた、さっき庭仕事をしていたままの姿の君が、そこにいた。

覗きのことを咎められると思ったけど、違った。

「零さん、どこにいるか心当たりはありますか？」

それが君が僕にかけてくれた最初の言葉だった。

「零さん、今、いないんでしょう？」

どうしてそのことを君が知っているのだろう、と一瞬訝《いぶか》しんだけれど、家を出て行く零の姿を見かけたんだな、と考えた。

「どこに行ったか知らないみたいね」

と君はまるで僕の心を読んだように呟いた。僕は君と目を合わせる勇気がなく、ずっとおでこの辺りを見ていた。八王子の空き家で女の子を殺した犯人は、あの部分を鋸で切断したんだな、とぼんやり考えた。

「お休みのところ、ごめんなさいね。零さんがいないのだったらいいわ。よろしく伝えてください」

君はそう言った。そして僕に背中を向けて歩き出した。

僕は衝動的に言った。

「待って」

そしてすぐに後悔した。君に言うべき言葉を何も持っていなかったからだ。

「なあに？」

と君は言った。でも僕は、陸地に上げられた魚のように無様に口をぱくぱくさせ、言語を覚えたての幼児のように、意味のない言葉の断片を吐き出すことしかできなかった。

それでも君は、表情を崩さなかった。いや、表情はなかった。無様な僕を嘲笑《あざわら》うことも、呼び止めたくせに何も言葉を発しない僕に、不審な目を投げかけることもなかった。

「お兄さんのことを、ちゃんと見ていてくださいね。それが家族の義務だから」

と君は言った。まるで意味が分からなかった、その時には。

「お兄さんは、最近、ある事件に遭ったの。それで——少しずつ壊れている」

「壊れて、いる？」

ようやく発した僕の言葉が、それだった。

「そうよ」

壊れているとはどういう意味だか分からなかった。僕にとって壊れているとは、機械とかオモチャに使う言葉だった。決して人間に対して使う言葉じゃない。

脳裏に、先ほど部屋で会った零の姿が浮かんだ。いつもの零だった。あいつのどこが、壊れているというのだろう。

僕はさっきの零の話を思い出した。


——街で祥子と出会い、この家に連れてきた。

——俺はその女を殺してしまった。

——それで警察に自首した。

——でも祥子の死体は、跡形もなく消えたんだ。


「お兄さん、どうやって家から出たの？」

突然、君が訊いた。

「え？」

「いえ――出て行く姿が見えなかったから」

家を出る零を見たんじゃないのか。じゃあ、どうして君は、零が今家にいないことを知っていたのだろう？

「あなたとお兄さんって、双子なの？」

僕は頷いた。だけど見間違う者などいない。零は格好いい。女にモテる。ファッションセンスがある。だけど僕にはそんなものはこれっぽっちもない。

「変なことを訊いていい？」

僕は思わず身構えた。

「あなたのお兄さん、いきなり消えたりすることない？」

僕は答えられなかった。

君が何を言っているのか、その時の僕にはまるで分からなかった。零も、祥子という女の死体が消えたと言っていた。しかし、人間が、たとえ死体でも、跡形もなく消えるはずがないじゃないか。

「あなたのお兄さんでしょう？ ずっと一緒に暮らしていて、お兄さんの異変とかに気付いたことはない?」

僕は答えられなかった。にもかかわらず、君は矢継ぎ早に質問した。

「あなたとお兄さんは双子よね? 一緒に生まれたのよね? 本当に、血が繋がっているの? あなたは、消えないの? ずっとこの家で暮らしているの?」

「帰ってくれ!」

僕は思わず叫んで、一方的にドアを閉めた。そしてすぐさまレンズに飛びつき外を覗いた。

君はドアに背を向け、立ち去った。その背中を、僕はずっとレンズ越しに見つめていた。

僕は半ば脱力しながら部屋に引き返した。頭にあるのは先ほどの君との対面のことだけだった。君は優しい人なんだな、と僕は思った。僕は引きこもりで、醜い男だった。でもそんな僕に、君は嫌な顔一つせずに、普通に接してくれたのだから。

僕は窓の外から、瀬田家の庭を見つめた。

君は、そこにはもういなかった。


君が再び僕の家を訪ねてきたのは、二番目の殺人事件が起こった日だった。

(以下略)

4

木々がどこまでも鬱蒼《うっそう》と広がっている。まるで樹海のように深い森だと錯覚する。だがしかし、その森は三十分ほど歩くと向こう側に出てしまうほど、小さな、ささやかな自然に過ぎなかった。まるで神の気まぐれで、ぽんと都会の真ん中に大自然の一部を切り取って置いたような、そんな気さえした。

その森の手前には、小さな児童公園があった。錆《さ》び付いたジャングルジム。ペンキの剝げたピンクの象のオブジェ。風に揺れるブランコが、キーキーと音を立ててうるさい。どの街にも存在する、遊具や砂場を備えた、ありふれた、寂れた公園。だがまるで、子供達を森に誘い込むために存在しているようにも思える。森が怪物だったら、この公園は怪物の口だな、そんなふうに真鍋勝《まなべまさる》は思った。

現場の洋館は、あまりにも場違いに森の中に存在していた。住宅街の中に小さな森があるのはまだいいのだ。そういう場所は、日本中探せばいくらでもあるだろう。だがその森の中に、一軒だけ家が建っているとは。

森の中の洋館――童話か何かに出てきそうなメルヘンチックなシチュエーションだが、その洋館は瀟洒《しょうしゃ》という表現からは遠くかけ離れていた。

築、何十年だろう？　外壁にはあちこち染みや罅《ひび》が入っている。蔦のような得体の知れない植物が壁を這っている。ここから見える二階の窓ガラスは割れていた。一階の窓ガラスも一枚残らず、割れるか、罅が入ったりしている。

洋館を取り囲むように、黄色いロープが張られている。玄関はもちろん、一階の窓という窓にも青いビニールシートが張られている。集まったマスコミ関係者は数知れない。

マイクを持ったテレビ局のレポーターが、カメラに向かって現場の様子を実況している。

「あの――これはですね――大変信じがたい、ショッキングな状況なんですけど。現場から鋸が発見されて、それが凶器なのは、ほぼ間違いないようです――はい――木材を切ったりする、あの鋸です――はい――いえ、そうじゃないんです――お分かりでしょうか――」

レポーターは自分の頭のあたりに手をやって、何かのジェスチャーをしている。

「どうやら被害者は、頭部の額の部分を、真一文字に切断されたようなんです――はい――ですから頭蓋骨ごと、切断したようなんです。とても正視できるような状況ではないと」

真鍋は頭に血が上った。まだ記者会見も開いていないのに、現場の状況がだだ漏れだ。

「鮎川《あゆかわ》！　鮎川ぁ！」

真鍋は部下の名を呼んだ。ひょろりと痩せた、青白い顔の男が飛んできた。

「何すか？　真鍋さん」

「何すかじゃねえ。何で奴らはあんなに現場の状況を逐一知ってるんだよ」

「しょーがないっすよ。死体を見つけた子供達が、自分の親やら、友達やらに話しちまったんだから。もう被害者がどんなふうに殺されたのか、知らない者はいないっすよ」

ちっ、と真鍋は舌打ちし、青いビニールシートに隠された洋館の玄関に足を踏み入れた。強烈な血の臭いがした。臭いをかいだだけで、大惨事だとすぐに分かる。

現場は寝室だった。正確に表現するならば、過去に寝室として使われていた部屋だった。家の中は、外見《そとみ》と同じように荒れ果てていた。錆だらけになったベッドに、ボロボロになったマットが置かれていた。あちこち破れてスポンジがはみ出している。

死体はもう運び出されて、検死に回っていた。だが真鍋は、その死体の惨状を、恐らく生涯忘れることができないだろう。

被害者は、若い女性だった。身元を示すものは、現場には残っていなかった。服装も、白いシャツにスカートというごくありふれたもので、手がかりにはなりそうにない。

しかし現場には、先ほどレポーターが報道していた通り、片刃の鋸が残されていた。ホームセンターで売っていそうなものだ。

「何故、犯人は現場に凶器を残していった？　凶器から足がつくとは考えなかったのか」

「考え過ぎですよ。銃だったら話は別ですけど、所詮刃物ですからね。どこの家にも、人を殺せるぐらいの刃物はあります。我々は捜査側だから、犯人の遺留品一つとって、何故犯人は凶器を持ち帰らなかったんだろうか、などと考えてしまう。でも実際は、何も考えてなかったり、単に置き忘れただけだったりする。何故、そこに手がかりがあるかなんて、考えるだけ無駄ですよ」

「だがいくらなんでも、被害者の頭を引くためにこの鋸を買ったとしたら、必ず持ち帰ると思うがな。計画性があるってことだから」

凶器の鋸は真新しかった。錆もなく、血を落とせば金属特有の輝きを取り戻せそうだ。死体は頭頂部を切り取られていた。レポーターが言っていた通り、鋸で見事に切断されていたのだ。一体何の目的でそんなことをしたのか、真鍋にはさっぱり分からなかった。

真鍋は、現場に到着してすぐに死体の頭の中を覗き込んでいた。

そこには闇黒の空間がぽっかりと存在していた。

つまり、何もなかったのだ。

切断面は、お世辞にも綺麗とは言えなかった。もし犯人の目的が少女の脳を奪うことであっても、恐らく中の脳も真っ二つだろう。

まるで手近に鋸があったから、衝動的に頭をぶった切って脳を持ち去ったようにも思える。だが誰がそんなことをするのだろう。衝動的に人を殺してしまう犯人はいる。だが衝動的に死体をバラバラにする犯人はいない。必ず目的がある。バラバラにすること自体が目的の快楽殺人犯だったり、もしくは単純に運搬する目的でバラバラにするかだ。

犯人は一体、何をしたかったのだろう。

ただ単純に頭を切断したかったのか。

それとも脳を持ち去りたかったのか。

最初はただ頭を切りたかっただけだが、脳が出てきたから気まぐれで持ち去ったのか。

遺体は思ったより、穏やかな表情をしていた。だがよく見れば、顔のあちこちが歪んでいる。決して苦しまなかった訳ではない。

「頭の切断面、見ました？」

如月礼子《きさらぎれいこ》が言った。ボーイッシュな髪型でハキハキと話す如月は、まるで少年のようだった。血の臭いが充満する殺人現場にいると如月の性別を忘れそうになるが、彼女はれっきとした女だった。

「見たっちゃ見たが、俺らがまじまじと見なくとも、そんなもんは監察医の領分だろが」

「昔、東大の資料館でやってた、人体標本の展示会に行ったんですよ。何でも解剖学会百周年記念らしくて。目玉の標本はプラスティネーションっていって、死体の細胞にプラスチックの素材を流し込んで、解剖した標本をそのままの形で残すんです。人体をスライスした標本もありました。頭のてっぺんから、つま先まで、それこそ一センチとか二センチ間隔なんじゃないでしょか。ステーキ肉みたいになった一つ一つの標本が、元の人体の形でずらーっと並んでるんです。あれは壮観でした。感動しましたよ。現代美術みたい」

真鍋は胸が悪くなった。

「俺はそんなふうに標本になるのはゴメンだな。浮かばれる気がしないよ」

「何だか真鍋さんらしくない意見ですね。人間なんて死んじゃったらそれまでですよ」

「で、その輪切りだか、スライスだかの標本がどうかしたのか?」

「あの被害者の死体を献体してプラスティネーションしたら面白いかも。だって脳が空っぽなんですよ! こんな珍しい標本はありません」

鮎川が、ははは、と心ない笑い声を上げた。真鍋はまったく面白くなかった。

真鍋は今までの人生で、山ほど殺人事件を扱ってきた。だがしかし、この事件は、それらの事件と何かが違った。それは単純に、頭部を切断されて脳を持ち去られた猟奇的事件だから、などという理由ではない。どんな異常な犯行でも、だいたい犯人の心理はトレースできるものだ。それが今回の事件では皆目できない。名無しの被害者。切断された頭頂部。持ち去られた脳。鋸。お手上げだ。

真鍋は自分に言い聞かせるように、言った。

「とにかく、まずは被害者の身元確認だ。恐らく、同年代の少女の行方不明の届け出が警察に出されているだろう。それを洗え。もしなくとも、必ずいつか保護者から捜索願が出されるはずだ。被害者が判明すれば、自ずと容疑者も浮かび上がる」

動機が誰にとっても分かりやすい事件ならな、と真鍋は心の中で続けた。

「今の段階ではまったく雲を摑むような事件でも、何かの拍子で光明が差すかもしれない」

だが、そんなものは差さなかった。


検死の結果は、生前切断だった。少女は、生きたまま鋸で頭を挽《ひ》かれて死んだのだ。想像するにおぞましい死に方だ。監察医の杉村も、脳をまるごと持ち去られた遺体など初めてお目にかかったようで、目を丸くしていたらしい。

少女の身元を示す物は、何もなかった。手術痕も、虫歯の痕も。分かったのは年齢が二十歳前後ということだけ。

だが、犯人の身元を示す手がかりは少女の体内に残されていた。

男の体液だった。

少女は強姦されていた。

「酷《むご》すぎる」

と真鍋は呟いた。

「いくらなんでも、こんな酷い殺しはない。犯人は鬼畜だ」

「こりゃあれですよ」

と鮎川は、紙コップのコーヒーを、ずずず、と汚らしい音を立てながら啜《すす》った。

「あれってなんだよ」

「電波ですよ。電波」

「電波？　電磁波とか、そういうことか？　まさかマッドサイエンティストが実験のためにやったって言うんじゃないだろうな」

「違いますよ。電波に操られて、電波の命じるままに行動する人間のことです。もちろん、そんな電波なんて存在しません。そいつの妄想。今は社会の規範から外れた連中を、ひっくるめて電波系って呼んでますけど」

「要するに、おかしな奴らの総称か」

若い連中は、いろいろ新しい言葉を開発するもんだ、と真鍋は思った。

その時、向こうから如月が資料の束を抱えてやってきた。

「食堂で推理ですか？」

「ああ、腹が減っては何とやらだ」

如月は、資料の束を、ドン、と真鍋の前に置いた。

「殺人事件は殺人事件で捜査しなければなりません。でもまったく別のアプローチをするという手もありますよ」

「何だ？」

「現場となった空き家です。そもそもおかしいと思いませんか？　あんな空き家が取り壊されずに残っているなんて。近隣住民は不安に思わなかったのかしら。現にホームレスらしき男性が度々入り込んで寝床にしていたという目撃証言がありました」

「まあ、そうだろうな。格好のねぐらだ。指紋が複数採取されたといったが、仮に単独犯でも、あの家の中には関係無い人間の指紋もべたべたついているだろう」

「大きな地震が来たら崩れるかもしれないし、それでなくとも、割れた窓ガラスに触れて子供が怪我をするかもしれない。治安上も防災上も、いいことは一つもありません」

「持ち主が変人で取り壊しに応じないんだろう」

「登記簿を当たってみました。持ち主は、この男性です」

如月は新聞のとある小さな記事を指さした。

『川崎公害訴訟　住民側が敗訴』

小さな新聞記事では、敗訴して憤っている住人側の訴えを主に取り上げていた。写真も住人側のみだ。被告の顔写真は出ていない。

如月は記事の、被告人の名前を指さした。

『萩原重化学工業株式会社社長　萩原良二《はぎわらりょうじ》』

「彼が、あの空き家の持ち主です」

「住民に公害問題で裁判を起こされるほどの会社だ。かなりの大手なんだろうな」

「これを見てください」

如月は新聞記事をどけ、テーブルに地図を広げた。その地図の一部分は、蛍光ペンで赤くマーキングされている。

「これは？」

「川崎京浜地帯の地図です。見てください。この赤く塗りつぶした一帯すべてが、萩原重化学工業株式会社です。そして恐らく、数ヶ月後、いえ数週間後にはこのマーキングはもっと大きくなっているでしょう」

「というと？」

「萩原良二は外資系の研究所の研究員でした。決して実業家肌の人間ではなかったそうです。それが突然研究所を辞め企業買収に乗り出した。しかもこの川崎京浜地帯を狙ってです。最初にM&Aで乗っ取った重化学工場を手始めに、手当たり次第に周囲の工場を根こそぎ吸収合併している」

「合併っていったって、そんな簡単にはいかないだろう。反発だってあるだろうし、それに買収には途方もない金が必要だ」

「それは、最初に買収した重化学工場の経営が上手くいったんでしょう。工場の運営で得た利益を、買収に使っているんだ。その繰り返しで、どんどん会社を拡大していった」

と鮎川。

「ところが、そうではなさそうなんです。ここ――」

如月は、地図の赤く塗りつぶした部分の、海に接した部分を指差した。

「そこがどうした？」

「ここは買収したんじゃないんです。海を埋め立てて、市から買い上げて、自分の土地にしたんです」

「そんなこと、萩原の一存じゃできないだろ」

「もちろん違法ではないです。ちゃんと法律的な手続きをとったそうです。ちなみにさっきの新聞記事の訴訟は、その際の工事で海が汚染されたとの住民の訴えから始まりました」

「まあ、そういう埋め立て工事に近隣住民の反発は付き物だからな」

「その埋め立て工事は今も続いているそうです——もちろん周辺の企業の買収も。私が何を言いたいか分かりますか？」

真鍋は鮎川と顔を見合わせて、首を横に振った。

「萩原は、実業家として商売がしたくて、買収に乗り出したんでしょうか？」

「どういうことだ？」

「萩原良二の行動を不信に思っている人々は以前からいて、週刊誌などで名前をよく取り沙《ざ》汰《た》されていました。萩原は、自分の敷地に隣接する工場や社屋を持っている企業を、狙い澄ましたように買収します。こんな異常な買収は、他に類を見ません」

「まるでゲームか何かみたいだな」

と鮎川が言う。

「そう！　正にゲーム感覚です。最初に手に入れた自分の工場——自分の陣地を広げるために買収を繰り返す。そしてそれだけでは飽きたらず、海まで埋め立てる。明らかに異常です。常軌を逸している」

「ちょっと待て。埋め立ててできた土地は何に利用しているんだ？」

「また工場を建てるんですよ」

「買収した工場は分かる。買収しても、今までの事業を続けて利益を出せばいいんだからな。だが新しく工場を建ててどうする？　買収は他者が築き上げたノウハウをインフラごと買い上げるってことだ。金と運営する才覚さえあればいい。だが、今まで買収の繰り返しで会社を大きくしてきた萩原に、ゼロから新たな事業を始める能力があるのか？」

「今やっている事業を拡大するために、工場を建てるんじゃないすか？　どこでもやってることですよ」

「だが如月の話を聞いていると、何だか見境なしに土地造成して、ボコボコ工場を建てているような印象を受けるけどな」

「新しく工場を建てた時は、外部のゼネコン業者に発注していたようです。でもそれでは効率が悪いと考えたのか、萩原はそのゼネコン業者も買収し、建てた社屋に会社ごと移転させました。これは埋め立て工事にかかわる企業も同様です」

「そんな無茶苦茶なことをやっていて、よく会社の経営が成り立つな」

「そこです——それが一番の謎なんですよ。萩原は、今なお自分の会社を広げています。広げるというのは、数字上の業績を上げているという意味ではありません。まるでヤクザが縄張りを広げるように、自社の土地と建物をやみくもに拡張しているんです」

「決算とかどうなってるんだろうね」

「利益は出ているそうです。でもそれも不審がられています。あんなやり方でよく赤字にならないものだと」

「まさか覚醒剤とか、新種の麻薬でも作ってるんじゃないすか？　その工場でさ」

「そういう噂もあるにはありましたけど、証拠がなければ警察も動けませんしね」

「馬鹿な。そんな大手の会社が、覚醒剤なんか作って利益を上げるはずがないだろう」

「萩原重化学工業は病院も買収しているそうです」

「病院経営までやっているのか？　本当に手当たり次第だな」

「その病院や研究所で人体実験をやっていると、もっぱらの噂です。病院なのに人があんなに死ぬのはおかしいって」

「噂？　誰が言ってるんだ。そんなの」

「それはその、公害訴訟の原告団が」

「病院ってのは人が死ぬ所だ。そりゃ不法な犯罪行為や医療過誤があったら見過ごせないが、そんな事実もないのに一方側に偏った意見だけを聞いていても仕方がない」

如月は、どこか周囲を窺うように言った。

「これは原告団じゃなく、大手の出版社のメジャーな週刊誌に載っていた噂です――。萩原には、ある背景があるとか」

「背景？」

如月は頷いた。

「資金提供者です」

「そんな奴がいるのか？　利益無視して、ただひたすら工場を建てることのみに興じるデタラメな経営者じゃないか。そんな者をバックアップする人間がいるとは思えない。金をドブに捨てるようなもんだ」

「そんなこと、その『組織』にはお構いなしなんですよ」

と如月は言った。

「『組織』ぃ？」

「週刊誌にそう書いてありました。日本経済を裏で操っている、ある『組織』があって――彼らは市場で流通している金を、巧みな方法で少しずつ吸い上げていると」

「巧みな方法ってどんな方法だよ」

「知りません。巧みな方法としか書いてなかったから。きっと事細かに説明したら、皆真似して大変なことになるから自粛したんでしょう」

「ピンハネみたいなもんすね」

「そう。日本経済が今大変な不況なのは、そのせいだと」

真鍋は、事細かに説明しないのは、最初っから、金を吸い上げる巧みな方法などないからだ、と思った。

「要するに、陰謀論の類だろう。世界の裏側で、何か大きな組織が暗躍している。911テロも、人類の月面着陸も、皆アメリカの自作自演。そりゃそういう考えを信じるのは勝手だが、俺達は警察だ。都市伝説で動く訳にはいかない」

如月は少しだけ真面目な顔になった。

「真鍋さん。私だって、そんな『組織』だなんて、いくらなんでも作り事めいた話だと思いますよ。でもそうでも考えなければ、萩原の企業運営の説明がつきません」

「『組織』的な、資金提供か」

如月は頷いた。

真鍋は腕組みをした。

「例えば、その萩原重化学工業内に研究所のような施設があって、そこで脳を使った、何かアヤシゲな実験をしていた、というのならまだ捜査の筋道はできますけど、それにしては今回の事件はあまりにも手口が荒っぽすぎる」

「そう、そこだ――」

凶器からは、犯人のものと思《おぼ》しき指紋は出た。現場となった空き家の室内には複数の指紋が残されていたが、その内の指紋とも一致した。それどころか、被害者は乱暴され、犯人の体液が残っている。証拠は十分だ。

「被害者は、当然、犯人の顔を見ている。だから殺した。殺すだけでは飽きたらず、頭をぶった切って、脳を持ち去った。脳は少女の記憶そのものだから」

と鮎川が言った。

「死体の脳から被害者が最後に見た光景を復元できるとでも？　そんなことができるのなら苦労しない。迷宮入り事件なんかなくなる」

「萩原重化学工業で、そういう実験をしていたとしたら？　可能かどうかは関係ない。とにかく犯人は、脳から記憶を読み取れるかもしれないと思った。だから脳を持ち去った」

でもね――と如月が口を開いた。

「脳は心停止後、十分ほどで完全に死んでしまうものよ。そりゃ脳が生きていれば、そこから記憶を引き出すことは論理的には可能かもしれない。でも脳死状態の脳からはそんなことはできないわ。もし犯人が脳から記憶を取り出せる、なんていう妄想を抱いていたとしても、心停止したら脳も役に立たなくなるってことぐらい、感覚として分かるんじゃない？　脳に記憶がある、だから持ち去る、そういう発想ができる人間なら、人間が死ぬ、脳も死ぬ、記憶も消える、という連想ができるはず。百歩譲って、犯人がそういう独自の理論に基づいて殺人を犯すのはいいとしましょう。でも、だったら犯人には脳よりもっと先に持ち去らなきゃいけない、被害者の身体の器官があるはずよ」

「何だよ、それ」

如月は、自分の目を指差した。

「被害者の、網膜よ」

真鍋は笑った。

「網膜に、犯人の顔が焼き付いていると？　それこそ、ありえないな」

「犯人が死体の、脳と網膜の、どちらの証拠の方をより重視したのかは分からない。でも死体の網膜に犯人の姿が焼き付いているっていうフィクションは、巷《ちまた》に溢れています。現実的にそんなことはありえなくても、まあフィクションですから。要するに、どっちがメジャーかという比較の話です。大体、頭を開いて脳を持ち去るより、眼球をえぐり出して持っていく方がよほど簡単です」

「でも、どんなに科学が進歩しても、網膜から犯人の顔を割り出すのは不可能だ。だって見たものが網膜に焼き付くはずがないんだから」

「それはそうよ。人間の目は、そんな仕組みにはなっていないから」

「でも脳には人間の記憶が簞笥《たんす》のようにしまわれている。これは厳然たる事実だ。だから犯人は脳の方を選んだ」

犯人は、死んだ脳からでも記憶が復元できると信じた。だから脳を持ち去った。しかしそれは、警察が復元した記憶を元に犯罪捜査を行うことを恐れたからではない。元より彼は捕まることを恐れていなかった。現場に凶器と指紋が残されていたことからも、そう考えた方が自然だ。

どうでもよかったのだ。犯人にとっては、そんなものは。

犯人は、脳で遊びたかったのだ。自分で実験したかったのだ。だから脳を持ち去った。動物を殺して楽しむ子供と同じ発想だ。

真鍋は呟いた。

「犯人は子供だ。頭を切って、脳を持ち去る。何故、そんなことを？　子供だからだよ。遊びだ。ゲームみたいなもんだ。意味はないんだよ。誰にだって好奇心はある。テレビはどうして映るんだろう。ラジオはどういう仕掛けで音が鳴るんだろう。人間はどういう仕組みで生きているんだろう。それを確かめるために頭を開いたんだ」

　眼球なんか持っていっても、何の意味もない。ありがたみがないのだ。目は顔の目立つ位置に二つ存在している。外側からちゃんと見えるのだ。それをわざわざ持ち帰ろうなどとは思わない。

　しかし、脳は別だ。頭は完全な密室だ。破壊しなければ、決して中は覗けない。

「ちょっと待ってくださいよ。子供にあの被害者は殺せませんよ。いくら女の子って言っても、大人と子供じゃ——」

「現場からは複数の指紋が発見されたんだろう？　一人じゃないんだよ。皆で押さえつけて被害者の頭を切断したんだ。そう考えればすべてに説明がつく」

「でも、被害者は強姦されていました」

「子供だからって強姦できない、という道理はないぞ。いいか？　よく子供は純粋無垢だとか言うよな。それは純粋無垢のままに、残酷な悪事をしでかすかもしれないってことだ」

「でも、あまりにも——」

　真鍋は肩をすくめた。

「確かに証拠なんかない。全部推測だ。鮎川の推測と俺の推測の、どっちの方に信憑性《しんぴょうせい》があるかっていう、ただそれだけの話さ」

「近隣の住民への聞き込みは念入りに行っていますよ。もし子供の犯行だったら、少しは捜査線上に浮かび上がってきてもいいんじゃないですか？」

「もちろんそうだ。だがある程度の当たりをつけて捜査しなきゃしょうがない」

「でも、それは見込み捜査に繋がる恐れもないとはいえないでしょう？」

「もちろんそうだ。だが、どんな捜査も多かれ少なかれ見込みから始まるもんだ。それを忘れちゃいかん」

「見込み捜査といえば、それに値する容疑者がいないこともないんです」

と如月が思い出したように言った。

「誰だ？」

「空き家をねぐらにしていたホームレスです。もう殆どあの家の住人みたいに振る舞っていた様子なんですけど、関わり合いになるのを恐れて、面と向かって注意する者もいなかったようなんです」

「黙認していたようなもんか」

「幼稚園児がピクニックにでも出かけそうなのどかな森なんですけど、やはり良識ある大人達は、迂闊に足を踏み入れなかったようなんです」

「でも、じゃあ、何でそんな森に公園があるんだ？　おかしくないか？」

「そこの土地だけ、十年以上前に、萩原良二が児童公園にする条件で市に寄贈したって話です。詳しい経緯《いきさつ》はよく分かりません。担当者がいないとか、書類がないとか」

「何でそんな酔狂なことをしたのかな」

「さあ、あんな大きな森を遊ばせておくのは勿体ないって、近隣住民から反発の声でも上がったんじゃないですか。だからとりあえず公園でも作って黙らせておけと」

真鍋は、最初にあの公園を見た時の印象を思い出した。森が怪物だったら、この公園は口だ――。

「そのホームレスの足取りはつかめないのか？」

「はい。まあ、これはあくまでも近隣住民の噂で、そんなホームレスがいたかどうかも疑わしいレベルの話ですけど」

整理すると、大体三通りの犯人像が浮かび上がる。

一つ、空き家をねぐらにしていたホームレスの犯行。

二つ、子供の犯行。

三つ、萩原重化学工業が犯行に何らかの形で係わっていたとする可能性。

「見込み捜査でも別件でも、何でもいいさ。引っ張って、尋問でもDNA鑑定でも何でもすりゃあいい。証拠は山ほどあるんだ」

「確かに、ここまで証拠が残っている事件も珍しいですね」

「まるで捜査を攪乱《かくらん》させるためにわざと現場に証拠を残しておいたようにも思えます」

ううむ、と真鍋はうなった。

例えば、猟奇的要素を度外視して、これが単純に強姦殺人だったとする。殺人事件の捜査は、まず第一に動機を洗うことから始まる。だが強姦の動機など、犯人が男で、被害者が女、ということしかない。つまり犯行後、即座にその場から遠くに逃げ果《おお》せれば、犯人が捕まる可能性は著しく低くなるのだ。

普通に考えれば、迷宮入りする事件だろう。これで捕まる犯人は、本気で逃げようとしていないのだ。心のどこかで、捕まりたいと思っているのだ。

では、今回の事件はどうだろう？

指紋、凶器、体液。証拠のフルコースだ。かさばろうが、重たかろうが、せめて凶器ぐらい現場から持ち去ろうとは考えなかったのか？

その時、真鍋の携帯が鳴り響いた。

「また被害者が出たって知らせかもな」

冗談を言って電話に出た。用件だけ聞いて、すぐに通話を終えた。

真鍋は二人に言った。

「被害者を目撃したという証言が出た」


翌日。

真鍋は如月を連れて、被害者の少女を目撃したという人物の元に向かった。

それは、現場から少し離れた駅前の商店街の、ホームセンターの店員だった。真鍋が身分を告げると、茶髪の彼はうんざりしたような顔をした。

「昨日、散々話しましたよ！」

「すみません。直接ご本人から伺いたくて」

「どうしてです？　まさか俺のことを疑っているんじゃないでしょうね！」

「とんでもない。こういった事件では沢山の目撃証言が寄せられますが、大半が勘違いとか見間違いで、まるで役に立たない。本当に事件解決に役立つ情報は、ほんの一握りです。だから力を貸してください。重要な情報は、何度聞いても無駄にはなりません」

そう懇願するふりをすると、店員はまんざらでもなさそうな顔をした。

真鍋と如月は事務室に案内された。

「いや——テレビで大騒ぎになってたから、怖い事件もあるもんだなって思ったけど、まさかこの店の商品が凶器だなんて思いもしない。で、昨日、刑事さんが店に来て、このメーカーの鋸を販売しませんでしたかーって訊いたんです。だから、最近若い女の子に売った、って答えました」

「どうして覚えてたんです？　鋸って、あんまり売れないんですか？　だから印象に残ったんですか？」

「そんなことないです。日曜大工する客によく売れます。でもそういう客は、だいたい中年の男性なんです。あなたみたいな。それなのに、あんな若い女の子が一人で鋸を買っていったら印象に残るのも当然でしょう？」

「買ったのは鋸だけですか。他に何か？」

如月が訊いた。

「いえ、鋸だけです。そのことを昨日の刑事さんに言ったら、その女の子って、この人じゃありませんかって、似顔絵を見せてくれたんです。だから、ああ、この人だと思いますよ、って答えました。髪型はちょっと違っていたけど」

犯人は死体の頭部を切断したのだ。少女の死体の髪型は、まるで落ち武者のようなざんばら髪だった。だから髪型は警察の似顔絵技能員の想像が多分に含まれている。

「その女性が、自分で、鋸を購入したんですね？」

念を押すように如月は言った。

「そうです。もしかして、その人って、殺された――」

「この人ですか？」

真鍋は、店員に被害者の写真を見せた。血などは落とされ、静かな表情をしていた。もちろん、見せてはならない部分は隠すようなアングルで撮られている。

店員は息を呑んでその写真を凝視し、やがてゆっくりと、そ、そうです、と頷いた。

「本当に一人だったんですか？　誰か連れがいたとか、脅されている様子は？」

「脅されてる様子なんてなかったですよ。堂々としてました。連れは――どうだろう。気付かなかったな。少なくともレジには一人で立った」

「それから？」

「いや、俺もいちいち客を監視している訳じゃないし」

「この死体と、あなたが見た人物と、本当に同一人物ですか？」

「間違いないと思いますよ。まあ、雰囲気は違うけど」

「やはり髪型ですか？」

「それもあるけど、眼鏡をかけていない」

「眼鏡？」

「眼鏡をしていたんです。その死体の写真は眼鏡をかけてない」

現場には眼鏡などなかった。犯人が持ち去ったのか。

「どんな髪型でした？」

と如月が訊いた。

「あれはなんて言うんだろう——おかっぱじゃなくて——そうだ、ボブヘアーだ」

店員に一通り話を訊いた後、真鍋と如月は店を見て回った。大規模な日曜大工のチェーン店だ。通路は広く、照明は明るい。女性が一人でも入りやすそうな店かもしれない。

「真鍋さん、見てください」

「何だ？」

「チェーンソーが売られてます」

ディスプレイには赤や黄色のカラフルな筐体《きょうたい》のチェーンソーが誇らしげに飾られていた。

一番安いのは一万円台から売られている。

「それがどうした？」

「いえ、ただ何故、チェーンソーを買わずに普通の鋸を買ったのかって思ったんです。チェーンソーの方が、簡単に頭を真っ二つにできそうじゃありませんか？」

「金がなかったから安く済ませたんじゃないか。それにチェーンソーなんて扱いが難しいだろう。鋸でギコギコ切った方が、面倒でも正確に切れると考えたのかもしれない」

二人はチェーンソーを前に、暫く黙った。多分、如月も真鍋と同じことを考えている。しかしそれを口にしたくなく、どうでもいいことを言ってお茶を濁したのだ。

そうだ。

仮にチェーンソーだったとしても、本質的な疑問は変わらない。

「俺達は今まで犯人の気持ちになって、何故犯人は脳を持ち去ったのだろうと散々議論してきた。でも、そんなものは何の意味もなかったのかもしれない。凶器を購入したのは被害者自身だった。犯人が逮捕されても、自分は殺したのではなく、自殺幇助しただけだと主張したら、もしかしたら通るぞ」

彼女の自殺を手助けした何者かが、脳を持ち去ったのか？　一体何故？

「被害者は自ら望んで頭を挽かれたと？」

如月が言った。

真鍋は店内で頭を抱えた。

「見当もつかん」

5

あらゆるものには始原があった。

最初の世界にあったものは、水と闇だけだった。神がそこに、光を与えた。

水があり、闇があり、光が生まれた。神は闇を夜、光を昼と名付けた。

神は水を空の水と、地の水の二つに分けた。地の水は、海と名付けられた。雨は、空の水から降ってきた。

海に陸が作られ、陸には草々と果樹が作られた。夜の空には月と星々が作られ、昼の空には太陽が作られた。

あらゆる海の生き物と、すべての空の生き物が作られた。最後に神は、陸に生き物を作った。神は大地の土から自分の姿に似せて人間を作り、アダムと名付けた。そして神は、アダムの骨から女を作った。その女に、生命を意味するイブという名を付け、神は休んだ。

七日かかった。


深遠なる深い海のように、茫漠とした部屋の中央に水がたたえられている。静寂だけが、白い部屋を支配している。照明は、平等に、均等に、部屋の隅々を明るく照らし出している。

ゆっくりと、その水から生命が浮き上がる。

まるで、そこから生まれ出るかのように。

豊かな乳房。

小さな乳首。

くびれた腰。

豊満な臀部。

長く、艶やかで、美しき髪。

水に浮かぶ女の肉体――生命《せいめい》。

生命は水に浮かびながら、天井の照明を見つめていた。

足すものも引くものもない――生命は、完璧な女だった。静かに、部屋のドアが開き、そこからおもむろに大地《だいち》が現れる。

大地は簡潔に、生命に用件を告げた。

「君に、電話だ――彼からだ。萩原重化学工業の、萩原良二」

生命は、ゆっくりと大地を見つめた。この空間で二人、見つめるだけで、想いは通じた。

「用件は分からないが、何か重大なことが起こったらしい。彼が君に直で連絡をしてくるなんて、よほどのことだ」

生命はゆっくりとプールから上がった。

まるで神のような足取りで。

もし、この部屋に立ち入ることが許されるのであれば、人はまるで、生命が水面を歩いているると錯覚しただろう。

大地は、生命にバスローブを手渡す。

「ありがとう」

生命は微笑みながら、それを受け取る。

生命は、その長く濡れた黒髪をタオルで拭きながら、バスルームから出た。

生命のためだけに用意された空間が、そこには広がっていた。

生命が望むもの。生命が一時の安らぎを得られるすべてのものが、そこにはあった。

生命が選んだ男――大地も。

生命は受話器を取り上げた。

「私よ――何があったの?」


数分後。

通話を終えた生命は、受話器を握りしめたまま、茫然とした様子で立ち尽くしていた。そんな生命を、大地は未だかつて、見たことがなかった。

生命は、言った。

「祥子が――死んだわ」

その意味が、大地にはすぐに分からなかった。だが理解した瞬間、大地は、まるで足下に穴が開いたような不安に呑み込まれた。

「そんな！　まさか！」

「本当よ。死体が発見されている。警察も動き始めている。もう取り返しがつかない」

大地は生命をソファに座らせた。しかし生命の瞳は、隣にいる大地を見ていなかった。祥子の姿を、思い出しているのかもしれなかった。

そして祥子の死によって混乱に陥るであろう、この世界の未来も。

「死体が発見されたって、どこでだ？」

「綾佳《あやか》が祥子を発見した、あの八王子の洋館でよ。死体は酷い有り様だったようよ。ただし焼死して炭化してしまった訳じゃない。死体から指紋も採れるし、ＤＮＡ鑑定だってできる。つまり――」

そこから先の言葉を、生命は呑み込んだ。言わずもがな、の言葉だった。

「でも――きっと大丈夫。何とかなるさ」

「どうしてそんなことが言えるの？　何とかなる、なんて言葉は何の気休めにもならないわ。私が考えなければならないのは楽観的な予測なんかじゃなく、冷徹な現実だけ」

「警察は、既に祥子の死体からサンプルを採っているだろう。そのサンプルの記録を消したらどうだ。君なら赤子の手をひねるようにできるだろう」

　大地のその言葉に、生命は、駄目よ、とつれなく言った。

「過去を変えたら、今のすべてが変わるわ。最後には、私でもどうすることもできなくなる。迂闊に私が下界に直接介入することはできない。そのために祥子のようなエージェントを送り込んでいるのよ。忘れた？」

「過去を消すんじゃない。死体を消すだけだ。君ならどうにでもなるだろう。祥子や綾佳以外にも、君の手足となって動く人間はいる」

　死体を消せば、証拠はなくなるんだ――そう大地は言葉を結んだ。

　そうね――と生命は憂えながら頷いた。大地の提案に思いを巡らしている様子だった。

「しかし、何故祥子が下の世界に行くのを許した？　仕事は終わったはずじゃないか」

「祥子の希望よ。もしかしたら、心残りがあったのかもしれない」

「新理司のことでか？」

生命は頷く。

「馬鹿な。新理司にかんしては、祥子はちゃんと役目を果たしたじゃないか」

「もしかしたら、もっと別な理由があるのかもしれない」

「それは何だ？」

生命はどこか遠くを見つめながら言った。

「見当もつかないわ」

「君にも分からないことがあるんだな」

「当然よ。私は神様じゃないもの」

まだね——という言葉を生命は呑み込んだ。

大地は立ち上がった。

「どうする？」

「今回の事件の資料を、すべて集めてここに持ってきてちょうだい。いい？」

「新理司の件もか？」

生命は大地を見つめた。

「すべてよ」

「分かった」

この部屋に唯一存在する下界への扉――。

そこに大地は、まるで吸い込まれるように、姿を消した。

そして生命は、独りだけになった。

生命は、この事件が自分にとってどう有利に使えるか即座に思案した。答えはすぐに出た。

生命はゆっくり立ち上がると、大地が消えた扉の真向かいに存在するもう一つの扉を開けた。そこは、青い照明に照らされた小さな部屋だった。

部屋の中には更に黒い扉があった。その黒き扉は『天国の門』と呼ばれていた。


神は宇宙と同じ大きさだった。

そして神は自分に似せて人間を作った。

原始、人間は宇宙と同じ大きさだったのだ。

だが知恵の実を食った罪によって、現在の人間のスケールにまで貶《おとし》められた。それが原罪である。

罰を受けた人間は『大宇宙《マクロコスモス》』から『小宇宙《ミクロコスモス》』に成り果てた。

占星術が人間の人生を占うのは、その名残《なごり》である。人体は宇宙そのものなのだ。インドでは建築物を建てる際、土地に精霊《ヴァーストゥ・プルシャ》の暗喩《メタファー》である曼荼羅《まんだら》を描く。人々は精霊の急所に当たる土地に建物や神像を置くことを好まない。かように建築物は人体同様、正しく宇宙そのものなのである。

他方ヨーガの技術では、人体の七つのチャクラをすべて開けば神に進化できるという。チャクラを一つずつ開くことで、段階的に宇宙、すなわち『大宇宙《マクロコスモス》』に接続できるからだ。

一つ目のチャクラは会陰に。

二つ目のチャクラは陰部に。

三つ目のチャクラは腹部に。

四つ目のチャクラは胸に。

五つ目のチャクラは喉に。

六つ目のチャクラは眉間に。

そして、最後の七つ目のチャクラは、頭頂部、即ち、脳天にあった。

そのチャクラをインドでは『ブラウマンの門』と呼ぶ。

またの名を『天国の門』。

生命がいるこの建築物が宇宙そのものならば、正しく彼女は今、神の進化への入り口に立っていた。

『天国の門』には、指紋認証システムのロックがかかっていた。そう——この『天国の門』は、この世界でたった一人、生命にしか解錠できないように設定されていたのである。

あの大地ですら、この『天国の門』の向こう側に何が仕舞われているのか、知らないのだ。

ゆっくりと、生命は、指紋認証システムに、自分の親指を置いた。

『天国の門』が静かに左右に開いた。

生命は『天国の門』の向こう側に、ゆっくりと足を踏み入れた。

そしてそこに存在するものを見つめ、そっと、小さく、ささやかに、息を吐いた。

*

斉藤晴彦の人生で幸運だったのは、西山《にしやま》春菜と出会ったことだけだった。

西山春菜は、高校の同級生で、ある会社の社長の娘だった。どんな会社かはよく知らない。しつこく訊くと、嫌がるのだ。親が金持ちだったり、著名人だったりする子供は、そんなものかと晴彦は思った。ただ友人達の噂で、春菜の親は大きな製鉄会社を経営していると聞いたことがある。

そんな金持ちの娘は、私立の良い所に進学するのではないかと訝しんだ。しかし晴彦の高校は公立だったが、そう悪い偏差値ではなかった。中学時代は、勉強の要領を知っていた。

だが高校ではそれでは通用しなかった。晴彦は今まで特に何もせずにそこそこできた。しかし高校ではそれ以上を求められた。彼は途方にくれ、そして落ち零れた。

自棄《やけ》になった晴彦は、髪を茶色く染め、タバコを吸った。我が校始まって以来の問題児だと騒動になった。それでも退学にはならなかった。不良になりきれない晴彦は、何事もほどほどで済ますテクニックを身につけていた。

そんな晴彦にも恋人ができた。それが西山春菜である。何と春菜は、女子トイレでタバコを吸っていたのを見つかり、停学を食らったのである。自分の同類を意外な所で見つけて、晴彦は嬉しかった。二人は当たり前のように浪人した。教師は学校の恥だと言わんばかりに二人を軽蔑した眼差しで見やったが、知ったことではなかった。大学に行く気などなかった。多分向こうが入れてくれないだろう。

晴彦は殆ど家に帰らなくなった。三日四日野宿するなんてざらだった。街は昼夜問わず明るくて、彷徨《さまよ》う恋人達を受け入れてくれた。

二人は町中で、誰にも気兼ねせずタバコを吸いまくった。あちこちに吸い殻を投げ捨てる二人を、注意する者は誰もいなかった。迂闊に声をかけて、オヤジ狩りにあったら敵わないと思っているのだろう。そんな酷いことをするつもりはないのだが、小遣いくれよ、ぐらいのことは言うかもしれない。

だが、夜、街の公園で警官に補導されたのをきっかけに、晴彦は自分の行動を少し自重するようになった。本当の不良だったら警官と喧嘩を繰り広げるぐらいどうってことはないが、晴彦にそんな度胸はなかった。もちろんタバコを止めることもできない。晴彦は既に立派なニコチン中毒者だった。

晴彦は春菜に、廃墟となった工場を紹介された。どうやら父親の持ち物らしい。近く取り壊す予定だから、誰の気兼ねもない。その工場が晴彦と春菜の新たな喫煙場所となった。二人はタバコを吸いながら、夜な夜なそこで戯れた。タバコの吸い殻は日に日に増えていった。

ある夜、晴彦は工場で、偶然友人の有葉零の姿を見かけた。中学時代の同級生である。零は様子がおかしかった。一心不乱に自転車を漕いでいたのだが、その荷台に、丸めたカーペットを縛り付けていたのだ。

「――おい！　おーい！　零じゃねえか」

晴彦が声をかけると、零は自転車を漕ぐのを止めた。しかし晴彦がカーペットのことに話題を移した瞬間、零は今来た道を、まるで逃げるように去っていってしまった。

「おい、何だよ。零、どうしたんだ⁉」

晴彦はしばらく、呆然とその場に立ち尽くした。

今の零の反応に、受けたショックは小さくなかった。友達だと思っていたのに、無視されたのだ。次に見かけても、もう二度と声なんてかけてやるもんか。

零の家はこの近くで、その家までの道筋を自分が知っていることを春菜に話すと、様子を見に行った方がいいんじゃないかと言い出した。

「何かあったんじゃないの？　私から見ても、普通じゃなかったもの」

確かに気掛かりだったが、そこまでおせっかいすることはないと、晴彦は春菜の意見を一蹴した。そして暫く二人で煙草を吸っていると、赤いランプの気配を察し、慌てて工場の建物の陰に隠れた。

パトカーだ。補導されて以来、警察には敏感になっている晴彦だった。

サイレンは鳴らしていなかったが、パトカーのランプは夜の町を赤く照らしながら、工場を素通りして走り去っていった。

晴彦は補導される可能性も忘れて、パトカーが走っていった方を見つめていた。そこは、さっき零が晴彦を認めて慌てて引き返していった道だった。

どちらからともなく、やはり様子を見に行こうということになって、晴彦と春菜はパトカーの後を追った。近隣住民も何事かと外に出ている。パトカーはやはり零の家の前に停まっていた。野次馬たちの向こうに見え隠れする警察官の姿は、非日常を演出するには十分過ぎるものだった。

——あいつ、一体、何をしたんだ？

春菜も不安そうに、零の家を覗き込んでいる。晴彦はやはり警察の類は苦手なので、春菜とは一歩距離を置いていた。

玄関から、零が制服警官に腕を摑まれたまま出てきた。そして春菜を見かけて指差し、何かをまくし立てた。たちまち春菜の姿は、やってきた警官に囲まれて見えなくなった。晴彦は呆気にとられた。今すぐここから逃げ出したい気持ちに襲われた。しかし春菜を見捨てたら、きっと軽蔑されるだろう。別れを切り出されるかもしれない。

逡巡していると、今度は晴彦が零に気付かれた。

「あいつだ。あいつを連れてきてくれ！」

しまった、と思った時には遅かった。すぐさま警官がやってきて、晴彦は零の元に連れていかれた。

「晴彦も、この子と一緒に見てたんだ。俺が死体を運んでたのを」

「死体だって？」

晴彦は目をむいた。そんなものを見た覚えはない。

「そうなのか？」

と警官の一人が訊いた。

「え――っこのカーペットを運んでるのを見ただけだよ。てっきり、粗大ゴミを不法投棄しに行くんだと思った」

刑事が晴彦の身体をくんくんとかぎながら、ヤニ臭いだとか、未成年じゃないのか、などといちゃもんを付け始めた。普段だったら補導されてもおかしくない状況だったが、警察は零のことで手いっぱいで、それどころではなさそうだった。

結局、晴彦と春菜はその場に三十分近くも足止めを食らった。その間、零は家を出たり入ったりし、刑事は携帯で誰かと話していた。

哀れむように零を見やって、晴彦は春菜を連れて零の家を後にした。その道すがら、二人は一人の女性とすれ違った。長い髪をポニーテールにして、ズボンを穿き、ニットのベストを着た女性だった。

野次馬は少なくなかったが、その中にあって、その女性の存在感はひとしお晴彦の目を引いた。女性は晴彦を見た。目が合った。まるで心の中まで覗き込まれているような、そんな気がした。

それからの日々は無為に過ぎていったが、やはり気になったのは、零のことだった。何故、零は自転車でカーペットなど運んでいたのか。何故、零の家に警察がやってきたのか。あの工場で、零に声をかけた時、零は逃げたのだ。今の自分の生活に必死で、中学時代の同級生に構っている暇などないのだろう。彼も浪人生だという。きっと自分のようなエセ浪人とは違って、大学に行くために必死で勉強しているのだ。

春菜のことを考えた。

零を譬《たと》えに出すまでもなく、人は別れと出会いを繰り返す。それが人生だ。確かに晴彦は春菜のことが好きだった。しかし、一生添い遂げるのか？　と訊かれたら答えに窮すると思う。もちろん、春菜のことは好きだし、愛しているのだ。それは九十九パーセントの気持ちだ。しかし残りの一パーセントが自分に訴えかけている。本当は、自分にはもっと相応《ふさわ》しい、愛すべき女性がどこかに存在しているのかもしれない。それなのに春菜に決めてしまっていいのか？

しかし晴彦は、ある日突然思い知らされることになる。

春菜こそが、自分にとって正真正銘の『運命の恋人』であったことを。

現場は、いつもの工場だった。

そこで晴彦は春菜とタバコを吸い、時にはコンビニで買ってきた菓子や弁当を食べたりし、愚にもつかない話をして戯れていた。工場はとても居心地がよかった。屋根があり、雨風が凌げ、適度な光と、闇があった。重機等はほぼ取り払われ、空っぽの巨大なバラックのようだった。そこに一歩足を踏み入れると終末後の世界のような気がした。

どこかで春菜と会って、ぶらりと何気なく工場に立ち寄ることが多かったが、工場で待ち合わせすることもあった。そして、その日も、そうだった。

晴彦は何時ものように工場に足を踏み入れようとして、少し違和感を感じた。工場のシャッターが開いていたからだ。だから一瞬、春菜が先に来たのかなと思い、揚々と中に入った。

しかし、誰もいなかった。

そう――誰もいなかったのだ。

晴彦は、暫く春菜を待った。

もしかしたら、晴彦は工場に足を踏み入れた瞬間、春菜を見ていたのかもしれない。見ていたのに、それを知覚せず意識の底に押し込めてしまった。何故なら、晴彦にとって春菜とは、生きている存在に他ならなかったからだ。

晴彦は春菜を待ちながらタバコを吸った。足下にタバコの吸い殻が目立つようになった頃、晴彦は突然、現実に気付く。

そこで誰かが死んでいる。

しかしまだ、それが誰だか分からない。

晴彦は死体に近づく。

この衝撃的瞬間を、どんな言葉で春菜に伝えよう、そんなことを考えながら。

また警察沙汰になるな、面倒だな、嫌だな、などといった些末なことは、何故か頭には浮かんでこない。ただ頭の中にあるのは、目の前の死体に対する、圧倒的な好奇心だけ。

そして遂に晴彦は、そこで誰が死んでいるのかを知る。

死体は全裸だった。

何も着ていなかった。

ほのかに膨らんだ白い胸が露わになっていた。

女だった。

頭部は異常な形になっていた。

切断されたのだと気付くまでに、数秒かかった。

切り取られた頭部は、まるで蓋のように近くに転がっている。

そして頭の中には、何もなかった。

完全に、空っぽだった。

工場の天窓から月明かりが、まるで狙いすましたように、顔と頭部だけを照らしている。

その死体は春菜だった。晴彦は絶叫した。絶叫し続けた。この世に生まれて以来、こんなに大声を上げたことはなかった。それでも晴彦は叫び続けた。何時《いつ》までも何時までも叫び続けた。

思った。心の底から思った。自分が本当に好きだったのは、やはり春菜だったのだ。春菜こそ、自分が生涯愛すべき女だったのだ。何でもっと早く思いを打ち明けなかったのだろう。何故もっと早く――。

だが、すべて遅かった。

時計の針は決して戻らない。

＊

(前半部略)

君が再び僕の家を訪ねて来たのは、二番目の殺人事件が起こった日だった。

僕の日常は変わらなかった。部屋に引きこもり、ずっと膝を抱えていた。時たま窓の外を見やり、お向かいの瀬田さんの家を覗いた。もちろん君の姿を見たかったからだ。またこの家に来てくれないかな、と考えた。あの時、変なふうに別れてしまったから嫌われてしまったのかもしれない。そのことだけが、気がかりだった。

僕は君を待ち続けた。そして遂に君は、再び僕の元に来てくれたんだ。

その日も君は、最初に僕の家を訪れた時と同じように、何度もインターホンを押したね。だから僕は訪問者が君であることにすぐに気付くことができた。

僕は部屋を出て玄関に向かった。スニーカーを突っかけてドアを開けた。

「零は——いないよ」

先手必勝とばかり、僕は言った。

「分かっているわ」

すかさず君は答えた。零がいるなら、必ず零が玄関に出るからだ。前と同じだ。

「どこにいるか、心当たりはないんでしょうね」

僕は頷くことしかできなかった。そして君はあの殺人事件の話題を口にした。

「近くの廃工場で西山春菜という女性が殺されたの。八王子の事件と、まったく同じ殺され方。零さんの友達の、ガールフレンドだそうよ」

西山春菜なんて名前は、初めて聞いた。零とすらあまり話さないのだ。その友達の、ましてやガールフレンドの名前など知るはずがない。

でも兄の友達の恋人が、猟奇的殺人事件の被害者なのだという。改めてそれを考えると、背筋が凍り付いた。

「今、工場前は凄い騒ぎよ」

その時、ふと僕はこんなことを考えた。

零は家を留守にしている。今、どこにいるのかは分からない。そして、零の身近な人間が殺されたのだという。

君は、零がその西山春菜という女の子を殺したと疑っているんじゃないか。

「私が、零さんが犯人だと思っているからここに来たと、あなたはそう考えているの？」

まるで僕の気持ちを読んだかのように、君はそう言った。

「零さんがこの事件の犯人かどうかは、私には分からない。でも、放っておくと、いずれ誰かを殺すと思う。零さんは、かかわっちゃいけない女にかかわってしまったんだもの。私が今日来たのはね、私が来たことを、零さんに伝えて欲しいからよ」

君はそうまくし立てた。僕は何も言えなかった。でも会話を繋げなくちゃいけないと思って、苦し紛れに、こう言った。

「言っておくけど——僕は、消えないから」

それは、この間の質問の答えだった。

「分かっているわ」

君は、少し微笑んだ。そしてゆっくりと、僕の手を取った。それだけで僕は夢心地になった。君の手はとても暖かく、ふわふわと柔らかかった。

「外に出てみたら？」

僕は君に逆らうことができなかった。ずっと憧れていた君が、僕を誘ってくれたんだ。僕は君に手を取られながら、玄関から外に出た。庭を抜け、門を潜った。空を見上げた。何だか初めて別の惑星に降り立った宇宙飛行士のような気持ちだった。

君と手をずっと繋いでいたかったけど、こんな光景を誰かに目撃されたら君も迷惑だろうと思って、僕は自分から手を離してしまった。

「工場に行ってみましょう」

と君は言った。

「もしかしたら、零さんが様子を窺いに来るかも」

僕は、やはり君は零を疑っているんだな、と思って悲しくなった。犯人は犯行現場に戻ってくるというではないか。

工場に近づくと、やはり辺りは騒然としていた。僕は何だか怖かった。知っている顔は一人もいなかったからだ。すれ違う人々は皆、化け物を見るかのような目つきで僕を見た。気のせいかもしれないけど、そんな気がしてしまうのだ。僕は居たたまれなくて、ずっと下を向いていた。

工場の前は人だかりが凄くて、中を窺い知ることはできなかった。テレビで見知ったレポーターもいた。殺人事件が起こったのに、皆、楽しそうだった。まるでお祭りみたいだった。

「もう少し後ろに下がりましょう」

と君は言った。言われるがままに僕らは、工場を遠巻きに見つめられる位置まで下がった。

「テレビのカメラに映るかもしれないもの」

「——そうだね」

熱心な野次馬達は、現場に張られているロープぎりぎりまで押し寄せて、携帯電話で写真を撮っていた。今の時代は、誰もがジャーナリストなんだな、と僕は思った。

君は腕組みをしながら、まるで睨み付けるように現場の方を見つめていた。君はあの殺人事件に何か思うところがあったんだろう？　でも僕は君と一時でも付き合えるだけで、とても幸せだったんだ。

その時、突然、工場の入り口に張られていたビニールシートから男が飛び出してきた。野次馬達が騒然とした。レポーターを撮っていたカメラマンも、その男にカメラを向けた。

髪を金色に染めた若い男だった。

そして男は、こちらに向かって走ってきた。刑事達も後を追う。

「おい！　待て！　止まれ！」

突然の出来事に、僕は足がすくんで動けなかった。

刑事達に追いかけられている金髪の男と目が合った。

男は叫んだ。殆ど絶叫だった。

「零！」

僕はあまりのことに、驚いて逃げることもできなかった。でも彼が兄と僕を見間違えていることだけは理解できた。

「違う」

と小さく僕が呟くのと、男の顔が吃驚《びっくり》したように歪むのとは殆ど同時だった。

その瞬間、工場から逃げてきた彼は、警察官達に後ろからタックルを食らい派手に転倒した。おら、おとなしくしろ！　暴れるな！　罵声が飛んだ。

彼は、僕に気をとられたから逃げ損ねたのだ。それを考えると、何だか彼に悪いような気がした。

「お前は——」

彼は呆然と呟き、そして息を呑んだ。

「――零じゃないのか？」

警察官に取り押さえられながら、彼は訊いた。僕は答えた。

「僕は、兄さんじゃない」

「弟なのか？　でも弟は――」

そう、有葉零の弟は引きこもりだ。けっして外出しない。それがルールだった。しかし、そのルールは破られた。君によって。

呆然と僕を見つめながらも、彼は再び工場跡に連行されていった。野次馬の視線も、テレビカメラも、彼を追いかける。

その時、工場に戻りかけた刑事の一人が、僕の顔をじっと見てきた。僕は慌てて顔を逸らした。単に人と目を合わすことに慣れていなかったから。でもその動作が刑事には挙動不審と映ったようだった。

「お前――」

と刑事が言った。

零は祥子という女を殺して警察に自首した。でも逮捕されなかった。死体が消えたから。きっとその時に担当した刑事なのだろう。

刑事は僕を指差して、こう言った。

「お前にも、後で事情を訊くからな。家にいろよ」

違うんだ、と言おうとした――でも言えなかった。さっきの金髪の男は、零の友達だった。だからすぐに僕が零でないことに気付いた。でも、この刑事はきっと、零と一面識ある程度なのではないのか。だから僕が零とは別人であることが分からないのだ。

その時、僕は君がいないことに気付いた。

慌てて君の姿を探すと、君はどこかフラフラとした足取りで工場から遠ざかっていた。僕は慌てて君の後を追った。

君は俯いていて、表情は分からなかったけど、暗い感じがした。僕を家から連れ出した君とは、まるで別人のようだった。

「テレビカメラに撮られたかも」

と君は呟いた。あの零の友達が僕の方に逃げてきた時だろう。確かにカメラが一斉にこちらを向いた。もしかしたら僕の顔も全国に流れてしまったかもしれない。でもそれはもう仕方のないことだ。

あの時、君がテレビのカメラに撮られたぐらいで、どうしてあんなにショックを受けたのか――僕にはそれが今でも分からない。もしいつか君に会えるのならば、その答えを教えて欲しいと思う。

「——もう、いいの？」

と僕は君に訊いた。君は、ようやく顔を上げて笑ってくれた。

「うん。用はもう済んだから」

今別れてしまったら二度と会えないと思った。君は殺人事件が起こったからこそ、僕を外に誘ってくれたのだから。

君はどんどん道を歩いていた。僕らの家とは反対方向に向かって。

川に出た。

大きな川だ。海が近い訳でもないのに、潮のような臭いがする。いい臭いではない。川は真っ黒だった。汚水や廃液が、法律に抵触しない程度に垂れ流しになっているのだろう。それが複雑に混じり合ってこの塩っ辛い臭いを発しているのだ。

堤防がどこまでも続いている。街の中にポッと造られた人工の川のように、僕には思えた。

僕達は恋人同士のように二人並んで土手を歩いた。

風が吹いた。君のポニーテールを解いたら、きっとその風が君の長い髪をなびかすだろうと僕は考えた。その光景を見てみたいと思った。

君は、コンクリートの土手を見やって、座ろうか？　と言った。こういう時、映画に出てくるスターなら、素早くハンカチを取り出して敷くんだろうけど、外に出るのに慣れていない僕は、ハンカチなんて持っていなかった。

もし持っていたとしても、君はさっさと土手に腰を下ろしてしまったから、結局何もできなかっただろうけど。

土手沿いに、川から塔のようなものがそびえていた。だけどその塔は土手の高さまでしかないので、土手に上ると、あまり塔という感じはしない。土手から直に伸びているタラップのような通路によって、塔の中に入ることができる。しかしそこには何もないのだ。屋根もない。ただ申し訳程度の手すりが設置されているだけ。少しは展望塔の役割を果たすかもしれないけど、それにしてはその塔の外観はあまりにもあっさりしていた。

これは一体、何だろう。

「排水塔よ。大雨で一定の高さまで川が増水した時、扉が開いて水を下水に流すのよ」

そう君は教えてくれた。

二人して暫く、流れる川を見つめていた。

「こんなことをしてていいの？　仕事とか、あるんじゃないの？」

君は、微笑んだ。

「いいのよ。それくらいの自由はあるわ。今、皆家にいないし」

社会人なら職場に、学生は学校に行く。それが平日の昼間の正しいあり方なのだろう。僕のような人間は、社会から外れた、つまはじきされた人間であることを、否応なしに思い知らされる。

川は静かに流れ、風は穏やかに吹いていた。あの工場前の喧噪を考えると余計にそう思う。

「あの工場の野次馬の中に、零を探してたの？」

するとと君は、そうね、長い時間いればいるほどいいんだけど、と意味の分からないことを言った。もちろんあそこに長いこといれば、いずれ零も現れるかもしれないけど、それはまるで張り込みの刑事の理屈だと僕は思っておかしくなった。

「私のこと、変な女だと思っている？」

確かに君は『変な女』だった。僕のこの顔を見ても、まるで動じない。そればかりか、殆ど初対面にもかかわらず、こうして僕を外に連れ出してくれる。同じ家に住んでいる零や母さんですら、そんなことはしてくれなかったのに。

「私、零さんとちゃんと話をしてみたいと思っているのよ。あの工場で起こった事件だって、零さんがまったく関係してないって訳じゃないもの」

僕は驚いて君の顔を見た。

「別に零さんが犯人だとか、犯人の共犯者だとか言っている訳じゃないの。近づかない方がいいって言ってるの。これ以上あの事件にかかわると、あなたのお兄さんは、取り返しのつかないところまで行ってしまうわ。最悪、事件に巻き込まれてしまうかも」

「何で、君は――そんなことを知ってるの？」

「私は、何でも知っているのよ」

君は微笑んだ。

「でも、知らないこともある――」

そう言って君は僕の顔をそっと触った。その感触は今でも頬に残っている。

「あなたのことが分からない」

と君は言った。僕は引きこもりだった。近所には、僕の存在など知らない人もいるだろう。もちろん君も。

君は僕から顔を背けて、流れる川を見やった。

「どうして、この川に来たと思う？」

と君が訊いた。僕は首を振った。

「あなたのお兄さん、祥子を殺したと言っていたんでしょう？　それで祥子の死体をこの川に流そうとしたのよ」

僕は思わず目をむいて君を見た。

「でも、できなかった。死体が消えたから」

そういえば君は、零が殺した（という）女の子を『祥子という女の子』ではなく『祥子』と呼び捨てにしていたね。まるで知り合いみたいな口ぶりだった。ただの僕の思い過ごしかもしれないけど。

「こんな川に死体を流しても、すぐに見つかるだろ」

「そうよ。でもお兄さんは、とりあえず祥子の死体をどこか遠くに流してしまいたかった。相手は行きずりの子。自分と接点はない。どこか遠くの海で見つかれば、捕まる恐れはないと思った」

「零が、そう言ったの？」

君は、答えなかった。

「零に話を聞けばすべてはっきりするんだろ？　そのために僕の家に来たんだろ？」

「話なんか聞いても意味はないもの。もう終わった話なんて。私が興味があるのは、これから起こることだけよ。そのうち大変なことが起こるわ。だから早く零さんを見つけないと」

それっきり、僕らは黙った。今までで一番長い沈黙だった。

沈黙を破ったのは僕の方だった。僕は恐る恐る訊いた、君の名前を。君を呼ぶ時に名前が分からないと困る。下の名前は知っていた。以前、零が君を呼んでいたからだ。でも気安くファーストネームで呼び合う間柄じゃない。君は優しく微笑み、名前を教えてくれた。

「神沼《かみぬま》よ。神沼、綾子」

素敵な名前だった。


(以下略)

6

新理司の本を、零はショッピングセンターの書店で買ってきた。そして祥子と出会ったあのファストフードの店に居座り、貪るように読んだ。

『偏在者』というタイトルだった。

上手いタイトルなのか拙《まず》いタイトルなのか、零にはよく分からなかった。ただ、地味な表紙に地味なタイトルなのであまり売れそうにないなとは思った。サブタイトルだろうか、『AERIS』という英題がついている。文芸誌の新人賞を獲った小説ということだが、文学など生まれてこの方一度も読んだことのない零はその賞の名前も知らなかった。零が知っている文学の賞といえば、直木賞と芥川賞とノーベル文学賞ぐらいだった。

『偏在者』はこんな物語だった。

男と、そして女が登場する。どうやらその男女は、アダムとイブの暗喩らしい。男女は神のように下界を見下ろして、人間達が日々繰り広げている無益な争いを論評している。二人が暮らす部屋には『天国の門』と呼ばれる閉ざされた扉があった。女は自由に『天国の門』を潜ることができるが、男は許されない。『天国の門』の向こう側には、ある秘密が隠されていた。男は『天国の門』の中に何が仕舞われているのか知りたくてたまらないが、女は決して教えてくれない。物語は男の視点によって進んでいく。従って読者にも『天国の門』の向こう側に何があるのか明かされることはない。

男女がいる建物は人体を模したものである、という描写もある。そもそも神は宇宙と同じ大きさだった。神は自分を模して人間を作ったのだから、最初のアダムとイブは当然宇宙と同じ大きさだった。だがアダムとイブは知恵の実を食べたため、罰によって今の人間の大きさにまで貶められた。巨大な建造物は人体の暗喩でもあり、宇宙の暗喩でもある。人体にあるチャクラを一つ一つ開いていき、最後に脳にある七番目のチャクラを開けば宇宙に接続することができる。

そして、その七番目のチャクラも『天国の門』と呼ばれているという。

物語も中盤に差し掛かると、新たな登場人物が現れる。それは『エージェント』と呼ばれる二人の少女だった。その二人の少女は、男女の手となり足となって下界に介入し、様々な事件を解決した。一人は綾佳といって、人の心を読むことができる少女だった。彼女はもちろん男女の心も読めるから、女の心を読んで『天国の門』の中に何があるのか知っていたし、男の心を読んで、彼が『天国の門』の中にあるものを知りたくて仕方がないことも分かっていた。しかし二人の少女は女に忠誠を誓っていた。だから綾佳は女を裏切って男に『天国の門』の秘密を密告したりはしなかった。

そしてもう一人の少女——。

零はそのエージェントの描写を読んだ時、衝撃で息が詰まりそうになった。

綾佳は他人の心を読めるが、しかしそのもう一人の少女の心だけは読むことができない。何故なら、その少女には心がないからだ。

その少女は不死身で、殺しても殺しても、何度でも蘇る。

少女の名前は、祥子と言った。

零は斜め読み、読み飛ばしを駆使して、一時間ほどで『偏在者』を読了した。

半ば呆然としていたから、祥子登場以降の展開を作者の意図通りに読み取れたかどうかは自信がない。結局『天国の門』の中に何があるのか分からないまま、物語は終わった。何故だろう、と零は考えた。煽《あお》るだけ煽ったあげく、読者の期待に添う真実を考えることができなかった。ならいっそ、分からないまま終わらそう。そう新理司は考えたのかもしれない。

零は本を抱えて、新理司の家へと向かった。自宅の前を通りかかったが素通りした。家には帰らない日の方が多かった。泊めてくれる友人はいくらでもいたし、ファミレスやカラオケで夜明かしするのは日常だった。家に帰って家族と顔を合わせるよりも、新理司と会って、新たな手がかりを見つける方が先決だった。零はそう思った。

——その時。

「零さん」

と背後から声が聞こえた。不意を衝かれて零は立ち止まった。

振り返ると、そこに立っていたのは、向かいの瀬田家の家政婦だった。長い髪をポニーテールにまとめている。

「君は——」

「神沼です。神沼、綾子」

と家政婦は名乗った。名前を聞いても、それがどうしたという感想しか出てこない。

「神沼さんね。で、何？」

零は表層だけの笑みを浮かべた。

しかし綾子の問いかけに、零は一瞬驚愕した。

「新理司の家に行くの？」

「――え」

何故、分かった？

だが、綾子の視線を辿ってそれは容易に判明した。綾子の視線は、零の右手に向いていた。零は新理司の本をむき出しで持って外を歩いていたのだ。近所に住んでいる小説家のことは綾子も小耳に挟んでいただろう。

「いや、別に――」

言葉を濁した。脳裏に、祥子を殺したと警察に訴えた夜の光景が蘇った。あの夜、この道路は野次馬で騒然としていた。結果、祥子の死体は消え、警察も野次馬も去ったが、綾子だけは最後までここにいた。そして零を見つめていた――。

その時の綾子の視線を思い出し、零は思わず顔を背けた。あんなふうに大騒ぎした自分を、彼女は一体どう思っているのだろう。

「ああ――サインをもらいに行くんだよ」

そう言って、零は笑った。冗談のつもりだった。

綾子は笑わなかった。

「行かない方がいいと思うわ。ああいうゴミを溜めている人って、何を考えているか分からないし、もし会えたとしても、きっと余計なトラブルに巻き込まれるだけだと思う」

ゴミを溜めていようが、綺麗にしていようが、他人の気持ちなんて分かりゃしない。零は思わずそう言おうとしたが、面倒で止めた。そして会話を打ち切って、新理司の家に向かおうとした。

「私は、あなたが考えていることが分かるわ」

「え？」

「あなたが余計なことをすると、あなたを襲いにあいつが来るかもしれない。私はあなたのご近所よ。巻き添えにはなりたくないもの。私には家族がいるの」

「――あいつって誰だ？」

「あなたが持っている本の著者よ。そうよ。あなたが思っている通り、祥子は新理司のファンで、その本に登場するエージェントのコスプレをしているだけ。それでいいじゃない」

零は、恐る恐る問いかけた。

「お前は誰だ？」

「瀬田家のお手伝いさんよ。それだけ」

「違う！　じゃあ、何で知ってるんだ！　そんな、俺の行動を見透かすようなことを――」

ああ。

目を見開いた。

『偏在者』の内容を思い出した。男女の手となり足となる二人のエージェントだ。祥子と綾佳。祥子は不死身で、そして綾佳は人の心を読めるという。

綾佳と綾子。

彼女は——。

「何もかもすべて、知っているのか？　この本を書いた男のことも——祥子のことも」

と零は訊いた。

「別に」

とつれなく綾子は答えた。

「ただ私は静かにこの家で暮らしたいだけ。巻き込まれたくないだけなの。それなのにご近所さんが自分から危険な場所に飛び込もうとしている。止めるのは、当然よ」

「それでも、行くと言ったら？」

「警察を呼ぶわ」

拍子抜けした。警察を呼んでどうしようというのだろう。読者が作家の家に行くだけだ。狂信的なファンと勘違いされるかもしれないが、その程度だろう。そもそも警察は、零が人を殺したと言っているのに、死体が見つからないというだけで、零を見逃したのだ。

零は綾子に背中を向けた。そして逃げるように足早にその場を後にした。

背後で綾子が何か言っている。

「知らない方がいいこともあるのよ。行ったら、あなたはきっと後悔する」


てくてく歩いていると、とあるコインパーキングを見つけた。狭い敷地に無理矢理こしらえたようなパーキングはすいていたが、一台だけ白いバンが停まっていた。そのバンを、零はどこかで目にした覚えがあったが、きっとデジャブだろうと、それ以上深くは考えなかった。目指すべき目的地が、すぐ目と鼻の先にあったからである。

新理司の家は、数ヶ月前だっただろうか、最後にここを訪れた当時と代わり映えしなかった。もちろん当人にしてみれば――ゴミが増えただとか減っただとか、あるいはゴミの並べ方を変えただとか――多少の変化はあるのだろう。しかし赤の他人の零にとっては、ここはただのゴミ屋敷だ。

綾子の忠告を無視してここまで来たものの、いざ来てみるとどうしていいのかまるで分からなかった。ゴミはまるで城壁のようだった。見た目よりも、その臭いが心理的にそう思わせたのだ。吐き気を催すようなはっきりとした悪臭ではなかったが、確かにこの家からは何かが臭っていた。

でもここまで来て引き下がる訳にはいかない。零はゆっくりと門を開けた。錆びているのかキーキーときしんだ。足を踏み出した瞬間、近くのゴミ袋にたかっていた無数の蝿が飛び立ち、零は腰を抜かしそうになった。

インターホンは玄関口に取り付けられていた。零はそのボタンを押した。ボタンはベトベトして気色が悪かった。

暫く待った。

ふと何かに見られている気配を感じ、零は顔を上げた。

ドアの上に設置されていた監視カメラと目が合った。

その瞬間、ドアの向こう側で、何かが蠢《うごめ》く気配を感じた。ドアは薄く開いたが、チェーンがかかっていた。ドアの隙間からのぞく二つの目は、小動物のようだった。

まるで何かを警戒しているかのような。

「あ、あの」

決して人見知りをする方ではないが、それでもその男の態度から零は思わず口ごもってしまった。

何の用だ、と男は言った。

零は怖ず怖ずと、持っていた本を男に見えるように掲げた。

「これ、新理さんが書かれた本ですよね」

それが何だ、と新理司は言った。

「この本の内容について、お尋ねしたいことがあるんですけど」

帰れ、と新理司は言い放ち、冷徹にドアは閉ざされた。

だがその態度が、逆に零に確信を抱かせた。新理司は祥子のことを知っているのだ。

それに、こんな汚いゴミ屋敷に盗みに入ろうなんて輩《やから》はまずいないだろう。にもかかわらず玄関に監視カメラが設置されているのだ。何かを警戒しているとしか思えない。そう考えると、このゴミの山も人を寄せ付けないための城壁のように思えてくるのだった。

ためらわずに、インターホンを繰り返し鳴らした。それでもドアが開かないとみると、零は大声で叫んだ。

「頼む！　開けてくれ！　この本に出てきた祥子の話を聞きたいだけなんだ！」

暫く待った。するとはたして、あんなにチャイムを鳴らしても開かなかったドアが、いとも簡単に開かれた。ドアを開けた男は、すっと零の前に仁王立ちした。何故だか分からないが、右手を後ろに回している。仁王立ちしているのに右手だけがそんなポーズだから、佇《たたず》まいに違和感を感じた。

こんなゴミ屋敷に住んでいるぐらいだから、髪はもじゃもじゃで、無精髭も伸び放題で、汚い服を着ているんだろうな、と勝手に想像していたが、予想に反して、新理司はこざっぱりとした見てくれだった。

肌は白く、髭が薄いのか、髭の剃り跡も見あたらない。髪は短髪で、ちゃんと整えられている。服もまともだ。彼が街を歩いていても、誰もゴミ屋敷の住人だとは思わないだろう。

「入って」

と彼は言った。

言われるままに、零は玄関に足を踏み入れた。新理司はまるで睨み付けるように、零から視線を逸らさない。ここから垣間見える家の中は、モノも少なく整理整頓されている印象で、驚くほど清潔そうだった。

「玄関の鍵を閉めて」

と新理司は零に命じた。零は言われた通りにした。そして玄関先に立ったまま、持ってきた『偏在者』の、祥子が初登場するページを開いた。ちゃんと栞《しおり》を挟んできたから、即座に開くことができた。

「この祥子って、現実にいるんでしょう？」

「そうだ、と言ったら、どうする？」

やはり、新理司は祥子を知っていたのだ。

祥子と新理司は、決して作家とファンなんて単純な関係じゃない。

「お前は、祥子とどこで会ったんだ?」

「どこって——たまたま店で会って、それで——」

「それで?」

殺した、とは言えなかった。

「それで、どうして俺の家に来たんだ?」

「祥子が言ったんです。あなたに会うためにこの街に来たって」

「祥子が、そう言ったんだな?」

零は頷いた。

「それ以外に、何か言っていなかったか?」

「自分は不死身だとか、自分は組織の殺し屋で、あなたを——」

「俺を?」

零は思い切って言った。

「殺しに来たとか」

ゆっくりと、新理司は零に歩み寄った。

「お前は殺し屋じゃないのか？」

「え――」

「祥子が殺し屋で、お前が殺し屋でないという保証は？」

そんなことを訊かれるとは夢にも思わず、零は答えに窮した。

「何でゴミを溜めてると思う？　死体が腐ってもゴミの臭いと思われるからさ」

その瞬間、隠れていた新理司の右手が、しゅっと現れた。その右手には何か黒い物体があった。だがそれが何なのか確認する術は、零にはなかった。もの凄い勢いで新理司の右手が零の脳天を直撃し、彼は意識を失ったのである。


答え方が間違っていたのだろうか。

意識はまだぼんやりとしていたが、両手や両足がまるで動かないことから、事態がようやく呑み込めてきた。自分は新理司に拘束されてしまったのだ。どうやら椅子に座らされて縛られているらしい。

ここがどこだとか、周囲の様子を窺うとか、そんな余裕はまるでなかった。

目の前に、祥子が横たわっていたからだ。

「祥子！」

零の呼びかけに、祥子は身体を震わせた。そして虚《うつ》ろな目で零を見上げた。

祥子が不死身の話なんかしたから、零は余計なことを考えてしまった。あの時、祥子は蘇生して、自分の足で帰って行ったのだ。仮死状態だったのが、何かの弾みで蘇ったのだ。自分は人殺しにならずに済んだ。しかしだからといって、よかった、と胸を撫で下ろしている場合ではなかった。

祥子が横たわっている床には、透明なガラスの破片が散らばっていた。それは無残にも砕かれた、祥子の眼鏡のレンズだった。

「あな、た――」

祥子は息も絶え絶えの様子で声を発した。

「そうだよ！　俺だ！　零だよー！」

酷《ひど》い有様だった。正視に耐えない姿だった。まるでリンチに遭ったようだった。顔は血だらけで、所々青く腫《は》らし、美しかった顔貌は見る影もない。服は破れて、はだけ、白い素肌をさらしている。足などは膝から下がぐちゃぐちゃになっていた。一体、どんな惨《むご》いことをすれば人間の身体はここまで破壊されるのだろう。

その時――。

ゆっくりと、新理司が現れた。まるで影から突然現れたように思えた。その時初めて周囲を窺う余裕ができた。暗い部屋だった。窓はなかった。いや、窓だけではない。何もないのだ。生活感を感じさせるようなものは、何一つ。強いてあげれば、零が縛られている椅子程度のもの。

牢獄だ、と感じた。

「お前がやったのか！」

「金属バットでぶん殴ってやった。逃げ出せないように足を潰して、この部屋に放り込んだんだ。お前もバットで殴ろうと思ったが、あれは丈があるから不意打ちが難しい。隠し持つことができないからな」

零は椅子に拘束されたまま無様にもがいた。だがロープの結び目は固く、脱出は敵わない。それでももがき続けた結果、零は無様に椅子ごと転倒してしまう。

「何でだぁ！」

零は絶叫した。

「何でこんな酷いことをする！」

必死に新理司を見上げようとしたが、零の位置からでは彼の足下しか見えない。新理司は床に膝をつき、零と目を合わせた。だが彼は、倒れた零を起き上がらせてはくれなかった。

「酷い、だと？　お前は知らないんだ。こいつや、こいつの『組織』が、俺達にどれだけ悪辣なことをしでかしたのかを。お前みたいな市井の小市民は、それを知らずにぬくぬくと生活している。少なくとも俺はこの世界のシステムを知っている。だからあの小説を書いた。お前みたいな小市民を啓蒙するためにな。だがそのせいで身元が割れた。こんな女まで、俺の命を奪うために襲ってきた。だから返り討ちにしてやった。これはな、正当防衛だ！」

そう言って、新理司は祥子の頭を踏みつけた。祥子は、ぐぅぅ、と呻いた。

「あの小説は——全部本当のことだったのか⁉」

「そうだ。俺は小説家なんかになりたくなかった。ただ『組織』のことを告発したかっただけなんだ！　だが新聞社もテレビ局も俺を門前払いさ！　いかれた奴だと決めつけやがって！　仕方ないから小説にしたが、馬鹿共は誰も本当のことだと気付かない！　最初は普通に、すべて本当のことを書いた！　だけど編集者が中傷に当たるとか何とか言って、名前を伏せたんだ！　だから男とか、女とか、そんな曖昧な表現になっちまった！　そのせいで、祥子が俺を殺しにこの家にやってきた！　素直に本当のことを書いてれば、皆に知れて、迂闊に手が出せないようになったものを！」

新理司はわめいていたが、何を言っているのかさっぱり分からなかった。

本当のこと。

新理司は、本当のことをすべて知っているのだろうか。

「じゃあ――」

零は新理司に、最後の問いかけをした。

「あの『天国の門』の向こう側には、一体何があるんだ⁉」

すると新理司は、きょとんとした顔をして零を見つめた。何故そんなことを訊くんだ、といわんばかりの顔つきだった。

「そんなのは――知らない」

と新理司はにべもなく答えた。

「知っていたら、小説に書いたさ」

そう言って、彼は部屋を出て行った。

「祥子！　祥子ぉぉ！」

零は力の限りもがいた。もがいて、もがいて、もがき抜いた。その甲斐あってか、ロープの拘束も少し緩んだように思えたが、まだ完全に脱出するまでには至らなかった。

零の呼びかけに、ゆっくりと祥子は身動きした。唇を動かし、必死に零に答えようとしていたが、言葉の代わりに祥子が吐き出したのは、どろどろとした血反吐《ちへど》と、折れた数本の歯だけだった。

「どうしてだ。どうして――」

零はこんなに足が変な方向に折れ曲がった人間を見たことがなかった。あの夜、部屋で抱いた祥子の美しい四肢は、今や見る影もなかった。

「新理司を殺しに来て、返り討ちに遭ったのか⁉　あいつが誰で、どんなことをしているのか俺は知らない！　でも何で人殺しなんて！　誰に命令されたんだ⁉　あの本に登場した女か⁉　君はあいつの言いなりなのか⁉」

その時、祥子の唇が震えた。

祥子が何かを告げようとしている。

零は必死に耳を傾けた。

「――で」

祥子が吐き出した血まみれの言葉。

「んぱ――」

で、ん、ぱ

「電波に、命じられて、来たの――」

そして祥子は沈黙した。

死んでしまったのか、と思ったが、時折血を吐いたり、小刻みにぴくぴくと身体を動かしたりしていた。

暫くして、新理司が戻ってきた。

新理司は何か機械のようなモノを無造作に床に置いた。だが祥子の身体に隠れて、それが何なのかは分からなかった。

新理司は、今一度零の前で膝をついた。そして零に何かをちらつかせた。

黒光りする金属の塊。

それは拳銃だった。

「トカレフだ。ヤクザに金を払って買ったんだ。今の時代、金さえ積めばこんなものはいくらでも手に入る」

ああ、さっきはこの拳銃で頭を殴られて気を失ったんだな、と虚ろになった思考の片隅で考えた。

新理司はおもむろに、倒れた祥子の手を取った。右手だった。掌を、眼鏡のレンズの破片が散らばった床に置かせる。そして彼は祥子の手の甲に銃口を押しつけた。

まさか、と思った。

「止め――」

言い終わる前に、耳をつんざくほどの銃声が部屋中に響き渡った。恐らく祥子が発したであろう絶叫は、銃声にかき消されて聞こえなかった。

祥子の手の甲から、骨と、血と、皮と、肉の残骸が、破片のように砕けて飛び散った。

無慈悲にも新理司は、残された彼女の左手にも同じ処置を施そうとする。

「止めろ——」

二度目の銃声。

零の目の前で、祥子は、左手を撃ち抜かれた衝撃に顔を歪める。

両の掌を杭で打ち付けられたイエス・キリストだった、祥子は。

「足を潰しても、這って逃げるかもしれないからな」

新理司はいけしゃあしゃあと言った。そこからは、一人の少女を拷問しているという罪悪感は微塵も感じられなかった。

「お前の頭の中を見てやる」

と新理司が祥子に言った。そして先ほど床に置いた機械を取り上げた。

その瞬間、異常な機械音が、部屋中に響き渡った。金属と金属が高速で回転して擦れる音。

エンジンがモーターを激しく鼓動させている音。

必死に新理司を見上げた。そして我が目を疑った。

新理司がこの部屋に運び込んできたのは、材木などを切断する際に使うチェーンソーだった。その機械で、今から祥子の身体を材木のように切り刻もうというのだ。

新理司の意図を悟った零は、暴れ回って椅子の拘束を解こうとした。そんなことは駄目だ！　それだけは！　ロープが緩んでいる感覚はある。あと少しで解けそうなのだ。あと少し！　あと少しで！　そのわずかな希望が、かすかに残った零の抵抗心を奮いたたせた。

だが新理司は何の迷いもなかった。彼はこちらを向いて横たわっている祥子の、眉毛と頭頂部の中間部——ちょうど額を真一文字に切断するような形で、チェーンソーの刃を祥子の頭に当てた。

祥子が、かっ、と目を見開いた。

部屋中に悲鳴が轟《とどろ》いた。

それは祥子が発した声ではなかった。

零の、絶叫だった。

チェーンソーの刃が回転する音と共に、血飛沫《ちしぶき》と、髪の毛と、血や肉のようなものと、そして細かく砕けて殆ど粉のようになった頭蓋骨のかけらが零の顔面に降り注いだ。

それでも零は目を閉じなかった。

閉じることが、できなかった。

その時間《とき》は一瞬のようにも思えたし、また永遠のようでもあった。

チェーンソーの作動音は、いつの間にか止んでいた。

その刃で無理矢理もぎ取られた祥子の頭頂部の断片は、かろうじてわずかな黒い髪の毛を残して床に転がっていた。

零は祥子の顔を見つめた。

横たわる祥子は、身動き一つしなかった。

祥子は、死んだ。

完全に、死んだのだ。

零の中の何かも、死んでいた。

その時、
祥子の唇が、
ゆっくりと動いた。

その祥子の唇だけが、世界のすべてだった。

「好きだよ——好きだよ——祥子」

零は泣きながら祥子に訴えた。祥子は、

「私も、あなたの、ことが、」
ゆっくり、絞り出すように言葉を紡いだ。
「好きよ」
ああ、祥子——。
「て
る
き——」

そして完全に沈黙した。

世界は死んだ。

完全に、死んだのだ。

零の心も死んだのかもしれない。

新理司は、祥子の身体を無理矢理起こした。そして何かをやっていた。

「そんな——そんな馬鹿な——こんなことが——こんなことがあるか！」

何故、彼が絶叫しているのか、一体何が起こったのか、すべては些末なことだった。新理司が祥子の死体を放り投げて部屋を出て行くと、零は再び椅子の拘束を解こうともがき始めた。零は両手に渾身《こんしん》の力を込めた。そして、両手を拘束しているロープを引きちぎろうとした。皮膚が裂けても、骨が折れても、構わなかった。痛みは確かに感じたが、あの祥子の死に様を見た今となっては、まるで痛痒を感じなかった。

その時、半狂乱になりながら新理司が戻ってきた。畜生、だとか、くそ、だとか、ひっきりなしに呟いている。明らかに常軌を逸した様子だった。倒れている零のことなど、もはや眼中にないらしい。

手に何かタンクのようなものを持っている、そしてそこから何かの液体を、床に、壁に、勢いよくぶちまけた。

むせ返るような臭いが部屋中に充満した。それが何なのか悟った瞬間、血の気が引いた。

ガソリンだ。

「何をする気だ——!?」

「この女は不死身だ！　殺しても殺しても現れる！　だから俺は脳を破壊しようと思った！人間の中枢は脳だからな！」

「今——今、お前が破壊したじゃないか！」

「そんな保証はないんだよ！　身体が残っている！　すべて灰にしなきゃ安心できん！」

タンクに残ったガソリンを、新理司は祥子の死体にぶちまけた。ガソリンは床に零れて零の方にまで流れてきた。

そして新理司は、ライターを取り出した。

ああ。

何のためらいも、逡巡もなく。新理司はライターに火をつけた。そして火のついたライターが、まるでスローモーションのように、ゆっくりと祥子の死体の上に落ちてゆく。

その瞬間、零は手首を拘束しているロープを渾身の力を込めて、ねじ切った。祥子が燃え上がるのとほぼ同時に零は、熱さを感じ、絶叫し、そして立ち上がった。

祥子の死体は一瞬にして、赤く、目映く、鮮やかに燃え上がり、炎によって食い尽くされ、その姿を完全に隠してしまった。炎は瞬く間に、床を、壁を、情け容赦なく舐め始めた。

祥子の死体に火を放った新理司は、即座に部屋から逃げ出した。四方八方から襲い来る炎の舌を避けながら零は、新理司の後を追った。煙と熱に追われるように階段を駆け上がる。

どうやら地下室に監禁されていたらしい。もう既に炎は、家の至る所に回っていた。

新理司に殴られた玄関先が目と鼻の先にあった。あのドアを開ければ、この灼熱地獄から逃げられるのだ。だが零は玄関に向かわなかった。家の、一番奥の部屋に新理司の姿を認めたからだ。祥子を虐めて嬲《なぶ》り殺した、憎き男の姿を。

燃えさかる炎の中、新理司は、真っ直ぐに零の目を見つめていた。

「てめぇ！」

零は絶叫し、新理司に向かって走り出した。

しかしその瞬間、新理司は部屋のドアを閉めた。ゴウゴウと燃えさかる炎の中、ドアの鍵が閉められる金属音が鳴り響いた。零はそのまま勢いをつけてドアに体当たりした。一度、二度、三度、ドアが、壁が、柱が、体当たりする度にミシミシと揺れた。

暴れ回れば暴れ回るほど、火の粉が次々に落ちてくる。ドアの振動と共に家全体がゆらゆらと揺れる。気がつくと、炎は背後にまで迫っていて、零の退路を殆ど断っていた。今すぐに逃げなければ手遅れになるだろう。だが零はそんなことには構わなかった。

「殺してやる」

そう呟いて、体当たりを繰り返した。

「殺してやる！　殺してやる！　殺してやる！　殺してやる！」

次の瞬間、零は背後から何者かに羽交い締めにされた。思わず、ひぃ、と喉が鳴った。新理司の仲間が自分を襲いに来たのだ、と思った。零は後ろに顔をやり、そいつらの姿を確認して、更に仰天した。

人数を数える余裕などなかったが、未知の第三者達は一人残らず、銀色の衣装を身にまとっていた。瞬間的な思考の片隅で、零はそいつらのことを宇宙人だと思った——。

違った。

宇宙人なんかじゃなかった。

ただの、消防士だった。

「おい、連れて行け！」

「離せ！　離せ！　離せぇー！」

「おい！　暴れるな！」

零は羽交い締めにされたまま、廊下を玄関に向かって引っ張られていった。それでも零は必死に、新理司が逃げ込んだドアを指差した。

「あの中にもう一人いる！　あいつを逃がすな！　人殺しだ！」

人殺し、という言葉に消防士達は一瞬耳を疑った様子だったが、対応は迅速だった。ドアに鍵がかかって開かないとみるや、すぐさま手斧《ちょうな》のようなものでドアに穴を開け始めた。

その時、突然天井が崩れ、落ちてきた太い梁が、ドアと格闘していた消防士を直撃した。他の消防士が、真っ先に救助に走る。天井が崩れたのを機に、家全体が激しくきしむ。

消防士の一人が絶叫する。

「早く彼を連れて行け！　崩れるぞ！」

もはや新理司がどうとかいう問題ではなくなってしまったことを、この瞬間、零は悟った。

そして零は燃えさかる新理司邸から救出された。

庭は地獄絵図と化していた。ゴミというゴミが、飛び火により燃えて、もうもうと煙を発していた。煙と悪臭にのたうち回りながら庭の外に脱出すると、そこには既に沢山の消防車と消防士がひしめき合っていた。少し離れた所には野次馬も群がっている。祥子が消えたあの夜のように。

背後を振り返った。新理司のゴミ屋敷は炎に包まれていた。自分が今までこの火の海の真っ直中にいただなんて信じられなかった。これでは全焼だろう。まるで紙の家のようだ。

きっと新理司は、家中にガソリンをまいたのだ。だからこそこんなにも早く火が回ったのだろう。新理司は家ごと祥子の死体を焼いたのだ。

救急車に乗せられる最中、零は野次馬の中に、瀬田家の家政婦の姿を見つけた。

神沼綾子は厳しい顔で、零を見つめていた。

そして彼女は手に携帯電話を持っていた。

綾子が――と思った。

綾子が消防車を呼んだんだな。

7

真鍋勝は喫茶店のオープンテラスで如月礼子達を待っていた。

適当にエスプレッソというやつを頼んだら、まるでガリバー旅行記に出てくるリリパット王国の人間が使いそうな極Sサイズのカップに、尋常ではない濃さのコーヒーが注がれて出てきた。苦い、まるで薬のようなコーヒーを啜っていると、如月と、鮎川と、そして向こうの県警の人間なのだろう。真鍋と同年代ほどの男がやってきた。

「真鍋さん、こちら神奈川県警の近藤さんです」

如月は真鍋に近藤を紹介した。近藤はぶっきらぼうに頭を下げて真鍋の前に座った。違う縄張りの刑事に手柄は奪われないぞ、というプライドのようなものが伝わってきて、やりにくかった。

萩原重化学工業社長、萩原良二が所有する土地で起こった身元不明の少女の殺人事件と、西山春菜の殺人事件には、状況に異なる点があり、現時点では別人の犯行という線が濃厚になっている。しかし脳を持ち去るという異常極まりない事件であるため、犯人が別人であっても関連性はあるはずだと主張する者も多かった。

「二番目の殺人事件は、最初の事件の便乗犯に違いありません」

開口一番、如月はそう言った。

「西山春菜の事件は、一番目の名無しの少女の事件に比べてあまり大きく報道されていません。この理由は明らかで、神奈川県警が報道管制を敷いて、死体の状況をマスコミに伏せたからです」

「そりゃそうだ。あまりに猟奇的過ぎる」

と近藤は言った。

「でも、最初の事件はそうではなかった。死体を発見した子供達が、近隣住民やマスコミに言いふらしてしまったからです。それであっという間に広まった。現場の森の周囲は、団地や公園があって、あくまでも相対的に見てですけど、まだ地域住民の繋がりが弱くないのかもしれません」

「ちょっと待て、あの事件のマスコミ報道は確か、頭頂部を切り取られた死体が発見されたというだけだぞ？　犯人が脳を持ち去ったことまでは言及していなかったはずだ。便乗犯は、成り立たないぞ」

如月に真鍋が反論する。

「今はインターネットで、何でも情報が流出する時代です。もしかしたら発見者の子供達の話を聞いた住民が、おもしろ半分にネットに書き込んだのかもしれません。犯人はそれを見て、最初の事件を模倣して西山春菜を殺した」

「二番目の事件の犯人は、一番目の事件の犯人に罪をなすりつけるためだけに、西山春菜の頭を切断し、脳を持ち去ったと？」

「ええ。それですべて説明がつきます。二つの死体の異なる点が」

二人の少女の死体は、犯人によって脳を持ち去られているという点において共通していたが、その他に三つ、異なる点が見受けられた。

一つ目は死体の外見だ。最初の死体は着衣を身にまとっていたが、西山春菜の死体は全裸だったのだ。

二つ目は、最初の死体は強姦されていたが、西山春菜にそのような痕跡は一切認められなかった。

そして三番目。最初の死体は生前切断だが、西山春菜は死後切断だった。そして西山春菜の死因は心不全だという。

「とにかく西山春菜を殺した犯人は、後先考えず、頭を切って脳を持っていけばいいと思った。だから八王子の空き家の死体との齟齬《そご》が生じた」

「しかし何で裸なんでしょうね。現場に服はなかった。犯人が持ち去ったとしか考えられない」

　と鮎川が言った。

「そうだな。わざわざそんなことをする理由が分からない。そこのところ、神奈川県警はどう考えているんです？」

　真鍋は近藤に訊いた。

「犯人は頭部の切断の際にあやまって自分の身体を傷つけた。それで血が被害者の衣服についてしまった。これは証拠になる。だから、衣服を持ち去った。そう我々は考えています」

「なるほど筋は通っている」

「でも血がついたからって、全裸にしますか？　血がついた服だけ持っていけばいいじゃないですか」

　と如月が言う。

「いや、それは念のため」

「でもいくらなんでも下着まで持っていくなんて、心配性というか、偏執狂的というか。やはり、どう考えても異常なのは、一番目の殺人よりも、二番目の殺人です。一番目でやっかいなのは、未だに被害者の身元が特定できていないことぐらいでしょう？　それを除けば、不審な点は一つもありません。被害者の頭部を生きたまま鋸で挽いて脳を持ち去るのは、やろうと思えば誰にでもできます。でも心不全で人を殺すのは難しいです。死体の頭部が切断されていたからこそ、これは殺人事件かもしれない、ということになったんです」

「つまり犯人が犯した罪は殺人ではなく、死体損壊だけと？」

と鮎川が訊いた。

「この状況でもし犯人が検挙されたら、意見が割れるところだろうな。元より犯人が死体から脳を取り出す意図があったとすれば、そのための準備を予《あらかじ》めしていたと考えるのが普通だ。少なくとも犯人が西山春菜が死ぬことを知っていたのは、間違いないと思う」

生前の西山春菜は、死体発見時刻の一時間前に友人達に目撃されていた。これから人と会う、と言って別れたらしい。いつもと変わりない様子で、突然死するようにはとても見えなかったという。持病の類もなく、健康そのものだ。

「二つの事件とも、犯人は非常に手際よく脳を持ち去っています。事前に凶器を準備しなければ、決して為し得ない犯行ですから」

真鍋は、最初の事件の被害者が、自分で凶器の鋸を購入したという事実を思い出していた。

「二つの事件は別々の事案なのかもしれないし、犯人も二人いるのかもしれません。でも、もしそうだったとしても、あの二つの事件は、犯人の意図した通りの結果になった――そう思えてならないんです。それなのにどうして心不全なんです？　最初の事件のように、何故生きたまま頭を切断して殺されないんです？」

「だって犯人が被害者を殺すために計画を練るのは犯人の都合だけど、被害者が心不全で死ぬのは被害者の都合だぜ？　そんなことまで犯人がコントロールできやしない」

　と鮎川は言った。確かに、それはその通りだった。

「でも、頭を切断して脳を持ち去る犯人ですよ？　強烈だわ。にもかかわらず殺す直前で被害者が心不全で死ぬなんて、ちょっと間抜けじゃないかしら」

「現実には、そういうこともあるもんさ」

「私、思うんですよ。被害者は最初っから死んでいたんじゃないかって。西山春菜は行き倒れて死んだ。そして病院に運ばれて死亡が確認された。その病院のスタッフが犯人だった。西山春菜の死体を攫って、あの工場に向かった。そして鋸で頭を切断し、脳を持ち去った」

「それはないいな」

　如月の推理を一蹴したのは真鍋だった。

「忘れたのか？　西山春菜は犯行の直前に目撃されているんだ。西山春菜が友人達と別れる。彼女が心臓麻痺で死ぬ。誰かが——通行人か？——発見して救急車を呼ぶ。西山春菜が病院に運ばれ死亡が確認される。そして病院のスタッフが死体をあの廃工場に運び、そこで頭部を解体する。その間、わずか一時間だ。成立すると思うか？　百歩譲って、あらゆる時間の制限を潜り抜けて一時間で成功したとしよう。だがお前の推理には決定的な弱点があるぞ」

「何ですか？　それは」

「発見者の斉藤晴彦と西山春菜は廃工場で待ち合わせをしていた。もし死体がいったん病院に運ばれて、そこから現場に移動されたとしても、どうして犯人はその廃工場を選んだんだ？　偶然にも、西山春菜は死体となってから待ち合わせ場所に運ばれたってことになるじゃないか」

「その廃工場は、有名だったのかもしれません」

「でも、自宅に持ち帰って解体するという発想は犯人にはなかったのだろうか？」

「家族がいるのかも」

如月は最後まで抵抗していたが、彼女も自分の論理の脆弱《ぜいじゃく》さは十分分かっている様子だった。確かに、急死した西山春菜の死体を病院のスタッフが運び出したという推理は、なくはない。しかしそれでは時間の問題が出てくる上、何故犯人がご丁寧に待ち合わせ場所に彼女の死体を運んだのか、という新たな謎が浮上する。

「そう、それはない」

断言したのは、近藤だった。

「俺達だって馬鹿じゃない。その程度の裏は取っている。事件当日の現場周辺への救急車の出動要請の件数は、ゼロだ。病院から死体が消えたら大騒ぎになって、すぐ俺達にも知れるはずだ――そうやって、こっちの捜査を否定するからには、そっちにはそれなりの捜査の筋道が立っているんでしょうね？」

「いやいや、捜査を否定だなんて、そんな大層なもんじゃない。これは要するに親睦会みたいなもんだ。合同捜査本部で大体の情報は分かっているが、あそこじゃ大ざっぱな情報しか伝わらない。手柄を立てるにはこうやって個人的に動くに限ります」

　ふうん、と近藤は言った。

「今日、あなたをお呼びしたのは、神奈川県警《そちら》が捕まえたっていう容疑者のことについて、個人的に訊きたかったからです」

　と如月が近藤に言った。

「何を訊きたいんです？　大した奴じゃない。浪人生ということだが、勉強もせずプラプラしているただのバカです」

「冤罪《えんざい》なんじゃないんですか？」

　と如月がズバリ言った。

「第一発見者が犯人なんて、何というか、あまりにもできすぎている。いや、根拠があって言っている訳じゃないが、頭をぶった切って脳を持ち去るなんて異常なことをやらかす犯人像に、その容疑者が合致しないように思うんですよ」

その真鍋の言葉に、近藤はここにいる三人全員に対して答えるように、強い口調で言った。

「こっちだって、何の根拠もなしに逮捕した訳じゃない。いいですか？　西山春菜は第一発見者の斉藤晴彦と現場で待ち合わせをしていた。その廃工場は二人のたまり場だったらしい。きっと毎夜集まって二人でよからぬことをしていたんでしょう。工場の前にコンビニがあって、そこの店員が第一通報者です。五十代の主婦で、斉藤晴彦と西山春菜が普段から工場でたむろしているのを快く思っていなかったらしい。二人はよくそのコンビニで菓子やジュースなどを買っていました。店員は、まあお客さんだから悪いことは言えませんけどね、なんて前置きしてから、斉藤晴彦にとって不利になることをべらべら話してくれた」

「というと？」

「事件当日。女性はレジに立っていた。そしてコンビニの店内から、工場の入り口に立っていた西山春菜を目撃した。恐らく、これから工場に入るところを目撃されたんでしょう。それから斉藤晴彦がふらりと現れて工場に入っていったが、いつものことだと思って彼女は気にも留めなかった。それから暫くして、工場から斉藤晴彦がもの凄い形相で飛び出してきて、コンビニに駆け込んだ。警察を呼んでくれとか、救急車を呼んでくれとか支離滅裂でまったく要領を得なかったが、斉藤晴彦の手は血で真っ赤に染まっていた。女性は、自分の身に危険が及ぶと思って警察を呼んだ、と言っています」

ううん、と真鍋は腕組みをした。

「つまり西山春菜、斉藤晴彦、の順で工場に入っていった。そして西山春菜は死に、斉藤晴彦は第一発見者になった」

と鮎川が近藤の話を整理した。

「そうです。どう考えても、その斉藤晴彦が犯人としか考えられない」

「でも現場から服も凶器も、死体から取り出した脳も発見されなかったんでしょう?」

と如月が訊いた。

「そんなことはどうとでも説明がつく。警察が来るまで十数分の時間があった。その間にどうにかして処理してしまえばいい」

「確かに頭蓋骨を切断するほどの凶器の処分は難しいかもしれないが、取り出した脳髄は簡単に廃棄できる。潰してぐちゃぐちゃにすれば、下水にでもトイレにでも流せる。西山春菜の頭を開いた目的が最初の殺人の便乗だけだったら、取り出した脳など邪魔なだけだろう」

と真鍋は言った。

確かにコンビニの女性の目撃証言を百パーセント信用するのは危険だろう。客がいなかったとはいえ、彼女は工場に出入りする者を監視するために店にいたのではないのだから。

「西山春菜と斉藤晴彦の他に、工場に足を踏み入れた第三者はいなかったんですか？」

近藤は、いません、と即答した。

「言いたいことは分かります。コンビニの仕事の合間に、そこまでちゃんと工場の出入りを監視していたのかと疑っているんでしょう。尤《もっと》もな疑問だ。だが確かなのは、コンビニの店員が工場の前で西山春菜を目撃してから、次に斉藤晴彦の姿を目撃するまで、わずか数分間しか経っていないということです」

「ううん」

と真鍋は唸った。その店員の時間感覚をあげつらうことはできるが、本質的な反論にはならないだろう。

「仮にそのわずか数分の間に第三の人物が工場を訪れて、その人物は普段から工場にたむろしていない人物だったからコンビニの店員の意識に残らなかったとする。それでも数分間で西山春菜を心停止に至らしめ、西山春菜の頭部を切断し、脳を持ち去り、そして斉藤晴彦が来る前に工場から逃げ出す。そんな芸当ができると思いますか？」

「無理ですね」

と真鍋は呟いた。

「心停止の謎は？」

と如月が訊いた。

「その謎が解けない以上、そんな設問自体が無意味じゃないんですか？」

「斉藤晴彦が工場に入っていってから、暫くしてコンビニに助けを求めてきたんですか？」

今まで相づちばかり打っていた鮎川が口を開いた。

「そうです」

「どうして、すぐに助けを呼ばなかったんですか？」

「斉藤晴彦の言うことには、工場の中に入って暫く西山春菜を待っていたそうです。だが、その時既に西山春菜は殺されて、工場の床に転がっていた。それでも奴は死体に気付かずに、暢気に突っ立ってタバコを吸っていたと！」

「うーん」

真鍋は腕組みをして、またもや唸った。

斉藤晴彦を庇う義理はないが、しかし彼がそれほど特殊だとは思えない。廃工場だから電気も通っておらず、薄暗かっただろう。ましてや、昨日まで元気で仲良くじゃれ合っていたガールフレンドが冷たい死体で転がっているはずがない、という先入観もある。しかし——。

「やはり、その斉藤晴彦が怪しいな」

と真鍋も近藤に追従した。

「確かに、死体にすぐに気付かなかったというだけでは、犯人とは決めつけられないだろう。だがもう一つの状況証拠――つまり現場となった工場に足を踏み入れたのは西山春菜と斉藤晴彦の二人だけという事実は如何《いかん》ともし難い。状況証拠も積み重ねれば、物的証拠と同じぐらいの信憑性を発揮するもんだ」

「あ、今思いついたんですけど、事前に工場に誰かが忍び込んでいて、そいつが西山春菜を殺害したというのは？　斉藤晴彦は西山春菜の死体にも暫く気付かなかったうっかり者だ。物陰に潜んでいた犯人の姿に気付かなかったのかもしれない。そいつは、斉藤晴彦が死体を発見して大騒ぎしているどさくさに紛れて工場から逃げ出した」

「それはありえない。西山春菜の父親は西山製鉄工業という株式会社の社長だった。その会社もM&Aで吸収合併されてなくなったがな。二人がたまり場にしていた工場も、合併のあおりを食って倒産した町工場の一つだった。当面、その廃工場の管理は西山春菜の父親がしていたようだが、まあ合併話の方が忙しくて、そんな工場の処分などほったらかしだったんだろう。で、その工場の正面シャッターの鍵を、西山春菜がくすねたという訳だ」

「つまり普段は施錠されている？」

「そうです。その正面のシャッター以外からの出入り口はない。天井の窓ガラスに穴が開いていたから、そこからロープでも下ろして出入りしたっていうなら話は別だがね」

その時、真鍋は先ほどの如月の推理を思い出した。突然死した西山春菜の死体を、病院のスタッフが廃工場に運び込んで頭部を解体した、というあれだ。その推理は既に否定された。だが、その際に疑問視された、何故死体が廃工場に運ばれたのか？　という謎の答えの手がかりに、近藤の話はなるかもしれない。現場の工場は被害者の父親が所有していたのだ――もちろんそんな枝葉の謎が解けたところで、本筋の推理が否定された今となっては、何の意味もないのだが。

「それで、こっちの捜査にも参考になるかもしれない情報があると聞きましたが？」

そう真鍋は近藤に話を振った。合同捜査会議で出た情報はあくまでも、空き家で起きた第一の殺人事件と、廃工場で起きた第二の殺人事件に関するものが中心だった。

「事件といっていいか、まあ人が二人も死んでいるから事件には違いないんだが。しかし、それはもう決着がついているんです。でも今回の殺人事件で、急に気になって――」

「手がかりになるかもしれない情報なら、伺います。駄目で元々だ」

足を棒にして目撃者の証言を集めても、その殆どが使い物にならないのが捜査の常だ。無駄な話を聞くのには慣れている。

「有葉零という男が警察に通報してきました。通報というか、自首です。行きずりの女を家に連れ込み、殺してしまったと。だが死体はなかった。悪戯《いたずら》と考えましたが、それにしては有葉零の態度が真に迫っているので、念のため韓国旅行中の母親に連絡を取りました。母親の話を聞いて、俺は有葉零を取り調べる必要はないと判断したんです」

そう言って、近藤は有葉零についての『ある事実』を真鍋達に告げた。真鍋は考え込んだ。自分も近藤の立場だったら、彼と同じ結論を下すかもしれない。

「その判断が正しかったのか、俺は今でも悩んでいる。その後、有葉零が犯罪を犯したのなら間違っていたと断言できるが、そうとも言えない――」

近藤は口籠もった。何だか釈然としなかった。

「新理司という小説家を知ってます？」

唐突に近藤は訊いた。三人は一斉に首を横に振った。

「知らないのは俺だけかと思ったが、やっぱり有名じゃないみたいだな」

一人呟くように、近藤は言う。

「その小説家がどうしました？」

「有葉零の町内に、その新理司という小説家が暮らしていた。小説家といっても、本を一冊出しただけの新人らしい。家にゴミを溜めて、近所でも有名なゴミ屋敷だったそうです」

「やっぱり作家って変人なんですかね」

「のべつまくなしにひたすらゴミを溜めるから臭いもするし、いつ火事になるか分からんとご近所は散々迷惑していたようです。そしてある日、遂に恐れていたことが起こった」

「火事、ですか」

「はい。家は全焼して、焼け跡から男女の焼死体が二体発見された。あまりにも遺体の損傷が激しく、男女の区別も危ういほどでした。だが生存者の証言から、身元は判明できた」

「生存者？」

「有葉零です。現場から助け出された」

「何故、彼がそこにいたんです？」

　近藤は肩をすくめた。

「それが分からない。どうやらあの通報は悪戯ではなく、有葉零は本当に行きずりの女を殺したと思ったらしい。女の名前は、祥子、と言ったっけな。その祥子は有葉零に襲われて仮死状態だか気を失ったかしたが、息を吹き返した。そして有葉零の目を盗んで逃げ出した。だから有葉零にはまるで死体が消失したように見えた」

「ああ、なるほど」

「そして彼は、祥子の身元を新理司が知っていると考えた。元々祥子は新理司を訪ねて来て、有葉零と出会ったらしい。新理司の小説に祥子の名前が出ていたとか――俺も新理司の本を読んでみましたが、さっぱり意味が分からなかった」

「その有葉零が、新理司の自宅に放火したんですか？」

「いや、そうじゃない。有葉零はこう証言している。新理司の家を訪問したら、いきなり後頭部を拳銃で殴られたと」

「拳銃？」

「ああ、ヤクザから手に入れたと新理司は説明したらしい。だが燃え跡から拳銃らしいものは発見されなかった」

「新理司も、その火事で焼死したんですか？」

近藤は頷く。

「だから仮に拳銃を持っていたとしても、外に持ち出す余裕などなかったはずだ」

「それって本当に拳銃ですか？　ヤクザから手に入れたって簡単に言いますが、拳銃所持だけで大事《おおごと》です。モデルガンか何かの類じゃないんですか？」

「モデルガンならプラスチックだから、溶けてなくなるかもしれませんね」

近藤は話を続ける。

「子細に現場検証を行いましたが、とにかく焼け跡から拳銃は出てこなかった。有葉零は新理司が少なくとも二回銃を撃ったと訴えたが、銃弾や薬莢《やっきょう》も発見されなかった。まあ拳銃がないんだから、銃弾や薬莢を探すなんて馬鹿みたいな話ですけど、一応やらなきゃしょうがない」

その近藤の口調から、銃弾と薬莢に関してはザルな捜索しかしなかったんだな、と真鍋は思った。

しかし神奈川県警の捜査を批判する気にはなれなかった。銃弾や薬莢があるのならば、必ずそれを発射した拳銃が存在するはずだ。拳銃を使用したとされる男は焼死体で見つかっている。尚更現場に銃が残っていなければならない。しかし、それがない。その時点で、銃弾や薬莢の捜索は打ち切られたのではないか。

「しかし有葉零が襲われたのは厳然たる事実です。救助した有葉零を病院に搬送したが、証言通り後頭部に鈍器のようなもので殴られた痕があった。あの傷は自分ではつけられない。証言を裏付ける地下室も燃え跡から発見された。問題は、そこで起きたと有葉零が証言していることです」

「何が起こったと？」

近藤は言った。

「その地下室には件《くだん》の祥子も監禁されていて、拷問されて瀕死の状態だった。そして新理司は祥子を、有葉零の目の前で殺害した。掌を拳銃で撃ち抜いてから、チェーンソーで頭部を切断して」

　三人は一時黙った。

「今回の一連の殺人事件と共通した手口だな」

「狙い澄ましたように頭を切断したんだと。何か関係があると思いませんか」

「そのチェーンソーは？　拳銃のように、発見されなかったとか？」

　如月が訊いた。

「いや、チェーンソーの残骸は燃え跡からちゃんと見つかった。女性の焼死体の損傷は激しかったが、確かに頭部に切断されたような傷があった。拳銃の件を除いては、有葉零の証言は概《おおむ》ねつじつまがあっていると言える」

「掌は？」

「状態が酷くて銃創があったとしても確認できなかった」

　貫通したのかもしれない。しかし拳銃が見つからなかったのは如何ともし難い。

「何故、火が出たんですか？」

　と鮎川。

「新理司が錯乱して、家中にガソリンをまいて火をつけたと言っている。そして地下室を出て、一階の部屋に立てこもった」

「何故そんなことを？　何故錯乱したんだ？」

「さあ。とにかく二つの焼死体は、それぞれ有葉零の証言通りの場所から発見された。ガソリンは家中にまかれていたから、火はあっという間に回った。もし通報が遅れていたら、焼死体は三つになっていたでしょう。通報したのは、有葉家の向かいの瀬田という家で住み込みで働いている家政婦です。新理司の家に向かう有葉零を見咎めて、よしなさいと止めたらしい。あくまでもよかれと思っての警告だったんでしょう。だが有葉零は、その警告を無視して新理司の家に向かった。だからその家政婦も気になって、買い物がてら新理司の家の前を通りかかってみたという。そしたら、家からはもくもくと煙が上がっていた」

「結局、それでどうなったんです？」

「有葉零の証言に不審な点もなかったから、それがそのまま通った。その祥子という被害者女性に対する殺人の疑いも、いや、息を吹き返したから殺人未遂か、不問に終わった。この件にかんしては、有葉零はあくまでも被害者だ」

「結局、有葉零が何故新理司の家に向かったのかは曖昧なままか――ああ、祥子は元々新理司の知人という話でしたっけ？」

　そこがよく分からない――と近藤は頭をかいた。

「有葉零は、こう主張している。祥子は、とある『組織』の殺し屋で、新理司を暗殺する密命を負ってこの街に派遣された。しかし新理司に返り討ちに遭ったのだと」

「『組織』って何です？」

「分からない。有葉零がそう言ってるんだ」

そして近藤はコーヒーを啜った。

「もしそれが事実だとしたら、目的は達成された訳だ。祥子はその身を犠牲にして、新理司を殺害したのだから——まあそんなことはありえないが。とにかく、その新理司と祥子という女が焼死した事件が、今回の一連の殺人事件にどう関係しているのかは分からない。だが一つだけ確かな事実があります——件の有葉零は、こっちの事件の容疑者の斉藤晴彦と顔見知りなんですよ」

「ほう」

「祥子を殺したと通報した際、有葉零は近所の川にその死体を流そうとしたらしい。過去にその川の下流で女性の水死体が発見されたことがある。いやこれは恐らく事故死で事件性はないだろうが、恐らくその事故のことが念頭にあったんじゃないだろうか。だが計画は断念された。死体を川に運ぶ途中で、あの現場となった工場を通りかかると、そこには斉藤晴彦と西山春菜がいた。二人に目撃された有葉零は死体の処分を断念し、家に帰った」

「斉藤晴彦と西山春菜はその死体を目撃していたんですか？」

「それが釈然としない。何でもカーペットでぐるぐる巻きにして運んだから、一見死体とは分からなかったようなんです」

「ああ、そうなんですか」

「だが、もしその段階でまだ祥子が死んでいなかったとすれば、斉藤晴彦と西山春菜のおかげで命拾いしたということになる。何しろ仮死状態だったんだから。そんな状態で川に放り込まれたら本当に死んでしまう。とにかく、こっちのカードは、これですべて出した。後は煮るなり焼くなり、好きにしてください」

　そして近藤は立ち上がり、挨拶もせずにその場を立ち去った。

「結局、何なんすかね。こっちの事件も分からないけど。向こうで起きた事件も中々奇っ怪だ。しかも、関連性があるかどうか分からないが、作家が女を拷問して家に火をつけたなんていう、第三の事件のおまけまでついてきている」

　と鮎川が言った。

　真鍋は、ううん、と唸った。

　こうして真鍋達の、近藤という神奈川県警の警部補を招いてのディスカッションは終わった。しかし一つだけ、その場の議題にはまったく上らない事象があった。それは既に合同捜査本部で重大な話題となっていた事実であったからだ。つまり議論するまでもない大前提だったのだ。

第二の殺人の被害者、西山春菜の父親が社長を務める西山製鉄工業を買収したのが、あの萩原重化学工業だった。第一の殺人事件の現場となった八王子の空き家、および周辺の土地の所有者、萩原良二が社長を務める株式会社である。

*

その日は非番だったが、如月は鮎川を伴い、現場となった横浜の廃工場に出向いた。鮎川は休みなのに何でこんなことをしなくちゃならないんだ、と口では不満を言っていたが、内心満更でもないことを、如月はちゃんと見抜いていた。

「用事が終わったら、みなとみらいに行こうぜ」

「みなとみらい？」

「ああ、俺、実は行ったことないんだよね」

如月は笑った。

「私とデートのつもり？」

鮎川は少し、真剣な顔になった。

「付き合っている奴、いるのか？」

「さあね」

と如月は誤魔化した。

鮎川は別に嫌いではない。性格だって合うし、見た目もそんなに悪くはない。だが何故だろう。彼と付き合う自分という姿がイメージできない。鮎川は、彼氏というより、そう——。

「鮎川君、何だか、弟みたいなんだもの」

「弟？」

そんなことを言われるとは思ってもみなかったのだろう。鮎川は素っ頓狂な声を発した。

「俺って、そんなに頼りないのかな」

「頼りないっていうか、なんか、可愛いっていうか——」

「可愛い？ それってポジティブな意味でとらえていいの？」

「でも私、男性には、可愛らしさより、頼りがいを求めてるから」

「厳しいなあ」

そう呟いて鮎川はハンドルを切った。

如月はその鮎川の横顔を見つめた。

じぃーっと、じぃーっと、見つめた。

「何だよ」

「――鼻毛が出てる」

「み、見るな！」

如月は心の中でため息をついた。やはり鮎川は、弟みたいな存在だ。百歩譲って付き合ってもいい。しかしウェディングドレスを着て鮎川の隣に立つ自分の姿など、如月は想像もできなかった。夫となる男性は、やはりもっと頼りがいのある男であって欲しかった。

では誰だろうと考えたが、思い浮かぶのは何故か真鍋の顔だった。どうしてだろう。真鍋など、父親と同じぐらいの年齢《とし》なのに。


現場の工場は、立ち入り禁止のロープが張られていたが、もう散々報道されて飽きられたのか野次馬などもおらず、ひっそりとしていた。

シャッターは開けられていたが、制服の警官が立っていて、中に立ち入る者がないように見張っていた。車を止め如月達が近づくと、マスコミか何かだと思ったのか怪訝そうな顔をした。だが、警察手帳を見せるとすぐに態度を軟化させ、現場に立ち入ることを許可した。

ガランとした工場だった。重機などはほぼ取り払われていたが、壁沿いに、何の用途で使うのか理解できない機械がいくつか並んでいた。床に引かれた白いライン。それは人の形をしていた。頭部の辺りに一際大きなシミが広がっている。血だ。ここに西山春菜が倒れていたのだ。

天井を見上げた。採光のためか、窓がある。その窓は割れている。

「あそこからなら、脱出できるかしら」

「無理だろ。重機を登ったって届かない」

「この重機の陰になら、隠れられるかも」

「隠れてやり過ごしたっていうのか？　そんなことしてどうするんだよ。第一、この工場は普段は施錠されていたんだ。開けられるのは被害者の西山春菜だけだった」

「――そうね」

如月は工場の中をぐるぐると、まるで檻の中の熊のように歩き回った。別段変わった様子はなかった。もちろん廃工場になど立ち入る機会はないから、何が普通で、何が異常なのかは分からない。しかし少し現場を見れば、何かしらのインスピレーションが降ってくるかと思ったのだ。啓示のように。

そんなものはなかった。

「行きましょう。もういいわ」

「はいはい。仰せのままに」

次に、如月は工場前のコンビニに向かった。店の中から工場を眺めたが、見通しがいいとは言い難かった。店内にディスプレイされている雑誌のスタンドが、窓の半分を隠しているからだ。しかもかなり距離がある。先ほどの警察官の姿が見えたが、かろうじて顔が判別できる程度だ。

証言者の女性は、偶然にも店に出ていた。身分を告げて話を求めると、気さくに応じてくれた。何度も同じ話をさせられて嫌がられると思ったが、噂好きの主婦なのかもしれない。

「いえ、ふと窓の外を見たら、いたんですよ。いつも来てくれるお客さんが」

「被害者の女性ですね」

「ええ。暫くしたらその女の子の、多分ボーイフレンドですかねぇ。男の子がやってきて、工場の中に入っていったんです」

「その間、あなたは工場のあの入り口をずっと見張っていたんですか?」

「いえいえ！　前の刑事さんにもお話ししましたけど、そんなことしませんよ。だってあの二人、いつもあの工場に入り込んで何かやってましたから。ああいうのって不法侵入になるんでしょう？　何か悪さしてるんじゃないかって思ったんですけど、注意とかして殴られたらたまったもんじゃないですから」

流石《さすが》に、あの工場を西山春菜の父親が管理していることは知らないらしい。

「じゃあ、たまたま窓の外を見たら、被害者の女性の姿を見かけて、次にたまたま窓の外を見たら、容疑者の男性の姿を見かけたということですか？」

「ええ、まあ。そうですよ。最初に女の子の姿を見かけた時、今日は男の子の方はいないのかな、って思ったんです。だから男の子が工場の前の道を歩いていた時、すぐに意識がそちらに向いたんです」

「じゃあ、男の子以外の誰かがあの工場に入っていったら、あなたは気付かなかったかもしれない？」

「まあ、そうかもしれません。でも偶然見かけただけですから。私、あの工場を監視している訳じゃないんです」

「あと一つだけよろしいですか？　あなたが被害者の姿を見かけてから、容疑者の姿を見かけるまでの時間です。数分と証言されたそうですか。それは本当ですか？」

「ええ、数分です。三分間ぐらいかしら」

「失礼ですけど、思い違いとかなさっている可能性はありませんか？　時計で計った訳ではないんでしょう？　たとえば数分だと思っていたけど、よくよく考えてみたら十五分ぐらいだったとか」

その如月の言葉に、店員はおかしそうに笑った。

「いくらなんでも、三分と十五分を間違えたりしませんよ」

「じゃあ、男の子が工場に入ってから、こちらのお店に助けを求めてくるまでの時間は？」

「そっちの方は、もしかしたら十五分ぐらいかもしれませんね」

礼を言って、二人はコンビニを後にした。

「三分だぞ」

と鮎川は言った。

「分かってるわ」

「斉藤晴彦の無実を証明するためには、三分間で西山春菜の頭蓋を切断して脳を取り出さなきゃいけない。果たしてそんなことができるか？」

「別に無実を証明しようとしている訳じゃないけど」

斉藤晴彦が犯人であって欲しくない、などと思っている訳では決してないのだ。だが心不全という死因が、喉に引っかかっている小骨のように鬱陶しかった。心不全などという検死結果は、死因不明と言っているに等しい。そんな完全犯罪を、高校を卒業したばかりの若者が為し得たなど、俄《にわか》には信じ難いのだ。

二人は車に乗り込んだ。如月は言った。

「次は新理司の家があった場所に行ってちょうだい」

「え、有葉零の家に行くんじゃないのか？　ここからすぐ近くだぜ」

「いいえ、そっちは後回しよ。確認したいことがあるの。いいでしょう？　どうせ、どっちも同じ町内なんだから」

「了解」

鮎川は、まるでわがままな女王様に従う家来のように恭しく頷いて車を発進させた。

新理司の家の焼け跡にはすぐに到着した。無残な有様だった。ここにかつて家があったと分かる痕跡は、まるでオベリスクのように立っている数本の、炭と化した柱の残骸だけだった。住宅街でこれほどの火災が発生したのに、近隣の家に燃え広がらなかったのが奇跡のように思える。

「嫌な臭いがするわね」

「そうだな」

これが火事場特有の臭いなのか。それともゴミも一緒に燃えたというから、格別臭いが酷いのか。

「通報したのは有葉零の向かいに住む家政婦だそうね？」

「ああ、そういう話になっている」

「どうしてなのかしら。有葉零の家はここから離れているんでしょう？」

「それはこの間近藤が話しただろ。その家政婦は、有葉零のことが気になってここまで来たんだよ」

「気になって、って何？　その二人、付き合ってるの？　家政婦と十九歳の男の子が？」

「いや――それはどうだか知らないけど」

如月は近隣住民に、火災現場当日についての聞き込みに回った。皆一様に、消防車のサイレンで初めて火事に気付いたと証言した。恐らく消防車の到着が遅れていたら、隣家への延焼は免れなかっただろう。

「おかしいわ」

車中に戻って如月は呟いた。

「誰も彼も火事に気付かなかった。にもかかわらず、有葉零の家の向かいの家政婦だけが通報した。もし通報がなかったら、近所の家も燃えたかもしれないし、有葉零も焼死していたかもしれない」

「つまり？」

「彼女は、新理司の家から火が出るのを事前に知っていたんじゃないかな。だからこそ迅速に１１９番に通報できた」

「そんなことがあるのかよ」

「思い出して。新理司は家中にガソリンをまいたのよ。どうしてそんなことをするのよ。自分の家に」

「そりゃ、女を閉じ込めて拷問する奴の気持ちなんか分からないさ。それら一切合切が全部嘘で、何もかもが有葉零の狂言だったっていうなら話は別だけど。でも近藤さんが言うには、拳銃のこと以外の証言は、概ね筋が通っているらしいし」

「新理司が家にガソリンをまいたのは、何かの意図があるからじゃないの？」

「何の意図？」

「それは分からない。でもその家政婦は新理司がやろうとしていたことを知っていた。だから火が出る前に119番に通報できた」

鮎川は暫く黙った。如月の話の内容を頭の中で嚙み砕き、反芻《はんすう》しているかのようだった。

「家政婦が119番に通報したのも新理司の意図なのか？」

「それはどうだか分からないわ。とにかく有葉零の家に行ってみましょう。もしかしたらその家政婦にも会えるかも」

「そうだな。本人に会って話を聞くのが一番だ」

鮎川は車を走らせた。同じ町内だけあって、有葉家にはすぐに到着した。道を挟んで向かいに、一際大きな家があった。庭も広く、この土地の中に近隣の家が何軒も建ちそうだ。なるほど、こんな屋敷に住んでいる住民なら、当たり前のように家政婦やお手伝いを雇うだろう。執事だって出てきそうだ。

如月は有葉家のインターホンを押した。暫くすると、中年の女性が玄関に顔を出した。どうやら有葉零の母親らしい。身分を名乗ると、あからさまに迷惑そうな顔をした。先ほどのコンビニの店員の反応とは対照的だった。

「あの子は、繊細なんです」

「はあ」

「あんな恐ろしいことに巻き込まれて、しかもこんなに何度も警察の方に押しかけられて、すっかりまいってしまっています。もういい加減そっとしておいてくれませんか」

「はい。それはお察しします。お気の毒に。でも息子さんは重要な目撃者なんです。どうかお話を聞かせてください。すぐ済みますから」

有葉零の母親は小さくため息をついてドアを閉めた。門前払いされたか、と思って鮎川と顔を見合わせた。

もう一度インターホンを押そうとした時、ドアが開かれた。ドアの隙間から警戒するようにこちらを見つめている若い男がそこにいた。

「こんにちは。散々訊かれていると思うけど、確認というか、あることを確かめたいだけなの。私達、警視庁の刑事で、神奈川県警とはまた別に捜査をしているんです」

新理司邸の地下室で起きた事件のことを、有葉零に問い質したいという気持ちはあった。だがその前に、確認しなければならないことがある。

「八王子の空き屋で起きた殺人事件のことを知ってる？　被害者が殺されて頭部が切断されていたっていう」

有葉零はこくりと頷いた。

「見てもらいたいものがあるの。見たくないでしょうけど、捜査に必要なことなの」

如月は一枚の写真を有葉零に差し出した。以前真鍋と聞き込みに回った際、ホームセンターの店員に見せた写真と、同じ物だ。

「被害者、まだ身元が分からないの。見覚え、ない？」

警察の捜査に協力する気などないと思われた有葉零だが、まじまじと写真を見つめていた。その零の反応に如月は手応えのようなものを感じた。普通、死体の写真など気持ち悪がって目を背ける者が殆どなのだ。あのホームセンターの店員もそうだった。

「その写真の被害者に、見覚えがあるんですか？」

と期待を込めて如月は訊いた。

しかし零は、

「いいや」

と言って写真を突っ返してきたので、如月は落胆した。

訊きたいことは山ほどあったが、あまり長話はできないだろうと思った。零は酷く閉鎖的なように感じられた。酷い経験をして、心に傷を負ったのかもしれない。カウンセラーにはかかったのだろうか。

「この事件について、何かお心当たりはありませんか？」

と如月は何気なく訊いた。すると零は目を丸くした。

「――疑っているんですか？」

「いえ、そんなことは。でも――」

ドアの隙間から、零の目がぎらりと光った。

「知ったことじゃない！　そんな事件！　関係ない！　帰ってくれ！」

零は絶叫した。

「帰れ！」

如月と鮎川の目の前で、ドアは勢いよく閉められた。

「どうする？」

「どうにもならないようね」

「でも、事件のことを訊いただけであの態度は普通じゃないな。事件の記憶がトラウマになっているのかもしれないけど」

「まあ、何かあったらまた話を訊きに来ればいいわ。今日明日中にどうこうしなければならないことでもないし。取りあえず、お向かいの瀬田さんの家政婦にも話を訊きましょう」

そう言って如月は振り返った。

そして思わず、立ち尽くした。

そこに一人の少女が立っていたからだ。

心を見透かすかのように、じっと如月の瞳を見据えて。

長い髪を後ろでポニーテールにまとめている。スカートではなく、ズボンを穿いている。

そしてシャツの上から、ニットのベストを着ている。そんな格好をしているから如月は、彼女の第一印象を、まるでボーイスカウトの少年のようだ、と思った。美しい、綺麗な顔立ちをしているのに。

「あなた達、勘違いしているわ」

と少女は言った。

勘違い？

意味が分からなかった。

ふと気付くと、少女の背後に幼稚園児ぐらいだろうか、小さな男の子が隠れていた。ジーンズに、黒いセーターを着ている。髪は綺麗に整えられて、上から下まで清潔そうな印象を如月に与えた。

「君は――」

と鮎川が言った。するとその質問を予期していたかのように、少女はこくりと頷いた。

この子が、瀬田家の家政婦なのか。

意外だった。家政婦と聞いて、如月は何となく、中年の女性を想像していたのだ。この少女だったら、十九歳の有葉零と交際していても不自然じゃないかもしれない。

「あなたが、新理司の家の火事を通報したのね？」

少女は再び頷いた。

「どうして？　ここから新理司の家は、そう遠くはないでしょうけど、でも歩くと少しかかるわ。偶然その場に居合わせたの？」

「零さんが心配だから、後を追ったんです。そしたら煙が見えたから通報しました」

少女は、まるで如月の質問を予期していたように、淀みなく答えた。

「新理司は家の中にガソリンをまいてから火をつけたそうよ。何故そんなことをしたのかは分からないけれど」

如月は少女に一歩近づいた。少女はたじろぎもしなかった。

「ガソリンは簡単に引火するわ。煙が出る頃には室内は火の海だったでしょうね。それから消防車を呼んだら、あの程度の火事で済んだかしら？」

「再現実験でもしたんですか？　あの程度の火事、といってもその認識は人それぞれです。全焼して焼死体が二つも出たんだから大惨事と言えるはずです」

この少女はどこかおかしいと如月は思った。普通刑事に質問されたら、大抵の人間は舞い上がっておしゃべりになったり、逆に緊張して無口になったり、とにかく何らかの反応を示すものだ。

しかも、自分達はまだ彼女に身分を名乗ってすらいない。にもかかわらず彼女は如月と鮎川を刑事だと知っているようなのだ。

背後でさっきの有葉零とのやりとりを聞いていた？　そうかもしれない。でもそれにしても、この落ち着き方は異常だ。

「私が、あの家から火が出てくるのを知っていて、予め消防車を呼んだと思っているんですか？　でも、そんな証拠はどこにもないですよね？」

「そうね」

とだけ如月は言った。そんなことしか言えなかった。

ゆっくりと、少女は如月達に背中を向けた。男の子と手を繋ぎながら。

「お買い物に行かなくちゃいけないんです」

そう言って、少女と男の子は道を歩き出した。その背中に如月は言った。

「またお話を伺わせていただくかもしれません」

少女は少しだけ後ろを振り向いて、

「私はいつもここの家にいます」

と答えた。

そして二人は振り返ることなく、道の向こうを歩いていった。

如月と鮎川は、見えなくなるまで二人の背中を見送っていた。

8

『AERIS』

それはラテン語で『空気』の意である。

『AERIS』

それは新理司の小説『偏在者』のサブタイトルである。

『AERIS』

それは生命によって地球周回上に設置された人工衛星の名称である。


生命と大地の世界。

『天国の門』に通じる部屋。


そのクリスタルの荘厳なテーブルの上には、今回の事件の資料が一面に並べられている。紙の資料。現場写真。すべて警察内部のトップシークレットと言っていい情報だった。しかし神に等しい大地にとって、それらの情報をこの部屋に『つまみ上げる』のは、赤子の手をひねるよりも容易いことだった。

いや——違う。神に等しいのは、生命であった。

自分は精々、生命に準ずる立場の人間に過ぎない。そもそも男が、子供を産み育てる能力を兼ね備えた女に敵うはずがない。男の暗喩たる大地が、女の暗喩たる生命より立場が下なのは、それを如実に表している。

大地は思う。イブは蛇に唆されたから知恵の実を食べたのだという。それは本当だろうか。真実は、違うのではないか。イブは自ら進んで知恵の実を食べたのだ。アダムに対する復讐のために。イブは自分がアダムの骨から作られたという事実に耐えられなかったのだ。

壁一面のモニターには、今回の事件におけるマスコミ各社の報道が次々に映し出されている。デジタル化された警察内部の資料も、生命が手元のタッチパネルを操作するだけで即座にモニターに呼び出せるシステムになっていた。

「やっかいなことになったわね」

と生命は呟いた。

「ここまで騒ぎが広がったら、もう事件そのものをなかったことにはできないわ。事件の真相に気付く人間がいずれ現れる。そうなったらお終いよ」

生命は爪を噛んだ。いつも超然としている生命が、焦り、動揺するような素振りを見せるなど、大地は想像もできなかった。

「大丈夫さ。事件の真相になど、誰も辿り着けない」

と大地は言った。

「気休め？」

生命は大地を見つめた。

冷たい美貌が、大地の意識を貫いた。

彼は思い出す。

祥子は、現金と、緊急時の連絡用の携帯と、そして人工衛星『AERIS』によって撮影された現場周辺の空中写真を手に、新理司暗殺の命を受けて、当該地域に派遣された。任務遂行までには数日かかったが、祥子は無事にやり終えたと聞く。

新理司は焼死し、現場からは祥子の死体と見られる女性の焼死体が発見された。女性の焼死体は未だ身元が確認されていない。ＤＮＡ鑑定できないほど、死体の損傷は激しかった。

大地は、その死体は祥子ではないと考えている。何故なら祥子は死なないからだ。死なない者、それは、自分の死を偽装するプロフェッショナルと定義できないだろうか。暗殺のために派遣された当日にも、祥子は有葉零という行きずりの男に情報提供を求めたが、彼は役に立たなかったので、祥子は自らの死を偽装して逃げ出した。つまりあの火災現場で発見された焼死体は、祥子のものではないのだ。誰か別人の死体を自分のものとして偽装したのだ。

新理司を殺害するという祥子の任務は終わった。

だが、あの生命の言葉、

『祥子が――死んだわ』

第一の殺人。

萩原良二所有の空き家で発見された、頭蓋を切断された死体は正真正銘、祥子に他ならなかった。偽装ではありえない。

報道各社は勝手気ままに事件の報道を垂れ流している。それらの報道をすべて正しいものとして受け入れてしまうと、当然事件の詳細に齟齬が生じる。現に第一の殺人の際、死体の頭部が切断されたと報じる番組があったが、第二の殺人の際にはどこも頭部切断に関しては触れていない。

もちろんこれは、警察が報道管制を敷いた、という理由で説明がつくのかもしれない。だがそれだけではない。祥子が殺された現場の空き家に住み着いていたホームレスが行方不明になっているという。そのホームレスとは一体誰だ？　普通に考えれば、そのホームレスこそ重要な容疑者のように思える。しかし、そもそもそんなホームレスが実在したかどうかも疑わしいのだ。

大きな事件になればなるほど、人々は熱狂し、ありもしない容疑者像を造り出す。幻想の容疑者を。だが永久に捕まらない以上、その容疑者は、幻想ではなく、実在の人物として人々の脳裏に存在し続ける。

下の世界の愚民共が感じている現実が、どれほどのものなのか大地には分からない。だが六十億人の人間が存在すれば六十億個の現実が存在する訳だ。くだらない自意識、プライド、自己愛で肥大した彼らの意識が生み出した現実が。その総体によって社会は構成されている。ならば個々の現実のずれによって、犯人が消失したり、存在しないホームレスが現れてもおかしくはないだろう。何しろ世の中には、幽霊を目撃した、UFOと遭遇した、オーラが見える、などと世迷《よま》い言《ごと》をほざく輩もいるのだ。それに比べれば不可能犯罪が起きるぐらい何だというのだ。

大地はその考えを生命に披瀝《ひれき》した。生命は、笑った。

「確かにそういうこともあるでしょうね。でもね、この事件はすべて起こるべくして起きたことよ。にもかかわらず下の世界の者達は愚かだから、それが分からない。愚民は自分の殻から永久に抜け出すことができない。現実は自分の中にしかない、世界は自分だけだという視点に囚われてしまっているから。そうなってしまったが最後、二度と客観的な立場から物事を解決することはできなくなる」

「じゃあ、第二の殺人では、やはり斉藤晴彦が西山春菜を殺したんだな？　彼以外に西山春菜を殺すチャンスがあった者はいない。警察が斉藤晴彦を逮捕したのも頷ける。もし仮に、斉藤晴彦が冤罪であったとしても、彼が何らかのかたちで殺人に関与していたのは明らかだ。その場合はもちろん、共犯者がいるという話になってくるが——」

「いいえ。斉藤晴彦は正真正銘、潔白よ。彼は犯人ではありえない。共犯者もいない。よく考えなさい。西山春菜は心不全で死んだのよ。持病もない健康な十代の少女が、何故心不全で死ぬの？　それがすべてよ。工場が密室だったとか、現場にはその時、斉藤晴彦しかいなかったとか、そんなことはすべて枝葉にしか過ぎないわ。もっと大きな太い幹がある。不思議ね。誰もそれを見ようとしていない」

「——俺は君のような天才じゃない」

「それでいいのよ。真相を知っているのは私一人。それですべてが上手く収まる」

そして生命は予言した。

「事件はこれで終わりじゃない。まだ次々に人が死ぬ。被害者は皆、美しい少女ばかり。頭を切断されて、そして死体には脳髄がない」

「美しい少女というのは、酷く曖昧な区分けだな。誰にとっても美人など、そう世の中にはいないものだ」

君以外にはな——そう大地は心の中で呟いた。

「犯人にとってよ」

生命は手元のタッチパネルを操作した。ディスプレイに、とある映像が映し出された。

それは第二の殺人を報じるニュース映像だった。頭部切断の件まで報道されてはいなかったから、第一の殺人に比べれば、まだ報道の規模は小さかった。

しかしこのニュース映像だけは別だった。

偶然、カメラが捉えた映像である。

中継だったから、この映像は加工を一切されず全国に流れた。後に繰り返し何度も放送されたが、その際は容疑者の顔にモザイクがかかっていて顔が分からないようになっていた。

今、生命と大地が観ているのは最初の放送である。

殺人現場となった工場の入り口にはビニールシートが張られていた。そこから突然、男が飛び出してきた。野次馬達は騒然とする。レポーターを撮っていたカメラマンは、即座にアングルをその男に向ける。

『おい！　待て！　止まれ！』

刑事達が叫びながら容疑者を追う。

髪を金色に染めた若い男――斉藤晴彦は、もちろんそんな声には耳を貸さない。野次馬をかき分け、ひたすら走る。かなり俊足と言っていいだろう。そのままのスピードを維持していたら、もしかしたら逃げ切れたのかもしれない。

だが、一瞬、斉藤晴彦はある男と目が合い立ち止まる。

『れい！』

斉藤晴彦は叫んだ。意味は分からなかった。その男の名前だろうか。

そういえば、祥子が情報提供者と見込んだ男は有葉零と言った。祥子は有葉零と行きずりで出会ったという。零に口説かれたのだそうだ。そういうことをする男は、やはりそれなりの雰囲気というものを持っているはずだ。

だがテレビカメラに映った、斉藤晴彦に呼びかけられた男は、とても街で女を口説きそうな雰囲気ではなかった。顔ははっきりと分からないが、髪の長いむさ苦しそうな男だった。髪を切るのが面倒でああなってしまったふうな面持ちだ。あんな男に話しかけられて、のこのこついて行くような女はいないだろう。

男は斉藤晴彦に向かって何かを呟いたが、その声はあまりにも小さくマイクでは拾えない。次の瞬間、彼は追いかけてきた刑事達に後ろからタックルを食らって派手に転倒した。

『おら、おとなしくしろ！』

『暴れるな！』

刑事達が斉藤晴彦に罵声を飛ばす。

取り押さえられつつも、斉藤晴彦は男と何かを話している。しかし、やはりその声は小さくて聞き取れない。

そして斉藤晴彦は再び工場跡に連れ戻された。その途中、中年の刑事の一人が、れい、と呼ばれた男に何か言っているようだが、彼は何が起こったのか分からない様子で、ただ突っ立っているだけだった。

「そもそも何故、事件から数日経ったのに、斉藤晴彦が現場に連れ戻されたんだろう」

「現場検証よ」

「警察が、斉藤晴彦が犯人であると結論づける動きになってきたという証左だな」

「そう。でもそれは間違っている。大方彼らは、斉藤晴彦が目の前の西山春菜の死体にすぐに気付かなかったのはおかしいという論調で彼を疑ってかかっているんでしょう。でも彼らの現実なんて、そんなものよ。都合の悪いものは見ない。考えない。想像もしない。自分の恋人が死体となって転がっているかもしれないだなんて、間違っても思っちゃいけない。斉藤晴彦が西山春菜の死体にすぐに気付かなかったのは、下の世界の愚民が愚かであるという証明に過ぎないのよ。そんなことを考えもせず、ただ闇雲に彼を犯人と疑ってかかる警察はもっと愚かだけどね」

　そうして生命は、今の映像をスローでもう一度再生した。西山春菜を殺したと、恐らく日本中の人間から思われているであろう少年の顔が、モニターに大映しになった。

　金色の髪。典型的な現代《いま》の若者の服装。警官を振り払おうとして、必死の形相。

「萩原良二は何て言っているんだ?」

　この工場も萩原良二がかかわっていると聞く。あの男も手広く事業を広げているから、その事実を知った時も、大地はこれは偶然としか思わなかった。

　だが、生命から斉藤晴彦が犯人でないと聞かされた今となっては——。

「生命？」

生命の返事は、なかった。

彼女は、じっとモニターを見つめていた。

そして生命は、ゆっくりとスローで映像を巻き戻していった。

映像は、ある時点で止まる。

刑事達に取り押さえられている斉藤晴彦。

それを呆然と見つめている、れい、と呼ばれた少年。

──そしてその背後には。

「綾佳──」

生命は呟いた。

「何？」

思わず大地は訊き返した。そしてモニターを凝視した。

れい、と呼ばれた少年の背後に、ポニーテールの少女の後ろ姿が映っている。映像は確かに、逃げ出す斉藤晴彦、追いかける警察官、立ち尽くす、れい、と呼ばれた少年を捉えている。そして、彼らの喧噪から逃げ出そうと背中を向けて歩き出している一人の少女の姿をも、克明に映し出していた。

「これだけじゃ、分からないよ。後ろ姿だけじゃ」

生命は、スローで映像を巻き戻す。

時間は巻き戻る。斉藤晴彦と警察官達が工場跡の方に逆向きに戻っていく。ポニーテールの少女がこちらを振り向く。

そして大地は目撃した。少女の顔貌を。

息を呑んだ。

「――想吹《そうぶき》」

間違いなかった。

生命の元から逃走した、祥子と並び称される実力のエージェントの一人が、モニターの片隅に映っていた。

生命は指先をモニターに滑らせた。そして小さく呟いた。

「こんな所にいたのね――」

生命は、まるで迷子になったペットを見つけた飼い主のように、静かに微笑んだ。その生命の笑みの裏側には、溢れんばかりの歓喜が隠されていることを、大地は知っている。

あるいは、自分を裏切った綾佳に対する憎しみか。

「想吹を削除するのか？」

その大地の問いにも答えず生命は、ただモニターの中の綾佳を見つめていた。

「君はこの事件の真相を知っているのだろう。それはいい。だが想吹も、必ず君と同じ場所に辿り着くぞ。あれは、そういう女だ」

生命だけではなかった。想吹も当然知っているのだ。あの『天国の門』の向こう側に一体何が隠されているのかを。

生命は何も答えなかった。ただ熟考している様子だった。そんな生命の姿など、大地は見たことがなかった。生命は神にも等しい存在だった。神は迷わない。何一つ、一切、迷ってはならないのだ。

「もう祥子はいないぞ。彼女は、死んだんだろう？　誰が想吹をここに連れ戻す？」

「焦ることはないわ。どうして綾佳は今まで『組織』の秘密をリークせず、隠れて暮らしていたと思う？　リークするつもりなんかないからよ。もちろん綾佳は私の手元にいてくれなければ困る。でも、今まで何も起こらなかったのに、今日明日中に私達にとって致命的なトラブルが起きると思う？」

「君らしくない楽観的な意見だな。障害は早いうちに取り除かなければ、いずれ大変なことになるぞ。想吹を野放しにしておく理由はない」

「捕まえてどうするの？　監禁しろとでも言うの？　あの子は自分の意思で逃げ出したのよ。

それを連れ戻しても、また逃げ出すに決まっている」

「それはそうだが──」

「じゃあ、どうするの？　殺せというの？」

その問いに、大地は答えることができなかった。

彼女らに代わる存在など、二度と現れないだろう。その意味で、二人の少女は生命のエージェントに過ぎなかったが、しかし『個性』としては生命や大地と同じだけの価値を秘めていたのだ。その一人──祥子は死んだ。もう一人の想吹を失うのはあまりにも惜しい。

暫しの沈黙の末、生命は、大地に告げた。

「萩原良二に、連絡して」

*

砂浜の世界。

砂粒の個人。

その区別が想吹綾佳には分からなかった。

綾佳にとって、砂浜は大きな砂粒と同義だった。世界と自分の区別はそこにはなかった。

自分と他人の区別もなかった。

他人は存在しなかった。

自分も、存在しなかった。

ただ、茫漠とした世界だけがそこにあった。

あの二人の刑事は、如月と鮎川と言った。鮎川は如月が好きだった。四六時中、一体どんな口実をもうけて如月に電話をするか、そればかりを考えていた。鮎川は、できれば如月と結婚したいと思っていた。気が合うし、そこそこ可愛いし、何より焦っていた。兄弟や親戚は皆結婚してしまって、独身は彼一人だけだったからだ。つまり誰でも良かったのだ。性格が悪くなく、見た目が可愛く、女であれば、誰だって。

だから鮎川は一瞬で綾佳に心奪われた。綾佳が如月と話している最中、鮎川は黙って頭の中で綾佳を陵辱していた。男はすべてそうだった。

だがそうでない男もいた。

有葉零の双子の弟、有葉一だ。

最初会った時、一は綾佳を前にして何も考えられなかった。きっと彼もそういう行為を望んでいたのに。綾佳はそれが心地よかった。こんな男も、この世にはいるんだ、と思った。

一と話すようになったのは、彼の兄の零のことを気にかけたからだ。あんな女たらしがどうなろうと——たとえ新理司に殺されようと——知ったことではなかったが、有葉零は祥子に出会ってしまった。祥子は心がない少女だった。怒りも、苦しみも、喜びも、悲しみも、祥子にはなかった。自己に対する思索はすべて感情から生み出されている。それをしない人間は、他人に対する思索もしなかった。祥子にとっては他人も、自分も、存在しないに等しいものだった。そこには、世界がなかった。

世界がなければ、他人もなかった。

他人がなければ、自分もなかった。

自分がなければ、心もなかった。

綾佳と祥子は、あらゆる意味で正反対の存在だった。無限とゼロのように、光と闇のように、善と悪のように、それ単体では決して定義し得ず、対象の存在があって初めて成り立つモノなのに、決して交わらない少女達だった。

綾佳は他者と自分の区別がなかった——祥子を除いては。祥子だけは綾佳の世界から抜け落ち、空白の虚無を形作っていた。

その祥子が新理司を殺すために、綾佳が身を潜める街にやってきた。

そして事件は、始まったのだ。

祥子が新理司の殺害に成功し、そのままこの街を去ってくれれば何の問題もない。だが任務の遂行に有葉零のような男は明らかに邪魔だ。時間がかかって手間取れば手間取るほど、祥子は長くこの街に滞在することになる。それは何としてでも避けたい事態だった。

もし祥子に自分の存在を気付かれたら、必ずや祥子は生命にその事実を報告するだろう。そして生命は、どんな手段を使ってでも、自分を連れ戻すに決まっている。

あの『天国の門』がある部屋に。


両親の記憶は最初からなかった。

萩原重化学工業研究棟の一室で、綾佳は幼少期の大半を過ごした。その当時の綾佳は確かに普通の少女だった。砂浜は砂粒の個人が集まってできていて、綾佳も確かにその一粒の砂に過ぎなかった。

だが実験が失敗して、すべてが変わった。

綾佳は看護師の態度から、研究棟にいる少女達の数が次々に減っていることを悟った。自分がいる場所を、病院のようにとらえていた綾佳は、彼女達は退院したんだろうな、と単純に考えた。そして私も早く退院してお外に行きたい、と看護師に言ったことはぼんやりと覚えている。

その綾佳の言葉を聞いて浮かべた、看護師の寂しそうな笑顔も。

綾佳が最後の少女だった。綾佳が死にもせず、狂いもしなかったのは、研究者達が実験をこなし、ノウハウを積むことができたからに過ぎなかった。

目覚めた瞬間、綾佳はこれが病気の手術ではなかったことを知った。他の研究棟の少女達は実験に失敗して死んだか、あるいは精神を病んだことも、研究者達が内心、綾佳もどうせ失敗だろうと思っていることも、そして次は感情に乏しい子供を集めて実験をしようと考えていることも、すべて——知っていたのだった。

手術後、口が利けるようになると、綾佳はそのことを研究者達に告げた。彼らは最初、憤った。誰かが極秘の事項を実験材料に教えたと思い腹を立てたのだ。誰にも教えられてなんかいない、と綾佳は説明したが、研究者達は誰も信用しなかった。そこで綾佳は、研究者達が過去にしたこと、そして未来にしたいことを、すべて順番に言い当てた。

それだけではなかった。食べた朝食のメニュー。読んだ新聞の記事。出身地がどこなのか。どこの大学を出たのか。嫌いな上司。浮気相手の名前。銀行の暗証番号。コンピュータのパスワード。ありとあらゆる日常生活の煩雑なこと。それが綾佳には分かったのだ。

自分が経験したことは脳が記憶している。何故記憶しているのかと問われれば、それはもちろん脳科学的に様々な説明が可能だろうが、脳のメカニズムを知らなくても日常生活には支障はない。自分のことは分かるのだ。

それと同じように、綾佳には他人のことが分かった。

研究室は騒然となった。

綾子は実験前の部屋に再び閉じ込められた。

同じ部屋なのに景色は違って見えた。まるで独房と同じだった。

同じ看護師が、綾佳の世話をしてくれた。だが同じなのは姿だけだった。

心はまったくの別人だった。

(ばけもの。ばけもの。ばけもの。ばけもの。ばけもの。ばけもの。ばけもの。ばけもの)

綾佳は、泣いた。

私は、ばけものだ。

実験に失敗して、ばけものになったんだ。そう思った。

頭の手術の傷も癒えた頃、社長の萩原良二がやってきた。社長は、綾佳に口頭で説明をした。もちろん綾佳は最初から社長が何を言いたいのか分かっていた。それを言葉で補足されているから、ずいぶんと話は分かりやすいはずだった。だが当時の綾佳は、彼の言っている意味がまるで理解できなかった。

人類の科学は日々進歩し続け、次々に宇宙の謎が解けているのに、未だに人類は自分達以外の知的生命体を発見できていない。人類が自然に宇宙に発生したのであれば、他の知的生命体も自然発生していいはずだ。にもかかわらず人類は宇宙人の存在を証明できない。

人類は宇宙に向かってメッセージを発し、血眼《ちまなこ》になって宇宙人を探している。だがそのメッセージには誰も答えてくれない。この茫漠たる宇宙で、人類は、どこまでも、孤独だ。

そこで矛盾が生じる。我々人類は、確かに知的生命体である。だからこそ、自分達以外の存在、地球外知的生命体を探し求める。もし偶然による知的生命体の発生を認めるのであれば、我々人類はその奇跡によって宇宙に誕生したことになる。我々が宇宙に自然発生したのであれば、他の知的生命体も自然発生するはずだ。ところがそうはならなかった。

人類は自然に誕生しなかった。

だから誰かが誕生させねばならない。

しかし、過去も未来も、この宇宙に存在する知的生命体は人類だけである。

このパラドックスは永遠に解くことはできない。

萩原重化学工業はそのパラドックスを解くために設立された。綾佳達が受けた人体実験も、必要不可欠な研究の一つだった。だがそれはすべて失敗した。しかし、予期せぬ副作用が生まれた。綾佳の、個人と世界の境界線が取っ払われてしまったのだ。綾佳は砂浜ほどの大きさの砂粒に生まれ変わった。

幼い綾佳が理解したのは、その程度までだった。もう一度、あの社長に会うことができるのであれば、綾佳は萩原重化学工業が一体何をしているのか、そして自分はどうしてこうなってしまったのか、立ち所に理解しただろう。しかし社長との再びの面会は叶いそうになかった。ましてや逃亡者となった今、自分から会いに行くのは捕まりに行くようなものだった。

想定外だったとはいえ、神に等しい存在に生まれ変わった綾佳を『組織』が失敗作として処分するはずもなかった。むしろ学術的には価値があるかもしれないが、今日明日の我々の生活には何も影響を及ぼさないであろう萩原重化学工業の研究よりも、綾佳の存在の方が『組織』にとっては遥かに有益だったのである。

もちろん萩原重化学工業の研究の方も差し障りなく進めなければならない。そのために綾佳は手伝いをさせられた。新たな被験者の選出に協力させられたのだ。

実験が失敗したのには、理由があった。被験者の感情や自我が邪魔をしたのだ。確かに人間の本質は脳だ。脳だけ取り出して生かしておいても個人の人格は変わらないし、仮に脳の情報をすべて0と1のデジタルの情報に置き換えたとしても、それは同じと言える——そう科学者は考えた。だが理屈と現実は違う。確かに人間の自我は脳によって生み出されている。

しかし脳も肉体の一部であることは厳然たる事実だ。ここにもパラドックスがある。肉体という乗り物を、一時的にでも失ってしまった少女達はそれに耐えられなかった。だから実験は失敗したのだ。

実験を継続させるためには、身体を失っても精神を崩壊させない、強い心の持ち主が必要なのだろうか？

違う。

最初から心のない人間が必要なのだ。

そして八王子の森の中に建つ洋館が綾佳の新しい住まいになった。この家に連れて来られた時、今日からこの家で暮らすのだと思うとほんの少しだけわくわくした。しかし二階に閉じ込められて一歩も外に出られなかったので、綾佳の生活は萩原重化学工業に入院していた時と大差はなかった。

高野《たかの》という男が、綾佳の身の回りの世話をしてくれた。高野はもみあげまで繫がっている顎鬚が印象的な男だった。綾佳は心の中で彼のことを『髭のおじさん』と呼んでいた。無口で、服はいつもツナギの作業着を着ていてぶっきらぼうだったけど、綾佳は彼のことが嫌いではなかった。萩原重化学工業のスタッフの中には、綾佳にいい感情を抱かない者も大勢いた。皆、顔では笑顔を浮かべても、心の中では綾佳をばけもの扱いしていた。

あんた達が私をこんなふうにしたくせに。

高野は無口でぶっきらぼうだったが、綾佳のことを馬鹿にもせず、またいやらしい目つきで見てもこなかった。心がない人間とはこういう人のことを言うのかもしれない、と綾佳は思った。だから高野を実験台にすればいいのにと考えたが、程なくして、彼が働いて得たお金を殆ど競馬に使ってしまうことを知り、そういう人は心がない人とは言えないな、と思い直した。

不思議だった。萩原重化学工業の研究者達は、綾佳に心のない人間を探せと命じるくせに、心のない人間の定義を誰も持っていないのだった。

森の周囲には住宅や団地があり、そこには綾佳と同年代の子供達が住んでいた。彼らは皆、それぞれ徒党を組んで遊んでいた。同じ町内、同じクラス。そこには利権があり、裏切りがあった。頂点に上り詰めるためには、高度な手練《てれん》手管《てくだ》が必要だった。正に大人の世界の縮図だった。

綾佳が監禁された家だけではなく、一帯の森すべてが、萩原重化学工業の社長の所有物だった。社長は森の、道路に面しているわずかな部分を、市に寄贈した。その森を開発して児童公園にするという約束で。費用もすべて萩原重化学工業側が出すと申し出れば、市としては断る理由は何もなかった。

思惑通り児童公園には子供達が集まった。公園の背後には、深い森が広がっていた。大人達は危険だから入ってはいけないと子供達を諭したが、子供達にとってそんなタブーなど背中を押すきっかけにしかならないことは世の常だった。

綾佳は子供達が繰り広げる冒険の一部始終を、その場にいなくとも知ることができた。しかし、それでは駄目なんだろうなということも分かっていた。心があるから知ることができるのだ。だが萩原重化学工業は心のない子供を探していた。そしてその心のない子供は、ある日突然見つかった。


インターホンがひとりでに鳴った。

本当にひとりでに鳴ったのだ。もちろん綾佳は二階に閉じ込められているから、対応することはできなかった。

何人かの子供達が、綾佳の住む洋館を見つけたのだ。表札なども出してはおらず、近所では空き家だと思われていた。もちろんそれも、子供らをおびき寄せる工作の一環だった。

彼らは勝手に洋館に入り込んで、探検を始めた。入ってきたのは近所の養護施設の子供達だった。高野は子供達に度々目撃されていたらしく『髭のおっさん』と呼ばれていた。綾佳は何だかおかしくなった。子供の発想は、大体同じだ。

子供達は暫く一階を見て回っていたが、この家には面白いものは何もないと判断したらしく、急速に興味を失っていった。綾佳の住む二階がこの家の本体であり『脳』だった。荒れ果てた一階部分は子供達を誘い込む罠《わな》に過ぎなかった。

「——帰ろうよ」

と、リエという女の子が消え入りそうな声で言った。

「私、ここ、嫌い」

誰に言っているのか分からなかったが、きっと皆に言っているのだろうと思った。その時、リエが廊下を曲がってきた。そちらには二階に続く階段があるのだ。綾佳は意外だった。

そしてリエは、誰かの腕をぎゅっとつかんだ。リエにそんな勇気があるとは思いもよらなかったからだ。

しかしそこには誰もいなかった。

幽霊の腕だ、と綾佳は思った。

「もういいよ。本当にいいって。帰ろうよ」

男子も集まり始め、リエのように怯えた顔で階段の上を見つめていた。

「知らない家の、二階って、何かがいそうな雰囲気がするよな」

と誰かが言った。皆がそれに同意した。

綾佳は思わず部屋を出ようとした。ドアの所まで歩いていって、ドアノブをがちゃがちゃと動かした。もちろんそんなことではドアは開かなかった。

でも綾佳は知りたかった。一体今、下に何人の子供がいるのかを。

綾佳の物音が階下に伝わったようで、男の子はびっくりして外に逃げ出してしまった。

「祥子、帰ろうって！　怖いよ！」

祥子って誰？　そんな子供は綾佳の世界には存在しなかった。

リエは家を出て行った。綾佳は窓際に近寄った。男の子達はとうに逃げ出したから、綾佳はそこに一人で佇んでいるリエの姿を認めるはずだった。

綾佳はカーテンの隙間から、そっと窓の外を覗き見た。

そこには——。


心がない人間を見つけることに成功し、綾佳はこの牢獄のような家から解放された。しかしそれは自由になることと同義ではなかった。綾佳はその身を、萩原重化学工業から生命の元に託された。綾佳は文字通り、生命のために身を粉にして働くことを余儀なくされたのである。

生命の部屋には、彼女にしか潜ることの許されない『天国の門』という扉があった。『天国の門』の向こう側には、永遠に生きられる秘密が隠されていた。

私もあれが欲しいな、と綾佳は何気なく言った。

「私の言う通りにすれば、いつか、あなたにもあげるわ。あなたは大切な子供だから」

そう生命は言った。

綾佳をいやらしい目で見ず、心の中で罵倒もしない、あの競馬が大好きな高野は、心がない人間――祥子の元へ行ってしまった。いやらしい目で見ないのも、罵倒もしないのも、私に何の関心もなかったからなんだ、と綾佳は思い知らされた。

しかし寂しかったものの、新しい暮らしは悪いものではなかった。今まで食べたこともない豪華な料理を味わい、綺麗な服も着ることができた。やはり行動は制限されていたが、今までのように一ヶ所に閉じ込められたりはしなかった。

その代わりに、人と話す時にはどう立ち振る舞えばいいのかをみっちりと教え込まれた。そのための勉強は、特にする必要はなかった。周囲の人間が知っていることは当然綾佳も知っていることだから、何かを暗記したり、習得したりするという意味が綾佳にはまったく分からなかった。

　年月が経つにつれ、綾佳は美しい少女に成長した。

時々、社交場にも連れて行かれた。綾佳は上流社会の人間ともほぼ完璧に話を合わせることができた。当時の国際情勢や株式相場の動向など、綾佳の知識の豊富さに誰もが舌を巻いた。綾佳はたちまち社交界のスターにまで上り詰めた。政界に進出しないかとか、ニュースキャスターにならないか、などという誘いもあったほどだ。しかしそれは丁寧に断った。社交界のデビューはあくまでデモンストレーションであり、綾佳は基本的には『影』の女でなければならなかった。そして綾佳は、当たり前のように『組織』お抱えの娼婦となった。好きでもない男に抱かれるのが苦痛だとは思わなかった。綾佳はあの実験以降、四六時中、常に他人に犯されていたからだ。他人の心を読める。それは自分の中に他人が入ってくること。犯されているのと、一体何が違うのだろう？

　綾佳と一夜を共にしたいと望む男は、社交界の中に山のように存在した。週末にホテルで開かれる経済団体主催のパーティーに出向くと、男達のナイフのような視線が綾佳に突き刺さった。男達はその殆どが頭の中で綾佳を裸に剝いていた。

　綾佳を抱くために必要な物は、金ではなかった。男の、人生だった。

　政財界の大物が出席するパーティーに顔を出すだけで、綾佳は彼らが秘めている情報を立ち所に知ることができた。そうして手に入れた情報のすべてを、綾佳は『組織』に手渡した。『組織』はそれを最大限活用し、自らの資産を増やしに増やした。綾佳は未来予知をする経済界の巫女《みこ》だった。将来どの企業が成功するか、立ち所に見抜くことができたのだ。『組織』が株を買い漁ったせいで、経済界のバランスは大きく崩れた。日本を襲った底なしの不況も、株価の暴落も、円高も、すべて綾佳と『組織』の行動の結果だった。『組織』の邪魔をする者は、綾佳によって政財界から追放された。男の中には、異常なプレイを好む者もいた。綾佳は望み通りのことをしてやった。そしてその行為を盗み撮りした。カメラなどのセッティングはすべて『組織』がお膳立てしてくれた。後は思う存分、男に痴態を演じさせればいい。

綾佳との行為が克明に記録された写真や動画の入ったディスクを突きつけると、男はもう『組織』の言いなりだった。そんなディスクをばらまかれたら、社会的な地位も、名誉も、失墜する。

生命を悪《あ》し様《ざま》に批判していた知識人がいた。だから『組織』の罠にはめられた。綾佳とのあられもない姿の写真を撮られ、その知識人は思想を転向せざるを得なかった。そうしたら今度は世間から、何故お前は転向したんだと責め苛《さいな》まれた。『組織』と世間の板挟みになった彼は、首を吊って自殺した。

綾佳は数え切れないほどの男に抱かれ、そしてその男を一人残らず破滅に追いやってきた。それが当たり前の人生だった。愛など知らなかった。綾佳にとって、男と身体を重ねるのは只の作業に過ぎなかった。これを繰り返せば、いつかきっと『天国の門』を潜れる。そう信じて疑わなかった。

だが破局は思いもかけないところから訪れた。

綾佳は、妊娠したのだ。

綾佳はお腹の子の父親が誰なのか、知らなかった。

知っている者が、誰もいなかったからだ。

生命は綾佳が子供を堕ろすことを許さなかった。生命は堕胎に反対する運動をしていた。側近の綾佳が堕胎手術を受けたことが知れたら、生命の命取りになるのは間違いなかった。

その生命の決定を知った日の自分の気持ちを、綾佳は今でも昨日のことのように思い出す。

嬉しかったように思う。

恐ろしかったように思う。

妊娠が発覚してから出産までの七ヶ月間、綾佳は社交界から姿を消した。

綾佳が産み落とした子供は『組織』に取り上げられ、そして瞬く間に連れ去られた。

遠くへ。

その時綾佳が知ったのは、子供が男児であったということだけだった。

妊娠によって一度は崩れた身体のラインが元に戻ると、綾佳は再び社交界に連れ戻された。

だが出産を経験した綾佳は、もう以前の彼女ではなかった。

綾佳を抱き、そして綾佳に陥れられて人生が崩壊した多くの男達は、社会的に地位もあり、財を成していた。中年になっても未だ独身を謳歌している男もいたが、家庭を築いている男が大半だった。妻。子。幸せな家族。そういった守るべきものが多い男の方が陥れやすいのは事実だったので、自然と綾佳のターゲットは妻子持ちの男性が多くなった。

たまらなかった。

彼らは皆、大きな屋敷や、都心のマンションで、愛すべき家族と共に何不自由なく生活していた。しかし綾佳には、そんな幸せは天地がひっくり返ったって訪れないのだ。

悔しかった。

だから綾佳は、再び娼婦になって喜んでもいた。彼らの幸せをズタズタに破壊できるから。

壊してしまいたかった。世界中のすべての幸せを。

皆、私と同じように不幸になればいいんだ、大切なものを奪われて。

でも綾佳は、そんな自分がたまらなく嫌だった。日に日に自分の心が真っ黒になっていくような、そんな気がした。

　数年後、綾佳は生命の元から逃げ出した。

　綾佳は自分の子供を探す旅に出た。身体を売る気にはもうなれなかったが、お金は何とでもなった。道行く人々の中には、様々な犯罪——殺人、強姦、窃盗、横領、ひき逃げ——を犯していながら、逮捕もされず、大手を振って街を歩いている犯罪者が大勢いた。そういう犯罪者から、綾佳は財布をたびたびくすねた。まったく造作もないことだった。

　綾佳は彼らの行動パターン、心理状態をすべて把握していた。近寄って微笑めば、余計に男は警戒心をゆるめた。ホテルまで行って、男がシャワーを浴びている間にお金だけ盗んで逃げたこともあった。

　犯罪者からお金を巻き上げても、何の良心の呵責《かしゃく》もなかった。ある時など、街中で通り魔殺人を企てている男を交番に知らせ、男の犯行を未然に防いだこともある。自分のこの能力は、社会の役に立っているのだ。犯罪者から金をまきあげるぐらい、何だというのだろう。綾佳はそう考え、自分の行為を正当化した。

　綾佳の産み落とした子供は、まるで荷物のように様々な人間の手を渡っていった。手間はかかったが、しかし単純な作業だった。綾佳はただ、その人間達の心を読んで、荷物の軌跡を辿るだけでいいのだから――。

　そして綾佳は見つけた。彼女の息子を。

　――瀬田宗介《せたそうすけ》。


　すぐに綾佳は、宗介が住む街に出向いた。そして知ってしまった。同じ町内に、あの新理司も住んでいると。

　新理司――彼は爆弾テロを企てているテロリストだった。綾佳は彼の存在を、生命に仕えている時に知ったのだった。必ずや、新理司はテロを実行するだろう。その暁には多くの市民が巻き添えになって死ぬに違いない。宗介も危険にさらされるのだ。

　だがその時に自分が側にいてあげられれば、宗介が巻き込まれる危険性は低くなる。綾佳は宗介と一緒に暮らすことを望んだ。それを為すために一番良い方法は何だろうと考えた。

　答えはすぐに見つかった。

　家政婦になればいい。

　唐突にそんな考えが頭に浮かんだ訳ではなかった。瀬田家は、家政婦を雇っていたのだ。君村《きみむら》という中年の、善良な女性が瀬田家の家事全般を請け負っていた。綾佳は、社交場で出会った生命の障害となる男達を次々に葬り、また街中では数々の犯罪者達の心を覗いた。

そんな世界から、君村は最も遠い場所にいた。

だが君村に成り代わらなければ、自分は宗介の側にはいられないのだ。

君村にはもう何年も会っていない娘がいた。娘が幼い頃に君村は夫と離婚し、娘は夫が引き取った。君村は離婚の原因を、夫がアルコール中毒で毎日のように酷い暴力をふるわれたからだと周囲に吹聴したが、それは事実ではなかった。

アルコール中毒だったのは、君村の方だった。

娘に会えなくなったのは、君村は酒が入ると夫だけではなく娘にまで暴力をふるったからだ。彼女は離婚後、病院に入り、アルコールは抜けたが、待っていたのは孤独だった。それからずっと独り身で、幾つか職を転々としたが、住み込みの家政婦として瀬田家に落ち着いた。ようやく君村は心が安らいだ。望んでも決して手に入れられなかった『家族』がそこにはあったからだ。

ある日の午後、夕食の買い物に家を出た君村に、綾佳は話しかけた。突然目の前に現れた美しい女に、君村は戸惑った。

綾佳は、言った。

『久しぶり、お母さん。私、千冬《ちふゆ》よ』

君村は泣いて喜んだ。涙で潤んだ瞳で綾佳を見つめて、こんなに綺麗になって、と何度も何度もしゃくり上げた。

綾佳は、君村を散歩がてら近所の川に誘い出した。人のいない静かな場所で話がしたいの、と言うと彼女は疑いもせずについてきた。当時は、西山春菜が殺されたあの工場もまだ操業していた。工場の中から聞こえてくる重機の音を背景に、綾佳は君村の思い出話に相づちを打った。話のつじつま合わせに困ることはなかった。綾佳は君村の娘そのものだった。

有葉一と歩いた土手を、君村と歩いた。君村は喋りっぱなしだった。

——今どこに住んでいるの。

——貴女は今、何をしているの。

——お父さんはどうしているの。

——再婚相手とは上手くやっているの。

お父さんの再婚相手とそりが合わなくて一人暮らしをしているの、と答えると君村の心は歓喜に包まれた。

綾佳は自然な素振りで、土手を降りてコンクリートの堤防沿いを歩いた。喋りっぱなしの君村はまるで疑いもしなかった。綾佳は一歩後ろに下がって、歩く速度を緩めた。その土手は、普段から散歩やランニングをする人々が行き交っていて、女が二人で堤防を歩いている光景を目撃されても、不審には思われないことは分かっていた。しかし、殺人を犯すとなったら話は別だ。

綾佳は君村の後ろにつきながらも、巧みに君村を、あの排水塔まで誘導した。排水塔の陰に入れれば、死角になってまず誰にも目撃されないはずだった。

誰一人こちらを見ていないことを十分確認してから、綾佳はおもむろに君村の背中に手をやった。

その時、君村は言った。言わなくても、綾佳には分かった。

『私、今の仕事を辞めるわ。それで一緒に暮らそう？　ね？』

綾佳は一瞬だけ、君村が家政婦の仕事を辞めるのであれば、殺す必要はないのではないかと考えた。でもそれでは駄目だ。君村を殺さなければ、いつか自分が千冬でないことが発覚してしまうだろう。計画が破綻する可能性は、根こそぎ摘んでおかねばならない。

綾佳は君村の背中を押した。君村が泳げないことを綾佳は知っていた。まさか自分の娘から――そう君村は最後まで信じていた――殺されるなど夢にも思っていないことも。

コンクリートに膝をついて、汚い川の中でもがき苦しんでいる君村の頭を水面に押しつけた。もっと暴れるかと思ったが、意外と君村の抵抗は激しくなかった。ただ水面でばたばたと手足を動かして水を弾いているだけだった。

綾佳にとって初めての殺人は、自分を殺すのと同義だった。殺される者の、痛みや、苦しみや、悔しさを、綾佳は思い知らされた。

ものの数分で君村は息絶えた。君村の死体を、流れる川がゆっくり海へ運んでいった。

どこまでも、遠く、遠くへ流れていけばいい。

綾佳は知っていた。君村は娘に望んで殺されたことを。

娘は、復讐のために自分の元を訪れたのだ。

アル中の頃、散々虐待した、復讐だ。

あれは抵抗ではなかった。

窒息の苦しさが、身体をばたつかせたに過ぎない。

つまり、ただの反射だった。

すでに君村の死体は、流されて見えなくなっていた。

しかし綾佳の脳裏に、君村の死体はいつまでも消えることはなかった。

綾佳はそのまま、ずっと跪《ひざまず》いていた。

ぼろぼろと涙が零れた。両手を合わせて、君村が流れていった川下の方に向かって拝んだ。

そんなことをしたのは生まれて初めてだった。身体をぶるぶると震わせながら、ごめんなさい、成仏してください、安らかに眠ってください、と口に出して、まるで念仏のように唱えていた。

言葉など信じなかった。コミュニケーションなど嘘だと思った。言葉に耳を傾けなくとも、綾佳は他人の気持ちがすべて分かるのだから。他方、自分が発する言葉はすべて人を騙《だま》すものだった。言葉など、綾佳にとってはその程度のものだった。

でも、今は。

神は自分だと思っていたのに、誰に対して拝んでいるのか、綾佳にはそんなことも分からなかった。

綾佳の行動は素早かった。君村と会って、彼女がどうやって瀬田家の家政婦になったのか綾佳は知った。家政婦を斡旋する業者が存在しているのだ。綾佳は君村を殺したその足で業者に出向き、家政婦の登録をした。想吹綾佳という名前を使う訳にはいかなかったので、その場ですぐに偽名を考えた。

神沼綾子

深い意味はなかった。ただ神というのは生命のことで、沼は泥と土でできているから、これは大地のことを表している。綾子というのは、やはり自分の綾佳という名前に愛着があるので残しておきたかった。

　希望の条件を伝えて、暫く待った。すぐに連絡が来た。家政婦の空きが出たという。もちろん瀬田家のことだった。住み込みで働けて給料もいい瀬田家を希望する者は大勢いたが、最終的に決めるのは瀬田家側だった。他のライバル達を蹴落として面接に勝ち抜く自信が、綾佳にはあった。綾佳が瀬田家に気に入られない理由など何一つなかったのだ。綾佳は、相手が望むようにいくらでも変わることができるのだから。

　そうして綾佳は、神沼綾子として瀬田家の家政婦になった。

　綾佳は、生命に見つからないように瀬田家の家事をこなし、そして新理司がこの町で自爆テロを起こさぬよう監視していた。綾佳はこの町に『偏在』し、そして来《きた》るべき異変に備えて淡々と日々の生活を過ごしていたのだ。

　ある日、新理司が思いもよらぬところから行動を起こした。小説の出版だ。大地と生命をモデルにし、祥子と綾佳の二人のエージェントが活躍する物語。大して話題にもならず売れなかったようだが、小説などを出版したから、新理司の居場所が生命に発覚してしまった。

　そして祥子が、新理司殺害の命を受けてこの街に降ろされた。

　その日のうちに祥子は新理司を殺害したかったのだろうが、それは失敗した。向かいの有葉零が邪魔をしたからだ。有葉零は祥子を殺したと思い込んだが、死なない祥子は、有葉家の庭から消失した。

　そして二度目――。

　新理司の家に行くという有葉零を制止したが、彼は聞く耳を持たなかった。だから綾佳は、有葉零の後を追った。綾佳の通報により有葉零は助け出され、そして、焼け跡から二人の男女の焼死体が発見された。遺体の損傷は激しかったが、現場の状況から見て、祥子と新理司であるとほぼ断定された。しかし事実は――そうではない。

　家に火を放った直後、新理司は祥子を拷問した地下室から逃げ出し、一階の部屋に立てこもった。そこにはある男の死体があった。それは、あの高野だった。八王子の森の洋館で、綾佳の世話をしていた男。髭がトレードマークの男。いつもツナギの作業着を着ていた男。稼いだお金を殆ど競馬につぎ込んでしまう男。

　高野は今も、祥子の世話をしていたのだ。そして巻き添えを食って新理司に殺されてしまった。新理司が家に火をつけた動機、それは高野の死体によって自分の死を偽装するためだ。証言させるために、新理司は意図的に有葉零を殺さなかった。

　火災現場から拳銃が発見されなかったのも必然だった。新理司は拳銃を持って逃走したのだから。恐らくもっと念入りに捜査すれば、焼け跡から新理司が発砲した銃弾と薬莢が二つずつ見つかっただろうが、拳銃自体の存在がないことから銃弾の捜索は行われなかった。

そして新理司は高野が移動に使用していた白いバンで逃走した。生命は気付いているのだろうか。彼が生き延びて、未だに彼女の命を狙っていることを。

新理司の家が火事で燃えても、綾佳の日常が変わることはなかった。ある日、綾佳は庭の草むしりをしていた。日々の雑務だった。宗介は綾佳になついていたので、庭仕事をする綾佳の側でボールを蹴って遊んでいた。何時ものありふれた、平凡な日常だった。

その時、綾佳は、有葉家の家の中から零の思念を感じとった。

それは恨《うら》み辛《つら》みの感情だった。逆恨みの対象は、綾佳に向けられていた。どうして自分が恨まれるのか、綾佳にはさっぱり分からなかった。一度会って、ちゃんと話してあげた方がいいかもしれない。祥子や新理司に巻き込まれて、その程度のことで済んだのは運がよかったのだと。

──次の瞬間。

綾佳は思わず庭仕事の手を休めて、有葉家の方を向いた。何が起こったのか分からなかった。零の思念が急に消えたのだ。こんなことは初めてだった。そう、まるで──この地球上からいきなり消失したかのように。綾佳から逃げられる人間などいないはずだった。いたとしたら、それは祥子か死んだ人間だけだ。

心臓麻痺で突然死した？　それなら死ぬ瞬間の思念を感じ取れるはずだ。だが有葉零にはそれすらなかった。一瞬で彼の心は消えたのだ。

——まさか。

有葉零も自分や祥子と同じように、特別な能力を持った『組織』のエージェントなのか？有葉零がもしエージェントだったら、祥子や新理司の争いに巻き込まれたのも自然の成り行きと言える。綾佳は、意を決して有葉家に向かった。インターホンを押したが誰も出てこない。だが中に双子の弟の、有葉一がいることは分かっていた。彼が引きこもりで、人見知りする性格であることも。そういう性格の人間が一番扱いやすかった。だから綾佳は一が出てくるまでインターホンを連打した。

双子といえども、一は零と似ても似つかぬ少年だった。おどおどし、臆病で、そしてとても醜かった。

「あなたのお兄さん、いきなり消えたりすることない？」

唐突にそう告げると、一は意味をまるで理解できない様子だった。そして遂には怒った様子でドアを閉めてしまった。でも綾佳には分かっていた。一は綾佳のことが好きだったのだ。そして初めて綾佳に話しかけられて、どうしていいのか分からず拒絶したのだった。

向かいの家に、こんなにも自分のことを想っている少年が住んでいるのに、今まで気付かなかったのは何故だろうと綾佳は思った。だが、それより重要なのは兄の零だった。しかし今以て、零の消息は杳《よう》として知れない。

それから暫くして、西山春菜が殺された。綾佳は有葉一と共に現場に出向き、遠くから見物していた。しかし現場検証をしている最中、容疑者が逃げ出すというハプニングが起こり、一瞬だけ報道陣のカメラがこちらを向いた。綾佳は背筋が凍り付いた。

容疑者は一を零と間違えて話しかけていた。だがすぐに零ではないことに気付き、顔を歪めた。確かに一と零は双子だから顔の作りは似ているから、間違えても仕方がないと思う。

綾佳は知っていた。その容疑者——斉藤晴彦は無実であるということを。彼の無実を証明するためには、真犯人を捕らえるか、もしくは最低でも現場が密室であるという謎を解かなければならない。綾佳はその密室がどうやって構成されたかまでは分からなかった。騒然としている野次馬達の中に犯人はいなかったからだ。

綾佳にはどうすることもできなかった。

真鍋と鮎川は綾佳に疑惑の目を向けていた。新理司の家が燃えた際、あまりにも手際よく通報したから疑っているのだ。尤もだったが、しかしその理由が、まさか綾佳に超能力があるからとは夢にも思わないだろう。

「私が、あの家から火が出てくるのを知っていて、予め消防車を呼んだと思っているんですか？　でも、そんな証拠はどこにもないですよね？」

　適当に刑事達をあしらって、綾佳は宗介と一緒に、近くのショッピングセンターに夕食の買い物に出かけた。宗介はおまけ付きのお菓子を欲しがったが、我慢させた。代わりに綾佳の自腹で、センターの中にあるファストフードの店に連れて行ってやった。

　宗介の養母の博子《ひろこ》は、こういう菓子類をやたらと宗介に与えることには厳しかった。おまけ付きのお菓子など買ってやったら、証拠がはっきり残ってしまう。夕食が近いから、宗介に買ってやったのはジュースだけだった。宗介の小さな口がストローを咥えて、一生懸命ジュースを吸っている。綾佳は宗介が、愛しくて、愛らしくて、たまらなかった。

「――僕」

　と一旦ストローを離し、宗介は言った。

「綾子さんがお母さんだったらいいのに」

　綾佳は、そんなことは絶対に言っちゃ駄目よ、と宗介を咎めることができなかった。思う。私が宗介の母親であることを、この世界の誰もが認めてくれたらどんなに幸せだろうと。

　綾佳の日常は変わらなかった。

毎日毎日、瀬田家の雑務をこなすだけの日々。あの社交界の華やかな場所でちやほやされた記憶が脳裏をちくちくと刺激した。過去は夢だ。幻だ。そう思うようにした。食事を作り、洗濯をし、広い家を隅々まで掃除する。その作業こそが現実。社交界に未練はなかった。所詮、どんなに華やかでも、男を陥れるためだけに通っていた場所だった。

そして、ある日の夕暮れ。

綾佳はいつものように夕食の準備を始めようとしていた。

その瞬間。

綾佳は、有葉零が外出するために家を出たことを知った。彼が家に戻ってきたことに綾佳はまるで気付かなかった。

夕食の支度は気がかりだったが、しかしこのチャンスを無駄にはできないと思い、綾佳は有葉零の後を追った。ちゃんと会って、彼が何故あの時消えたように思えたのか、果たして彼は組織と何らかの繋がりがあるのか、しっかり確かめなければならない。

有葉零の心には、時間も、場所もなかった。ただ彼が見ているのは、目の前で祥子が殺されているであろう光景だった。

チェーンソーの刃が高速で回転する音。飛び散る血。髪の毛。そして、あの、

(そんな――そんな馬鹿な――こんなことが――こんなことがあるか!)

新理司の絶叫がいつまでもいつまでもリフレインしていた。

新理司は祥子の頭の中に一体何を見たのだろう。

人間の頭の中には、脳と呼ばれる物体が存在しているという。だが自分の脳をこの目で見た人間などいるのだろうか？　もし自分の脳を自分の身体から取り出して眺めることができたとしても、それを眺めている自分は一体どこにいるのだろう？

自我は脳が生み出している現象だ。どんなに科学が発達しても、自分の自我を生み出している脳を単なる物質として観察できるはずがない！　その時自分はどこにいるんだ？　観察されている脳が自分なのか？　観察している自我が自分なのか？　しかし自我は脳なのだ！　見たい。

誰でもいいから、頭の中を見たい。自分の脳を観察することはできない。だが他人の脳だったら観察することはできるのだ！

道行く人たちは知らない。今、有葉零の心の中に、どんな悪意が渦巻いているのか。

有葉零は駅前へと歩いていく。いつも彼は獲物の女の子を探していた。一晩身体を重ねるだけの相手を、ただ慰め合うだけの相手を無益に探し求める。ただそれだけが有葉零の生きる目的だったのだ。

だが、祥子と出会って、そのすべてが変わった。

今、有葉零は、頭を開くに値する美しい少女を探していたのだ。

自分には有葉零を咎める資格などないのかもしれない。自分は今まで多くの男達を間接的に殺し、また瀬田家の家政婦という身分を手に入れるために、君村を殺したのだ。

私は正義の味方にはなれない。

私は悪だ。

でも、それでもいい。

「零——君」

人混みの中、綾佳は有葉零の背中に声をかけた。

有葉零は、立ち止まった。

そしてゆっくりと——振り返った。

綾佳は、言った。

「殺すなら、私を殺して」

そして綾佳は、零の手を取ろうとした。

その瞬間——。

正しく一瞬の出来事だった。

零は、綾佳の目前から、まるで光に包まれたかのように、消失した。

綾佳は衝撃で、その場から微塵も動くことができなかった。

一体零の身に何が起こったのか。今自分は、何の現場に出くわしているのか、そんなことすら分からなかった。

だがしかし人々は、零の消失にまるで気付くことなく、足早に綾佳の目の前を行き来している。呆然と立ち尽くす綾佳を怪訝そうに見る者もいるが、しかし足早にその場を立ち去っていく。

奇跡に気付いたのは、私だけ。

両手を握りしめ、ぶるぶると震える身体を必死に押さえながら、綾佳は、零は天上の大いなる存在に『つまみ上げられた』んだ——そう思った。

9

あの事件以降、現場の洋館をねぐらにしていたホームレスの姿を見た近隣住人はいない。

彼は忽然《こつぜん》と姿を消してしまった。だから警視庁は、消えたホームレスではなく、被害者の足取りを追った。するとホームレスの消えた謎も綺麗に氷解したのである。

被害者の身元は一向に分からず、警察は被害者の似顔絵を各所に配布した。すると目撃者の証言が、思わぬ所から現れたのだった。

みなとみらいのホテルからだった。

予約なしの飛び込みでスイートルームにチェックインしたから印象に残ったのだそうだ。支払いはカードではなく、キャッシュだった。被害者がチェックインの際に使用した名前の洗い出しも進められているが芳しくない。恐らく偽名なのだろう。

一泊五十万円のロイヤルスイートは塞がっていたので、被害者はその一つ下の二十万円のスイートをとった。ホテルのフロントは、チェックインした女を不審に思ったらしい。まだ少女のように若く、少なくとも見た目には、いきなり入ったホテルのスイートルームをとるようには思えなかったからだ。しかし宿泊拒否をする理由もないので、ホテル側は彼女をそのまま泊めた。

彼女の連れの男は部屋でシャワーを浴びて、髭を剃り、ホテル近くのブティックでスーツをあつらえた。紳士服専門の高級店だ。オーダーメイドするのが一般的なようだが、しかし男女は時間がないと言って、既存の服を買っていった。それでも十数万円する高級品である。男が元から着ていた服は、店側に処分させてもう残っていないという。それから二人は、ホテル内の美容室に向かった。もちろん男の髪を切るためだ。ホームレスと思われていた男は、髪型を変え、服を着替えていた。だからこそ足取りがつかめなかったのだ。

それから男女は、スイートルームで夜景を眺めながら、豪勢なフランス料理のフルコースに舌鼓を打ったらしい。

そして翌日、チェックアウトした。

男女が泊まったスイートルームのベッドメイクをしたメイドは、ベッドのシーツに血がついていたと証言した。もしそれが本当だとすれば、男が着ていた服などよりも遥かに重要な物的証拠だったが、そのシーツは既に処分され、探し出すのは不可能に近かった。

「羨ましい限りね。私もそんなデートがしてみたいわ」

と如月が鮎川を横目でちらりと見ながら言った。

「刑事の安月給じゃ無理っすよ」

「でも分からないな。男は女とどこかで合流してみなとみらいへ向かった。そして再び、女と共に空き家に戻った。その時、男はまるで別人だったから近隣住民の人々の印象に残らなかった。でも、どうして戻ったんだ？」

被害者を殺すためでしょう、と如月がぼつりと言った。

「スーツを買う時に、彼らはこんなことを店員に言ったそうですね——時間がないと。私はこのデートは、男女の思い出作りのように思えてならないんです」

「心中か」

「ええ、でも男の死体は出ていません。怖くて逃げたのかも。もしかしたら、最初っから死ぬのは女性の方で、男は殺す方と役割は決まっていたのかもしれない」

「何らかの宗教儀式という線も考えられなくもないな——」

真鍋は呟いた。

「もしそうだったら、二つの似通った殺人事件が起こる説明にはなりますね」

八王子の事件において、容疑者の男と被害者の女性は顔見知りだった。そして被害者は望んで男に殺された。そんな突拍子もない推測が、実は一番真相に肉薄しているのではないか。犯行に使った鋸は被害者自身が購入しているのだ。

「私、犯人と被害者が共謀していたとしても、何故女の子が鋸をレジに持っていくんだろうって、ずっと不思議でした。でもやっと分かりました」

「何がだ」

「みんな被害者のお金なんです。ホテルは被害者がチェックインしました。男の服も、恐らく被害者が率先して選んだんでしょう。美容院で髪を切るのも同様です。財布は女の子が握っていたんですよ」

「どこの家庭も一緒だな、女の方が強い」

「あとこれは憶測ですけど——何故犯行にチェーンソーを使わなかったか、という疑問です。それは単純にお金が足りなかったからじゃないですか？　だから安い普通の鋸を買った」

「スイートルームに、高級なスーツに、フランス料理と、散財したからな」

と鮎川。

「だが、重ね重ね不思議でならないな。まだ若いのにそんな大金を自由に使える女など、そうそういない。よほどの政財界の大物の孫だか娘だかじゃないのか。そんな人間は顔も知られているだろうし、いなくなったら大騒ぎになるはずだ。しかしそんな気配はまるでない。身元すら明らかになっていないんだ。これは一体どういうことだ？」

真鍋は横浜の、有葉零という男の話を思い出していた。新理司が祥子という女を殺し、自宅に火をつけた事件。その一部始終を目撃していた男。実際に焼け跡からは男女の遺体が発見されたことからも、有葉零の証言は裏付けされている。

問題は有葉零が証言している、祥子の持ち物のことだった。

祥子は、電話帳も着信履歴もない真《ま》っ新《さら》な携帯と、航空写真のようなものと、そして現金が詰まった分厚い財布を持っていたという。

「あの死体は——祥子じゃないか？」

そう真鍋は言った。

「祥子の死亡を証明するものは、火災現場から発見された女の遺体と、有葉零の証言だけだ。遺体はDNA鑑定ができないほど損傷が激しく、そして有葉零は完全には信用できない証人だ。火災現場から見つかった死体と、有葉零が殺したと思い込んだ祥子が同一人物でないという可能性は大いにある。つまり八王子の死体こそが、祥子なんだ」

するとく、如月と鮎川は申し訳なさそうにお互いの顔を見やった。

「何だ、どうした」

「実は私達、非番の日に、その有葉零と会っているんです」

「何だと？」

「有葉零に死体の写真を見せましたが、彼は、見たことがないと証言しました」

「本当か？　でも嘘でもそう答えるだろう。話のつじつまが合わなくなる」

「しかし大金を持ち歩いているからって、同一人物であると断定はできませんよ。じゃあ、新理司の家の焼け跡から見つかった死体は、一体誰のものなんです？」

その鮎川の質問に、もちろん真鍋は答えることができない。仮にその推測が正しくても、結局、身元不明の遺体が一体残るのだから、捜査の手間は同じことだ。

「でもお前ら、何で非番の日に捜査なんかしてるんだ？」

答えたのは、鮎川だった。

「あ、それはですね。ちょっとデートのついでに」

如月は鮎川を肘で小突いて、余計なこと言わないの、と呟く。

ホームレスが消失したように見えた理由は分かったが、しかしそれで男の行方が判明した訳ではなかった。彼は未だに消息不明だった。

被害者と容疑者は顔見知りで、しかもかなり親密な間柄だったことが分かったのは収穫と言えなくもないが、しかし、捜査は進展しなかった。現状、被害者と容疑者も、身元はまったく分からないままなのだから。

しかし、ある一人の証人の出現により事態は急展開を見せた。その証人は、真鍋達がどんなに足を棒にして聞き込みに回っても明らかにできなかった男女の身元を、いとも容易く白日の下にさらしたのであった。

だが彼らの身元が判明したことによって、事件は更に混迷の度を増したのである。

事件にかんする目撃証言を求めるフリーダイヤルにかかってくる、無数の情報提供の電話。その中の一本が、彼女のものだった。何だか雲を摑むような話で関係あるかどうか分からないんですけど——そう前置きをしてから話し始めた彼女の声は、いかにも頼りなく、これもどうせ事件解決には何の役にも立たないんだろうと、電話を受けた捜査官は思わず聞き逃しそうになってしまったという。

祥子。

彼女が発した、その名前を。

真鍋は通報者の女性が暮らすアパートに如月と共に向かった。若い女性だから同性の如月を連れていった方がいいという判断だった。

彼女はまだ帰宅していなかったから、部屋の前で待つことにした。事務職の派遣社員だというが、恐らく残業でもしているのだろう。

小一時間ほど部屋の前で待っていると、彼女が現れた。真鍋と如月の顔を見ると、目を丸くした。

荘野《しょうの》リエは、

「ずっとここで待っていたんですか？」

と驚いたように言った。

「刑事は張り込みとかしますから、こういうのは慣れてますんで」

「お疲れでお帰りのところ、すみません。先日警察に情報提供してくれましたよね。事件のことで。少しだけお話を伺いたいんですが」

リエは、どこかほっとしたような顔で、如月と真鍋を部屋に招き入れた。

「お帰りが遅かったですけど、残業ですか？」

「いえ、介護士の資格が欲しくて――ヘルパーのボランティアをしてるんです。派遣社員じゃ、どんなに働いてもお給料はたかが知れてますから」

真鍋は黙った。

「どうぞ――」

「あ、いやこれはどうも」

真鍋と如月の前に紅茶が出された。張り込みに慣れていると言っても、温かい飲み物は嬉しかったので遠慮無くいただいた。

殺風景な部屋だった。恋人はいないな、と真鍋は直感で思った。

「それで早速ですけど、あの電話の件は――」

如月が様子を窺うように言った。

「電話でお話ししたことがすべてです。後はもうお話しすることはありません」

「申し訳ありません。ご面倒でも、もう一度詳しく、最初っからお話を伺いたいんです。お電話だけでは、詳細が分かりづらい箇所もありましたので――」

リエは意を決したように少し俯き、分かりました、と自分に言い聞かせるように呟いた。

「私、最初っからあの事件のことが気になっていたんですけど、そちらに電話するなんて思いもしませんでした。でも、被害者のイラストが公開されたでしょう？」

一向に被害者の身元が公開されないことに業を煮やした捜査本部は、死体の顔を公開することにした。もちろん写真をそのまま公開する訳にはいかないので、精巧な似顔絵である。

「私、それを交番の前で見かけて、何だか胸がざわついて――特に理由はないと思うんですけど、やっぱり黙っているのはいけないかなって思って、電話したんです」

そして、リエはぽつりぽつりと生い立ちを語り出した。

「私、両親に虐待されてたんです。様子がおかしいと悟った近所の人が警察に通報して、虐待が発覚しました。両親は逮捕されて、私は養護施設に送られました」

「ご両親は――」

リエは首を振った。

「今も音沙汰なしです。もし連絡があっても、恐らく両親とは会わないでしょう。私が送られたのは、氷田養護園という施設です。今はもうありません。殺人事件が起こった空き家の目と鼻の先にありました。あの森に遊びに行くまでずいぶんかかったような気がしましたが、子供の頃のことですから、そう大した距離ではなかったんでしょう」

「子供の頃――現場となったあの家に、足を踏み入れたんですか？」

リエは頷いた。

「はい――でも近所の団地に住んでいる子供達は、その空き家には怖がって立ち入らなかったみたいです。やっぱり勝手に人の家に入るのはタブーみたいな気持ちがあったんでしょうね。でも祥子が――」

真鍋は思わず身を乗り出した。

「祥子は、何事にも動じないところがありました。だから私は祥子がいてくれてずいぶん助かりました。私は祥子とは違って泣き虫でしたから」

「祥子さんは、どうしてその施設にいたんですか？」

「詳しく聞かなかったけれど、ご両親が事故で亡くなったそうです。祥子はその家を見つけると、自分から率先して中に入りました。それで皆も後をついていったんです。やっぱり皆、その家に興味があったんでしょうね」

「祥子さんは何故家の中に？」

「私には分かりません。でも以前、はしごをかけて施設の屋根に登ったことがありました。私だったら怖くてそんなことはできません」

「おてんばなんですね」

と真鍋は言った。

「おてんばというより——むしろ、怖いことに率先してチャレンジするという印象を強く受けました。意味は同じかもしれませんが、とにかく祥子は怖がりたかったんじゃないかしら。怖いという感情が分からなかったから」

リエは、どことなく姿勢を正し、そして真鍋と如月に向かって言った。

「はっきり言いますね。私、交番の前で被害者の似顔絵を見た時、そっくりだなって思ったんです、祥子に。きっと祥子が大人になったらこんな顔になるって。だから気になって気になって仕方がなくてお電話したんです。でもやっぱり考えすぎでした。あれが祥子のはずがないんです」

何故そう断言できるのだろう。如月が言うのなら分かるのだ。如月は有葉零と会って、死体が祥子のものではないという証言を聞き出しているのだから。

真鍋は如月と目配せした。如月は頷き、バッグからファイルを取り出した。

「荘野さん。よろしいですか？　遺体の確認をしてもらいたいんです。多少ショッキングかもしれませんが——」

リエの顔がサッと青ざめた。あのホームセンターの店員も、警察に対して舐めた態度を取っていたが、遺体の写真を見るとおとなしくなった。有葉零はどうだったのだろう。とにかく、誰だって好きこのんで死体の写真など見たくないものだ。

だが今のリエの顔は、そういった類のものとは、少し違うような気がした。

まるで、死体が祥子のものだったらどうしようと言いたげな表情だった。

如月はリエに写真を手渡した。リエのその手は、少し、震えていた。

写真を暫く見つめ、彼女は言った。

「祥子です」

その手から写真がはらりと落ちた。リエは急に立ち上がり、口元に手を当てバスルームに駆け込んだ。えずいている様子だった。幼なじみの死を知ってショックを受けたのだろう。

「有葉零って野郎、やっぱり嘘をついてたな。神奈川県警はまんまと騙されたって訳だ」

「新理司の自宅の地下室で殺されかけたという一切合切が、全部嘘だってことですか？」

「多分、祥子と新理司と有葉零の三人はグルだったんだ。何らかの理由で、祥子と新理司を死んだことに見せかけたかった。三人がグルならば、有葉零の証言に破綻がないのも納得がいく。だから有葉零はお前と鮎川に嘘をついたんだ。あの八王子の死体が祥子だと判明したら、狂言がばれる」

「焼け跡から見つかった男女の死体は？」

「それはどっかから適当に調達してきたんだろう」

「ずいぶん、大ざっぱな推理ですね」

「でもな。今の彼女の証言も正しい、有葉零の証言も正しい、となったら、有葉零が出会った祥子と、リエさんの幼なじみの祥子とはまったく別人だという話になってしまうじゃないか。まったく偶然に同じ名前の女が二人、今回の事件に登場したってことになるぞ？　あり得るのか？」

「それは――」

その時、リエがバスルームから戻ってきた。目を真っ赤に泣き腫らし、まるで幽霊でも見たような青い顔をしていた。

「――大丈夫ですか？」

如月の問いにも、リエは無言だった。

暫く場を沈黙が支配していた。最初に口を開いたのは、リエだった。

「施設で暮らしている子供はね、やはりお小遣いが少ないんです。だから私達は親と一緒に暮らしている普通の子供達が羨ましくて仕方がなかった。ゲームやお菓子を沢山買えるから。でもあの施設の園長は、お金のことには厳しかった。私はゲームもお菓子もいらなかった。ただお父さんとお母さんに綺麗な便箋で手紙を出したいだけだった。でも、そのお金をもらうことも許されなかったんです――おかしいでしょう？　自分を虐待した両親に手紙を出したいだなんて。でも、そんな親でも、親は親なんです」

リエは訴えるかのようにこちらを見た。真鍋は、分かります、と言って頷いた。

「私は近所の文房具屋さんに売っていた、色とりどりのペンや、可愛い花柄の便箋セットが欲しかった――」

たどたどしく記憶を手繰るように語られるリエの思い出。それは一体どこに着地するのだろうと訝しみながらも、真鍋は黙って耳を傾けていた。

「便箋を買うお金がない私は、園長先生のお金を盗みました」

まるでそれが衝撃の告白のように、リエは言った。

「お金を盗んだことはすぐにばれてしまい、私は園長先生に酷くしかられました。そして晩ご飯も食べさせてもらえず、一晩外に放り出されたんです」

「そりゃ酷いな。やり過ぎだ」

「園長先生に逆らえる人は誰もいません。それに私も自分が悪いことをしたって十分分かっていましたから――」

「朝まで外に出されたんですか？」

リエは首を横に振った。

「いいえ――園長の息子の光一先生が夜中にこっそり私を助けてくれました。氷田光一先生です。先生は——先生の言う通りにすれば、許してやるって——その代わり、先生にされたことは絶対に言ってはいけないって——そう言って、私を家に上げてくれたんです。もう皆寝静まっていました」

リエの身体がぶるぶると震え始めた。

「氷田先生は毎晩私を求めてきました。私はそれに従うだけでした。拒否したら、この施設にいられなくなってしまうと思ったから。分かっていました。私は、行く所なんかなかったんです。でもそれを認めたくなかったから、両親に手紙を書こうとしたんです。帰る場所があるっていう幻想を持っていたかったから」

如月は無言でリエの手を握った。リエは俯いたままだった。

「祥子が、私を助けてくれました。祥子がしたことによって、私は施設にいられなくなった。でもこうしてちゃんと大人になりました。あんな施設がなくても生きていけるということを、祥子が教えてくれたんです」

「祥子さんは——あなたに何をしたんですか？」

「身代わりです」

「身代わり？」

「私があなたの代わりに氷田先生の相手をしてあげるから、あなたはもう心配しなくていいよ——そう祥子は言いました。その日から、私が氷田先生に犯される日々は終わりました。その代わりに祥子が——」

　真鍋は言葉を失った。

「どうして——あなたと、その、氷田とのことを、祥子さんが知っていたんですか？」

　リエは疲れたように笑った。

「もちろん、言いふらしたりなんかしません。私は氷田先生の言いなりだったし、それでなくとも、子供の私にだって、性のことはタブーだという気持ちはありました。だから余計に誰にも助けを求められませんでした。でもやっぱり同じ屋根の下で暮らしていましたから、祥子にも気付くところがあったんでしょう」

「祥子さんのしたことで施設にいられなくなった、と仰いましたよね。祥子さんがあなたの身代わりになったことで、氷田はあなたが氷田にされたことを周囲に言いふらしたと思い込んだ。それで施設を追い出されたんですか？」

　と如月が訊いた。

「違います。祥子が自分の身を犠牲にして、氷田先生を告発したんです。虐待の証拠は次から次に出てきました。氷田先生に虐待されていたのは、私だけではなかったんです」

「氷田養護園がなくなったのは、氷田の犯罪が明るみになったからですか？」

「はい。調べてもらえば分かると思います。大きなニュースになりましたから。私達は居場所を失って、てんでんばらばらになりました。今、どこでどうしているのか——ふと思い出して、無性に会ってみたくなる時があります。でも——とても連絡など取れませんから」

「それでは、その祥子さんとも、それ以来一度も会っていないんですね？」

その真鍋の問いかけに、リエはすぐには答えなかった。

「荘野さん？」

「どうして、氷田先生の虐待が明るみになったか分かりますか？　今まで私を含めて多くの子供が犠牲になってきました。勇気を振り絞って役所に助けを求めても、子供の言うことなんて誰も聞いてくれませんでした。役所も警察も、大人の味方なんです。でも祥子は一夜にして、氷田先生の虐待を白日の下にさらしたんです」

「一体——どうやって？」

ああ——と嗚咽《おえつ》しながら、リエは吐き出すように叫んだ。

「祥子はね。氷田先生に殺されたんです！　行為の最中に首を絞められて！　氷田先生は殺人罪で逮捕されました。だからあの氷田養護園はなくなったんです！」

暫く、誰も、何も言わなかった。真鍋は、一体リエが何を話しているのかがまるで分からなかった。

「ちょっ、ちょっと待ってください。あなたさっき、死体の写真を見て、これは祥子さんだと仰いましたよね？」

　真鍋の問いかけに、リエは何度も頷いた。

「そうです。だからおかしいんです。祥子が死ぬはずないんです。だって祥子はとっくの昔に死んでいるんですから！」

「失礼ですけど——子供の頃の話だから、あなたの記憶が混乱しているということはありませんか？　例えば、祥子さんは一度病院に運ばれて、そこで息を吹き返した。でもあなたはそのことを知らないまま祥子さんと生き別れになってしまったから、今でも祥子さんが死んだと思い込んでいる——そういうことはないですか？」

　そんなことはありません、絶対に——そう言いながら、リエはぶるぶると首を振った。

「祥子は死んだんです。祥子の死体も見ました。皆、泣いてました——輝樹の泣き声を、私、今でも思い出します」

「てるき？」

「祥子と仲が良かった、男の子です。私達はまだ子供だったけれど、二人は多分、付き合っていたと思います。何となくそんな気がするんです。だから余計に輝樹は辛かったと——」

　真鍋は有葉零のことを思い出していた。新理司の家で起こった事件は一先ず置く。問題は、有葉零が最初に祥子と出会った際のことだ。

有葉零は祥子を殺し、警察に通報した。少なくともそう証言しているのだ。

――似ている。

有葉零が逮捕されず、氷田光一が逮捕されたのは、もちろん死体の有無による。有葉零は祥子を殺してしまったと錯覚しただけなのだろう。だがリエの話を真実とするならば、祥子はもうとっくの昔に死んでいるのだ。有葉零が出会った祥子は、幽霊ということになる。八王子の空き家の死体を、有葉零は見たことがないと証言した。つまり新理司の家で殺された女とは、似ても似つかないと。真鍋はその証言が嘘だと決めつけた。しかし、そう簡単な話でもないのかもしれない。

もちろん、リエが嘘をついているという可能性もなくはないが、そんな嘘をつく必要はないし、裏を取ればすぐに分かることなのだから、恐らく本当なのだろう。

もしかしたら、有葉零が出会った女は氷田光一に殺された祥子のことを知っていたのではないか。偽名を使う必要にかられたから、とっさに祥子と名乗ったのだ。

だが最大の謎――何故、空き家で頭部を切断されて死んでいた少女が、遥か昔に氷田光一に殺された祥子と同じ顔をしていたのか、それはどんなにない知恵を絞っても、一向に真鍋には分からなかった。

「祥子さんの死について、何か不審な点はありませんでしたか？　気付いた点があったら、何でも教えていただきたいんですけど」

　その如月の言葉に、リエは暫く考え込むような素振りを見せた。そして、思い出したように、ああ、と空気が抜けるような声を発した。

「そう言えば、変な話なんですけど――あの時、輝樹は言っていました。祥子は生きてるって。私、また輝樹が変な冗談を言っていると思って、まともにとりあわなかった。だって祥子はその時、もう棺の中で冷たくなっていたんです」

「何故、その輝樹という男の子は、そんなことを言ったんです？」

「警察は一応現場検証を行ったそうですけど、それは形式的なものだったようです。氷田先生が祥子を殺したのは状況から見ても明らかだったから。それに氷田先生は否認しませんでした。それで、その――」

　リエは言いにくそうな素振りを見せた。

「何です？」

「輝樹が言ったんです。シーツに血がついていたって。警察が現場検証に来る前に、それを見つけたって」

「祥子さんが、氷田に虐待を受けたときの血ですか？」

リエはゆっくり頷いた。

「その――女性の初めての時の、血だと――」

ああ、と如月が得心したように頷いた。

「輝樹という男の子は、そのことを知っていたんですか？　だとしたら、ずいぶんませてますね」

その話を聞きながら、真鍋は思い出していた。

あの、みなとみらいのホテルに泊まった男女の話だ。ベッドメイクしたメイドはこう言っていた――ベッドのシーツに血がついていたと。

「祥子という女の子は、どんな少女だったんですか――？」

「先ほども言いましたけど、感情の機微がないように思いましたから――泣いたり、わがままを言ったりすることはありませんでした。少なくとも私が祥子のそんな姿を見たことは一度もありません。自分から進んで怖い所に行くといっても、そもそも屋根にはしごをかけたのは男の子なんです。ただ誰にも命令されないのに勝手にはしごを登ったというだけで――空き家の件も同じです。皆で集まって空き家のことを噂していた時に、自分から率先して空き家に入っていったんです。多分、私達が怖がっていなかったら、祥子はそんな行動を取らなかったかもしれません」

「ああ、なるほど」

「でも——最後に祥子は大変なことをしました」

「大変なこと？」

「はい——施設を、抜け出したんです」

「抜け出した？」

「ええ——大変な騒ぎになりました。普段、そんなことをするような子ではなかったですから、余計に。誘拐でもされたんじゃないかって」

「警察に、通報したんですか？」

「ええ、それはもちろん！」

「でも、帰ってきたんですよね？」

「そうです。蜂の巣をつついたような大騒ぎって、ああいうことを言うんだと思います。警察もやってきて、凄い騒ぎでした。でも、祥子がどこで何をしていたのか、結局分かりませんでした」

「失踪の期間は、どのくらいですか？」

リエは答えた。

「一ヶ月以上です」

「一ヶ月以上も！」

「はい——だから皆、薄々、口には出さなかったけれど、祥子はもう戻ってこないと考えていたと思います。そんな時、急に、祥子が帰ってきた。その時の皆の気持ち、分かります？　皆、まるで幽霊が現れたような顔をしていました。でも私は、たとえ幽霊であっても嬉しかった。また祥子と会えて。それなのに——」

「失礼ですけど——一ヶ月以上も消息を絶っていたというのは事実ですか？　昔のことで、時期を錯覚しているとか——」

「それはありません。夏休みが始まって数日して、祥子はいなくなりました。そして新学期が始まって間もなくして、祥子は戻ってきたんです」

「ああ、そういうことですか」

「祥子は——手に綺麗なレターセットを持っていました。祥子は——祥子は——これあなたにあげるって——そのレターセットを——」

　リエの手がぶるぶると震え始めた。

「祥子は私のためにお小遣いを貯めていたんです。私にレターセットをプレゼントするために。祥子はレターセットを買いに出かけて——そのまま一ヶ月以上戻ってこなかった——」

「それは、いつのことですか？　祥子さんが氷田に殺される——」

リエは絞り出すように、いつも何もありません、と言った。

「祥子は、帰ってきたその日の夜に氷田先生に殺されたんです！　まるで殺されるために帰ってきたようなものです。祥子が一ヶ月以上どこで何をしていたのか、結局あやふやなままに終わったのは、そういう理由もあるんです――」

真鍋は訊いた。

「自分から失踪したんですか？　それとも誰かに連れ去られたんですか？」

「それも分かりません。何しろ、祥子は感情の機微を表に出さない子供でしたから。誰かに誘拐されて逃げ出してきても、何一つ怖がらないということはありうると思います」

「常識的に考えて、子供が一人で一ヶ月以上も暮らせるはずがありませんよね」

リエは頷いた。

「祥子は消えた時と同じ服装をしていました。でもその服は洗濯したてのように綺麗でした。今思うと、神隠しってああいうことを言うのかもしれません」

氷田は確かにろくでもない男かもしれない。しかし、失踪して戻ってきたばかりの少女に手をかけるだろうか？

――真鍋はありえない想像をする。

祥子は、夏休みが始まる頃に何らかの理由で失踪をし、そしてそのまま二度と帰ってこないはずだった。だが祥子は戻ってきた。虐待を受けているリエを救うために。そしてレターセットを届けるために。祥子は自ら氷田を誘った。そして氷田に自分を殺すように仕向けたのだ。その計画は成功し、リエは救われ、施設は崩壊し、祥子は死んだ。

「そういえば――」

とリエが何かを思い出したように言った。

「祥子は施設で毎日日記を書いていました。そんな子供は珍しかったから、男の子がからかって日記を読むこともあったみたいです。でもお話しした通り祥子は感情が乏しかったから、からかいがいがないと思ったようで、日記を読む者は誰もいなくなりました。祥子が失踪していた間、日記は誰にも読まれることなく、祥子の机の引き出しにしまわれていました」

「毎日日記を書いていたなんて几帳面ですね」

「ええ、祥子には祥子の考えがあったらしくて――一ヶ月あまりの失踪の後、帰ってきた祥子は再び日記を書き始めました。その時のことを、私は今でもはっきりと覚えています。輝樹が祥子の書いている日記を取り上げたんです。祥子は日記に何でも書いていました。恐らく輝樹は、失踪の間に何が起こったのか、祥子が日記に書くと思ったんでしょう」

「ああ、なるほど」

「輝樹は祥子がいなくなった理由を誰よりも知りたがっていましたから。その日記を読んで

——輝樹は怒りました。ふざけてるのか、とか、本当のことを書けよ、とか——相当荒唐無稽なことが書かれていたんじゃないでしょうか。それで氷田先生が二人の間に割って入りました。祥子が失踪から戻って間もないこともあって、氷田先生も祥子が日記に何を書いたのか気になったんでしょう。氷田先生は、祥子が新しく書いた日記のページを読んで、鼻で笑うような仕草をしました。まるで嘲り笑うような——」

「それはつまり、祥子さんの一ヶ月あまりの不在を書いた箇所ですね？」

「ええ、そうです。子供の空想だ、とでも言わんばかりの態度でした。そして氷田先生はページを逆にめくっていきました。するとだんだんと彼の表情が変わっていったんです。氷田先生は輝樹に、この日記をどこまで読んだ？　と訊きました。輝樹は面食らった顔で、祥子が新しく書いた所だけ、と答えました。それから氷田先生は祥子の日記をシュレッダーにかけてバラバラにしてしまったんです」

「ええ？」

真鍋は思わず声を上げた。

「何故そんな感情的なことを？」

「祥子がどこで何をしていたのか、それは祥子しか知りません。そして祥子はその間のことを日記に書きました。それは輝樹が怒ったり、氷田先生が鼻で笑ったりするような、空想じみたものなんです。でもその日以前のページには、氷田先生にとって鼻で笑えないようなことが書かれていたんじゃないでしょうか。私が夜中に氷田先生の部屋に呼び出されたことが。祥子は偶然その光景を目撃し、そしてそれを日記に書いた。だから氷田先生は日記を処分した。その日の夜に、祥子が私の身代わりになって氷田先生の相手をして、そして死んでしまったから——余計にそんなことを思うんです」

何か思い出したらいつでも連絡してください、と赤く目を泣き腫らした荘野リエの手を取り、如月は言った。真鍋はぼんやりと、もう何年も会っていない娘のことを思い出した。

捜査に進展があったら必ず伝えると約束して、彼女の部屋を後にした。

「もちろん署に戻ったら裏を取らなきゃならないが、恐らく彼女の話は本当だろう。調べれば分かることだからな」

「八王子の空き家の死体は、祥子と顔が似ている別人ですね。リエさんは、あの空き家に特別な思い出がありました。だから少し祥子と人相が似た死体を見て、錯覚してしまったのかもしれません。もしかしたら、家族なのかも。血縁関係があれば、人相が似てるのも納得がいくし、偽名として死んだ家族の名前を使うのも自然です」

「ああ、なるほど」

ひょっとしたら、と前置きして、如月は言った。

「双子なのかも」

真鍋は深く頷いた。

「三つ子だとしたら。有葉零の話が正しいとしても矛盾はなくなる。しかし分からない」

「何がですか？」

「あのホテルの記録を覚えているか？　女の方がホテルにチェックインした。だが祥子という名前じゃないんだ。祥子が偽名だったら、ホテルも祥子で泊まればいいじゃないか。どうせ偽名なんだから」

「我々が祥子という女を追うのを見越して、足跡を残したくなかったとか」

「しかし、こうして祥子の足取りは分かっている。無駄な工作としか思えない」

その時、如月の携帯が鳴った。

「鮎川君からだわ――」

如月は電話に出た。私用か、と真鍋は訊いた。如月は答えなかった。

「真鍋さん」

とすぐに通話を終えた如月は言った。その顔は緊迫感に満ちていた。

「何だ、どうした」

「新宿で死体が見つかったそうです」

「新宿？　誰のだ？　今回の事件の関係者か？」

「いえ、まだ。発見されたというだけで詳細は何とも」

「何故あいつはそんなことをいちいち報告してくるんだ？　新宿だぞ？　八王子とは違う。あんな都会じゃ、毎日誰かしら死んでるさ――」

うちの管轄じゃないだろう。そう言おうとした真鍋の口を、如月の発言が塞いだ。

「被害者は若い女性で、頭部が切断されていたそうです。そして――」

如月の白い喉が、ごくりと動いた。

「脳がないのか？」

如月は答えた。

「恐らく」

＊

（前半部略）

素敵な名前だった。

君は、西山春菜も八王子の事件と同じように殺されたと言って、僕を連れ出した。何故君が事件の詳細を知っているのか疑問に思ったけれど、深くは考えないようにした。零のことが頭にあるからかもしれない。

零は君と接点がある。もし零が犯人であれば、君が犯人しか知り得ない情報を持っていても不思議ではない。あまりぞっとしない想像だけど。

程なくして、再び君は僕の元を訪ねてくれた。あの日、君は一度だけインターホンを押した。まるで僕が君の訪問を心待ちにしていることを分かっていたかのように。

玄関に向かうと、そこには君がいた。

「零は――今日もいないよ」

「分かっているわ」

と君は答えた。

「だって私の目の前から、消えたんですもの。今度こそ、完全に消えたのよ。あなたのお兄さんは、やはり普通の人間じゃないわ」

追いかけたけど、撒かれてしまったということなのだろうか。どうであれ僕には関係のない話だった。

「喫茶店に行かない？　私が、おごるわ」

一も二もなく僕は頷いた。

君と駅前に向かった。大勢の人々が行き交っている。通りすがりの主婦らしき中年女性や、女子高生の集団が、あからさまに僕の顔を見て嫌な顔をした。でも君と一緒にいる今は、少しだけ堂々としていられる。

「ここでお兄さんが消えたの――」

君が立ち止まったのは、広場の中心の、正に一番人通りが多い場所だった。

「零とはぐれたの？　人が多いから」

「違う。零さんは私の目の前にいた。でも消えたのよ。跡形もなく」

僕は思わず笑いそうになった。君が冗談を言って僕を担いでいると思ったからだ。

「ＵＦＯに拉致されたとか？」

と僕は言った。もちろん冗談のつもりだった。

「宇宙人がいると思っているの？」

でも君は真顔でそう訊き返してきたので、僕はどぎまぎしてしまった。

「そりゃ、この広い宇宙のどこかには宇宙人がいても不思議じゃないんじゃないかな」

「広い宇宙といっても、人間が偶発的に誕生してここまで進化してきた確率を考えてみれば、大したことはないわ。この狭い庭に、人間以外の知的生命体が存在するなんて、私にはとても信じられない」

　僕には無限の宇宙を狭い庭と表現する君の方が、理解できなかった。あの部屋が世界のすべての僕にしてみれば、この駅前広場でさえ壮大な地平に思える。

「人間の数学や物理学は、すべての事象を完璧に解き明かしてくれるわ。科学で説明できないものはないのよ。でも宇宙人は人間とは根本的に違う価値観を有している。きっと科学の概念も違うでしょう。彼らは彼らの数学や物理学によって宇宙の謎を解明しているはず。いい？　もし宇宙人が存在していたら、宇宙の謎を説明する論理が二つ存在することになるのよ。矛盾が生じるわ」

　あの時君は、大体こんなことを言ったと思う。

　人間は科学によって自然現象に説明をつける。それと同じように、宇宙人には宇宙人の理屈があるのだろう。それだけの話ではないのか。宇宙人が説明しようが、人間が説明しようが、宇宙は変わらずそこに存在し続けるのだから。

「宇宙はそれを観測する知的生命体がいて初めて存在しうるのよ。人間が絶滅したら、宇宙も存在しなくなる。だから人間はこの世に生まれた。宇宙を観測するために。宇宙の謎に対する回答は一つよ。決して二つ以上じゃない」

違う、と本能的に思った。

僕は世界を認識している。そして君も世界を認識している。でも僕と君の世界の見方はそれほど大きく異なってはいないはずだ。その証拠に、この世界は今までと同じように存在して、僕と君との間にはコミュニケーションが成立している。観測する者が二種類いても、世界はこうして成り立っている。もちろん宇宙人と人類ほどの差はないと思うけれど、君と僕だって違う人間なのだから。

お洒落なカフェにでも連れて行ってくれるのかと思ったけど、意外にも君が向かったのは、商店街の中の、寂れた小さな喫茶店だった。

君は、カウンターにいるマスターの様子を窺いながら、小声で、

「この店、お客さん少ないから、よく来るのよ。誰にも見られる心配がないでしょう？」

と言った。やっぱり君は僕のような男と一緒にいるところを見られると迷惑なんだな、と思って悲しくなった。でも、そんな文句を言える立場じゃない。

コーヒーの銘柄など知らないから、君と同じものを頼んだ。味など分からなかった。

暫くコーヒーを啜っていると、また宇宙人の話が始まった。

「フェルミのパラドックスって知ってる？」

聞いたこともなかった。

「確かに皆あなたと同じことを考えたわ。これだけ宇宙が広ければ、人類と同じぐらいの文明を持った知的生命体が存在するに違いないって。でも不思議じゃない？　この宇宙のどこかに人類以外の知的生命体が存在するのであれば、人類はどうして未だに宇宙人とコンタクトできないの？　宇宙人が存在するという証拠すら見つかっていない。これだけ科学が進歩しているのに」

そう言われてみれば不思議だ。僕は今までそんなことを考えたこともなかった。

「宇宙には宇宙人がいるはずである。でも人類は宇宙人と遭遇したことがない。これがフェルミのパラドックスよ」

「そのパラドックスの答えは？」

「簡単よ。宇宙人なんて存在しない。存在していたら、必ずそれなりの証拠が見つかるはず。そりゃ微生物レベルの生命体はどこかの惑星にいるのかもしれない。でも私が言っているのは、言葉を発明し、道具を使い、宇宙を観測することができる知的生命体のことよ」

信じられなかった。

宇宙は無限に広いように感じる。だからこそ無限に、ありとあらゆる宇宙人が存在しているように思える。地球なんて、銀河系の端っこの小さな星だ。言ってみれば砂浜の、一粒の砂にしか過ぎない。その砂が、砂浜の王様のように振る舞っていいのだろうか？

「宇宙は地球中心で動いているのよ。何故なら、そこに知的生命体が誕生してしまったから。知的生命体がいて初めて宇宙が認識される。宇宙が在るということになる。宇宙は私達が作ったものなの」

何となく、ぞっとした。

地球で最後の人間が死ぬ光景を想像した。その人間が死んだ時、すべてが終わるのだろう。宇宙のすべてが。

そしておもむろに、君は訊いてきた。

「零さんだけど、どういう人なの？」

いきなりそんなことを訊かれて戸惑った。零は僕の兄だ。ただそれだけだ。

そして驚くべきことに、僕はそれ以外の零の情報など、何一つ持っていないのだった。同じ家族なのに。

「忠告したのに、零さんはあの家に行ってしまった。だからずっと気になってたの。この間、零さんと会って話す機会があった。それなのに零さんは消えてしまった。私の目の前で」

君はまるで自分に言い聞かせるかのようにそう語った。

「はっきり言うわ」

君は小声になった。

「私には能力があるの。どんな能力なのかは、秘密よ。それを教えたら、あなたはきっともう私と会ってくれなくなる」

確かに君には、僕にはない、いろんな能力があるだろう。

美人であるという能力。

家事ができるという能力。

人と上手に話せるという能力。

いずれも、僕にとっては、超能力だ。

「もう一人、能力がある人間がいる。祥子というのが、その名前よ。私は、零さんが祥子と偶然出会ってしまった、ただの普通の人間だと思っていた。でもそうではないのかもしれない。普通の人間は、あんなふうに消えないもの」

零は普通の人間じゃないかもしれない。

では僕はどうなのだろう。

これだけは言える。僕は普通の人間以下の男だ。顔が醜くて、部屋にずっと引きこもっている。人間を見た目で判断するなとよく言うけれど、それは酷い嘘だ。見た目の醜い人間は、大体において心も醜いのだ。怠け者なのだ。仕事も勉強も、何もできない、駄目人間なのだ。

君は、そっと僕の手に自分の手を重ねた。

暖かい、掌《てのひら》の感触がした。

「あなたは醜くないわ。駄目人間でもない。私、あなたと出会ったばかりだけど、あなたのことは分かるわ。それが私の能力なの。あなたは優しい人よ――」

君の手の甲を、水滴が濡らしていた。僕の、涙だった。

「あ、ありがとう――」

そんなことしか、言えなかった。感謝の言葉を伝えながら、僕は無様にポロポロと涙を零していた。

僕は孤独だった。この見た目も嫌いだった。だから僕は自分のすべてを変えたいと思っていた。どうすればこの僕を取り巻く世界を変えられるのか、それだけを考えて、僕は生きていた。辛いのが当たり前だと思っていた。辛いことが人生だと思った。

でも、君は言ってくれた。僕は僕のままでいいのだと。

僕は君から手を離し涙を拭った。そして君を見つめ、にっこりと笑った。

「そうよ。寂しくなったら、笑えばいいのよ。そうすれば、心も笑顔になるわ」

「そうだね。本当にそうだ」

僕は笑顔のまま、そう言った。

（以下略）

＊

如月は言った。

「一番目の被害者は、仮に祥子とします。現場は八王子の空き家です。頭部は切断され、脳を持ち去られていました。凶器は現場に落ちていた鋸と推定されます。捜査線上には空き家をねぐらにしていたホームレスが浮かんでいますが、未だ行方知れずです。服装は、ブラウスにスカートでした。これはみなとみらいで目撃された際の服装と同じです」

「スイートルームに泊まった男女の、女の方が被害者だとほぼ断定してもいい訳ですね」

　と鮎川。

「ええ。そう考えると何故最初の被害者だけが陵辱されていたのか説明がつきます。あれは合意の上だったんです。そして、他の被害者と比較すると、出歩ける服装のまま殺されたというのが非常に重要になってくると思います」

「うん」

「二番目の被害者は西山春菜。全裸で発見されました。頭部は切断され、同じように脳が持ち去られています。凶器は見つかりませんでしたが、切断面が荒いことからチェーンソーのようなものを使ったと見られています。現場は横浜市港北区の廃工場です。容疑者は被害者と交際していた斉藤晴彦。現在否認していますが、今のところ斉藤晴彦以外に犯行が可能であると思われる人物は存在しません」

「現場から服も凶器も発見されていない。犯人が持ち去ったのだろう」

「あと工場のシャッターの鍵も見つかっていません」

「凶器を持ち去るのは犯人の心理として何となく分かる。だが何故鍵まで持ち去ったのだろう。何か意味があるのかな」

鮎川は首をかしげた。

「大した問題じゃないんじゃないか？　鍵は普段西山春菜が持ち歩いていた。服のポケットか何かに入れていたんだろう。シャッターを開けた後、西山春菜はいつもの習慣でポケットに鍵をしまった。その後殺害され、鍵ごと服を奪われた。それだけだ」

真鍋の言葉に、如月は頷いた。

「そして第三の被害者です。被害者は阿部眞美《あべまみ》。現場は新宿区の歌舞伎町近くの住宅街です。早朝、公園を通りかかった若者グループが発見したそうです。携帯で撮った写メを友達に送ったり、現場に駆けつけた報道陣にぺらぺら吹聴したり。ＳＮＳにアップした者までいました。おかげで遺体の頭部が切断されていたのは、周知の事実となってしまいました」

「八王子の祥子の頭部が切断されていた件も、死体発見当時はおおっぴらに喧伝された。横浜の西山春菜はまだ運良く秘密が守られているようだが、どこまで保つかな――」

「阿部眞美は死後切断でした。死因は心不全です。服装はパジャマ姿だったそうですが、素っ気ないデザインで、あまり可愛いとは言い難いものだったようですね。現場には車椅子が放置されていました。それで阿部眞美を現場の公園まで運んだんじゃないかしら」

「西山春菜も心不全だが、そんなものはなかったぞ」

「現場周辺には総合病院があります。そこなら車椅子を入手できるでしょう。でも阿部眞美が入院していたという記録はありませんでした」

「要するに今回の事件は、第二の事件と類似しているんだな」

　如月は頷いた。

「凶器は残っていませんが、切断面からやはりチェーンソーだと推定できます。西山春菜は裸で発見され、阿部眞美はパジャマ姿でした。裸よりもパジャマの方がマシですけど、外を出歩くような格好じゃありません。彼女は川崎市の阿部総合病院の経営者の娘でしたが、病院は一年前にある企業に吸収合併されています」

「萩原重化学工業か――」

「はい。ちなみに死体発見現場の公園の近くに総合病院があると言いましたが、阿部総合病院と同じ医療法人の元に経営されていると言います。また阿部眞美は中学生の時に、追突され車ごと神田川に落ちたそうです。もしかしたら単なる事故ではなく、その時から命を狙われていたのかも」

真鍋は腕組みをした。

「社長の萩原良二を引っ張りましょうか？」

そう鮎川は言った。

「だが何の証拠もない。事情聴取ぐらいは応じるだろうが、別件逮捕も難しいだろうな。第一、そんな次から次にあちこちの企業を吸収合併できる大企業の社長が、合併先の会社のトップの家族を殺して、一体何の得がある？」

「それは我々にはないだけで、萩原良二の方にはあるのかもしれませんよ」

その時、如月が言った。

「萩原重化学工業の埋め立て工事に反対している団体がいたでしょう？　あの団体が、萩原重化学工業に罪をなすり付けるために女の子達を殺して回っているのかも」

鮎川は笑った。

「萩原重化学工業を貶める目的で人を殺すなんて、本末転倒じゃないか。何の根拠もない」

「ところが根拠はあるんです」

如月はとある新聞紙をテーブルの上に置き、小さな記事を指差した。

『川崎公害訴訟　住民側が敗訴』

「この記事だったら前も見たぞ。被告が萩原良二なんだろう。それがどうした」

「違います。今度は原告の住民の写真を見てください。この男、新理司じゃないでしょうか？」

「何だと？」

新理司。自宅に自ら火をつけ、焼死した男。少なくとも、そう有葉零が証言した男。

「彼の担当編集者にこの記事を見せました。確信はできないけれど、似ているそうです」

「新理司は萩原重化学工業を糾弾する運動にかかわっていたのか！」

「裏を取ってみる価値は十分あると思います」

よし、と頷いて、真鍋は温《ぬる》くなったコーヒーを一気に飲み干した。

「待ってください——もしそうだとしても、新理司は八王子の事件が起こった時には、既に死亡しているんですよ？」

と鮎川が言った。

「やはり、あの焼死体は別人だ。少なくとも、男の方は。だから彼は家に火をつけた。自分が死んだと思わせるために」

「身代わりにする死体は？」

その質問に真鍋は答えられなかった。新理司生存説の最大の弱点と言えるだろう。

「もしかしたら——未だ消息がつかめない、あのホームレスが、新理司の身代わりになって死んだのかもしれないわね」

と一人呟くように如月は言った。もしそうだとしたら、みなとみらいで目撃された男が新理司だったのか。

その時、如月の携帯電話が鳴った。

「誰かしら——」

携帯の画面を見て、訝しみながら如月は電話に出た。

「はい如月です。はい——ああ。はい、はい——え？　もう一回言って——何？　それってどういうこと？」

電話を片手に首をかしげている如月を尻目に、真鍋は出かける準備を始めた。その時真鍋は、食堂の入り口に上司の顔を見かけた。菅野という警部だった。若い連中相手に油を売っている現場を目撃されたかと思い、真鍋は心の中で舌打ちをした。

菅野が真鍋を手招きした。

「何でしょう」

「お前さんは監察医の杉村と仲がよかったな」

「いや、別に特別仲がいい訳じゃないですが、今回の事件は杉村が責任者なんで」

菅野は心なしか小声になった。

「どうせすぐに皆に知れるが、お前に先に言っておこうと思ってな――杉村が死んだよ」

「ええっ！」

真鍋は思わず大声を上げた。鮎川がこちらを見やった。

「死んだって、どうして？」

「いや、別に死因に不審な点はないんだ。交通事故だよ。横断歩道を歩いていてトラックに撥《は》ねられたんだ。ほら今回の事件は奇っ怪な要素が多々あるだろう。だからやっこさん、四六時中事件のことを考えてぼーっとしてたんだろうな。お前さんだって、あの若い連中と今回の事件の話しかしないんだろう？　少しは気を休めろよ。事件が解決できなくたって、お前さんの責任じゃない」

「はあ、まあそりゃあ分かっていますけれど。でもまさかあの杉村が――」

「そうだよな。まさか杉村も、自分が検死されることになるとは夢にも思っていなかっただろう。まあ、そういうことだ。お前さんもあんまり根を詰めるな。葬儀とかの日取りは追って連絡するから」

そう言って、菅野警部は去っていった。真鍋は呆然とその場に立ち尽くしていた。

通話を終えた如月もこちらにやってきた。何だか顔色が青かった。

「どうしたんですか？」

と如月は訊いてきた。杉村が死んだと伝えると、二人は息を呑んだ。

「そっちの電話はもういいのか？」

「それが——有葉零の向かいに住んでいる、瀬田家の家政婦からの電話だったんです」

「あの、神沼綾子か？」

鮎川は訊いた。如月は頷いた。

「有葉零に気をつけてください——そう言っていました」

「何だと？」

「いつかきっと誰かを殺す——だからマークしろって」

「その根拠は何だ？」

「それが何も。で、私は言ったんです。何もしてないうちから逮捕なんかできないって。そしたら神沼綾子は——」

如月は口籠もった。

「なんて言ったんだ？」

「私は有葉零が消える瞬間を目撃したって」

真鍋は鮎川と顔を見合わせた。鮎川は狐に摘《つま》まれたような顔をしていた。恐らく自分も同じような顔をしていただろう。

「その神沼綾子っていう女は、おかしいのか？」

「さあ、私には何とも」

「本当に有葉零が消えるんだったら、あの廃工場で起きた事件の犯人は、間違いなく有葉零だな。現場が密室だって関係あるか。何しろ、消えるんだから」

「でも今回の事件の犯人は有葉零ではないそうです。ただ今現在の彼は、人を殺したくて殺したくて、たまらないと」

「だとしても、どうしてその女が有葉零の心の内が分かるんだ？」

「私もそう尋ねました。そしたら、理由なんかないって」

真鍋は大きくため息をついた。

「話にならんな」

「真鍋さん――」

震える声で如月は言った。

「私、あの子に携帯の番号なんか教えてません」

「ん？」

「神沼綾子が私に直接電話をかけてこられるはずがないんです」

暫く、三人とも立ち尽くしたまま、誰も口を開かなかった。

最初に言葉を発したのは、鮎川だった。

「つまり？　如月のことを知っているから、有葉零のことも分かるっていうのか？　しかし、そんな――」

如月は、ゆっくりと真鍋を見た。

「彼女、真鍋さんによろしくって言っていました。お会いになったことないんでしょう？」

「――顔も知らない」

一度、その神沼綾子という家政婦に会ってみる必要があるかもしれない、と真鍋は思った。

10

「もう三人死んだ――」

大地は言った。

一人目は祥子。二人目は西山春菜。三人目は阿部眞美。

「行動を起こさないと、これからも次々に死ぬぞ。そうなれば下界の民は黙っていない。君がどんな秘密を握っているのか、僕は知らない——あの『天国の門』の向こう側に存在するものも。祥子は死んだ。綾佳は勝手に行動している。恐らく、君を亡き者にすることを厭《いと》わないだろう。このまま事件が続けば、君は神のように振る舞えなくなる」

生命は、

「いいのよ」

と大地の方を見もせずに言った。

「下界の愚民共は皆、頭を切り開かれて死ねばいいのよ。砂浜の砂粒にしか過ぎない存在のくせに、自分が砂浜だと勘違いしている。皆、自分のことしか考えていない。頭蓋骨という牢獄にとらわれているからそうなる。だから私は、その牢獄を開けて、皆を解放してやっているのよ」

「君は下界の人間達、全員を殺す気なのか？」

「そんなことしないわ。私はただ、殺している犯人を黙って見ているだけ」

「何故だ？　祥子は仕方がない。君の部下だ。死ぬことも覚悟していただろう。だが西山春菜は？　阿部眞美は？　何の罪もないぞ。君が手をこまねいていたから、二人の少女が死んだ。君が殺したようなものだ」

「罪がないですって？」

生命は声を荒らげた。

「あの二人は、愚民の分際で私と同じになろうとした。その時点で既に罪であると、どうして分からないの？　人間には分というものがあるわ。人間は、平等ではないのよ。にもかかわらず、あの二人は平等を求めた。それが罪よ！　生きる資格はないわ！」

大地は小さくため息をついて、ソファに沈み込むように座った。

「罪人は、まだ大勢いるわ。愚民のくせに、神になろうという人間共が。だから私は、その連中を殺す獣を野に放った。一体、何が悪いって言うの？」

「まだまだ人が死ぬんだな」

「ええ、そうよ。誰にも止められない」

「だが綾佳がいる。あれは世界の理《ことわり》を知っている女だ」

生命は笑った。

「あれは所詮、私のエージェントよ。アダムとイブが神に敵うと思う？」

「だが、いずれクーデターが起こる。科学文明の時代に、人は神を信仰しなくなった。誰にも信仰されなくなった時、神は死ぬんだ。君の地位も盤石ではない」

「クーデター？　誰がそんなものを起こすっていうの？」

「例えば、真鍋の友人の監察医の杉村だ。君が彼を交通事故に見せかけて殺したのは、口封じが上手くいかなくなったからだろう？」

「そうよ。杉村は、検死解剖のデータを、大学時代の同級生が勤めている新聞社に持っていって告発しようとした。人体実験が行われている恐れがあるってね。殺すほか仕方がないでしょう？」

「西山春菜も、阿部眞美も、それぞれに死体の解剖の責任者がいる。今のところ情報隠蔽は上手くいっているようだが、いつまた杉村のような人間が現れないとも限らない。止めるなら、今のうちだぞ」

　生命は笑った。まるで大地を嘲笑うかのようだった。

「何度も言っているじゃない。私は手を下していない。事件は私の手を離れて勝手に起こっているのよ」

「何故だ？　何故犯人は、被害者の頭を開いて、脳を持ち去るんだ？」

「それを、知りたい？」

　大地は、頷いた。

「人間は、平等ではないのよ。真実を知るには、資格がいるのよ。それは私や、祥子や、綾佳と同じリスクを生涯背負うということ。あなたにその覚悟があって？　ないならそれで結構よ。今まで通り、私の愛人としてこの部屋で暮らしなさい」

無言で大地は『天国の門』に通じる小部屋の扉を見やった。

「そうよ。あの中にあるものを知っているのは、私と、綾佳と、祥子と、萩原良二だけ。祥子は知っても何も思わないでしょうから、実質三人だけと言っていいわ。全員、それなりの責任を負っている。何の責任も負わないあなたに、秘密を教える訳にはいかないわ」

ずっと知りたかった。

あの『天国の門』の向こう側にはどんな世界が広がっているのだろう。

だが大地はその真実を自分が知るなどとは想像もしなかった。人間が分を超えるものを手に入れることなど決してできないのだから。

本心は違った。何故生命が当たり前のように持っているものを、自分は持っていないのだろう。そのことを考えるだけで、大地の心は真っ黒な嫉妬の炎《ほむら》に焼かれそうになる。

「あそこに、今回の一連の事件の真相が隠されているのか？」

生命は、頷いた。

「もしあの扉の向こう側に足を踏み入れたら、あなたは私と心中することになる。あなたが生きるも、死ぬも、私次第。今のまま分を受け入れて平穏な人生を送るか、それとも完全に平等な世界で戦って死ぬか。あなたはどちらを選択する？」

大地は――。

選択した。

「『天国の門』を、開けてくれ」

生命は立ち上がった。そして小部屋の扉に向かった。扉はゆっくりと開いた。大地は生命の後に続いた。

青く照らされた小部屋の中に、黒い扉――『天国の門』はあった。

「覚悟は、いい？」

「――ああ」

大地は、頷いた。

生命は、指紋認証システムに、ゆっくりと親指を置いた。

『天国の門』が静かに開いた。

その中には、茫漠とした静寂と、暗闇だけが、どこまでもどこまでも、果てしなく、絶え間なく、存在していた。

大地が一歩『天国の門』の内部に足を踏み下ろした瞬間、ぱぁっと周囲はライトアップされた。世界は光に包まれた。

そして、
見た。

大地は、そこに存在するものを。

瞬間的に大地は、その意味を理解した。叫び声を上げることすら忘れた。大地ができるのは、ただ、目の前に存在するものに恐れ戦《おのの》くことだけ——。

生命は、ゆっくりと背後から大地に抱きついた。そして彼の耳元で囁く。

「これで、本当にあなたも私の仲間よ」

＊

『萩原重化学工業問題を考えるネットワーク』

そうマジックで乱雑に殴り書きをしたような表札が、アパートの部屋の前に素っ気なくかかっていた。

「味も素っ気もない団体名っすね」

「ほんと、そのままっていう感じ」

と鮎川と如月は言った。真鍋はインターホンを押した。すぐに中年の人のよさそうな女性が顔を出した。しかし真鍋達が身分を告げると、さっと表情を強ばらせた。不信感も露わに、ジロジロと三人を見回す。

「ちょっと話を訊きたいだけです。別にやましいことはないんでしょう？」

吉沢というその事務係の女性は、室内に真鍋達を招き入れた。ただ連絡先が必要だからとりあえず用意したと言わんばかりの、何もない部屋だった。電話機が無造作に置かれた、家庭の食卓にあるようなテーブルに真鍋達は座らされた。とても窮屈に感じた。

真鍋は、すぐに本題を切り出した。

「新理司という男を知っていますか？」

その名前を出した途端に、吉沢《よしざわ》はぎょっとしたような顔になった。

「知ってるんですね？」

吉沢は小さくため息をついた。

「ふらっとやってきて、萩原重化学工業のことを根掘り葉掘り訊いてきたんです。平日だろうが昼間だろうがお構いなしだったんで、一体何やってる人なんだろうなって思ったんですけど――まあ、こういう活動では仲間は一人でも多い方がいいですから」

新理司が作家であることは知らないようだ。

「あの人、最近見ないけど、どうしたんでしょう。電話も通じなくて――」

「知らないんですか。新理は――」

　鮎川のその言葉の続きを真鍋は手で制した。

「伺いますが、あなた方は、萩原重化学工業が環境汚染を引き起こしていることに対して非難しているんですね？」

「そうですよ。あの会社がどれだけ環境を汚しているか。ちゃんとデータだってあるんです。持ってきましょうか？」

「いいえ、それは結構です。で、具体的にどんな反対活動をなさっているんですか？」

「どんな、と言いますと？」

　真鍋は吉沢に、件の新聞記事の切り抜きを見せた。

「これは新理司さんですか？」

　吉沢は迷う素振りも見せずに頷いた。

「この人がどうかしたんですか？」

　真鍋は吉沢のその質問をあえて無視した。彼女は新理司の仲間だ。自分達が訪問したことを、彼に教える可能性は十分考えられる。

「あなた方は萩原重化学工業に対して訴訟を起こした。だが敗訴した。法律に則って勝負をした結果、負けたんです。それなのにまだ運動を続けている。萩原重化学工業に勝つためには革命を起こすしかない。そして革命とは往々にして暴力的な手段を伴うものです」

吉沢は、きょとんとした顔をした。

「私たちは暴力なんか使いません。分かるでしょう？　安全な暮らしがしたいだけなんです。そりゃ、あの人は分かりませんけど――」

「あの人って新理司のことですか？」

如月が訊いた。

「そうですよ。俺は世間から、きっとテロリストだって言われるだろう、でも違う、世間の連中は馬鹿だから理解できないだけだ――そんなことを言ってました。ちょっと怖かったから話半分にしか聞きませんでしたけど」

「テロリスト、ですか？」

「ええ。だから何かを起こすとしたら、絶対にあの人の方ですよ。何か変な人とも関わり合いがあったし――」

「変な人？」

吉沢は頷いた。

「黒いスーツに、黒いネクタイを締めて、黒いサングラスをした、全身黒ずくめの男です」

真鍋は眉をひそめた。

「そんな絵に描いたような怪しい男がいるんですか？」

「だって、いたんだから仕方がないでしょう⁉　ここに来て、私に言付けを頼むんですよ。これを新理さんに渡してくれって」

「何を新理司に渡したんですか？」

「ほら、小さくて、細長いプラスチックの機械で、パソコンに繋げてデータのやりとりをする」

「USBメモリですか？」

鮎川が訊いた。

「そう！　多分それです！」

「あなたはその中身を見たんですか？」

吉沢は首をぶるぶると振った。

「いいえ。パソコンはありますけど、何だか意味が分からなかったし、変なことをして壊してしまうといけないと思って。それに気持ちが悪かったんです。かかわらない方がいいような気がして」

「それはいつのことですか？」

真鍋は期待した。それが火事が起こった四月十七日以降の出来事だとしたら、新理司が生存している決定的な証拠になるからだ。

　吉沢は口を開いた。

「それは――」

＊

「やはり、新理司は生きている」

『萩原重化学工業問題を考えるネットワーク』を後にした真鍋は、すぐに神奈川県警に連絡し、新理司の家が燃えた四月十七日以降に彼を目撃した人間がいたことを伝えた。今頃近藤は青い顔であたふたしているだろう。

「でも、吉沢の証言を馬鹿正直に信じていいんですかね？」

「どういうことだ？」

「だって、黒ずくめの男ですよ？　あまりにも陰謀論のステレオタイプっていうか」

　確かに鮎川の言っていることは分からなくもない。しかし服装などどうでもいい。重要なのはそのＵＳＢメモリだ。

「何者かが新理司に接触したのはほぼ間違いないと思う。確かに吉沢の証言は胡散臭いが、それにしてはＵＳＢメモリの存在が、やけに具体的だ」

「そうですよね。しかもあの人、USBメモリっていう言葉を知らなかった。嘘をつくなら、もっと知っている範囲内で嘘をつきますよ」

と如月。

「ううむ」

鮎川は唸った。そして、言った。

「だとしたら、新理司が受け取ったそのメモリの中には一体何が入っていたんだろう?」

「メモリが新理司に手渡された後に、西山春菜が殺されています。そして阿部眞美。メモリの中にはターゲットのリストが入っていたのかもしれない。有葉零の証言もあります。彼の証言を信用できたらの話ですけど――新理司はチェーンソーで祥子の頭部を切断して殺しました。同じ手口の西山春菜と阿部眞美も新理司の犯行と考えても不自然じゃありません」

「じゃあ、西山春菜は斉藤晴彦が殺したんじゃないってことか? だが現場の密室はどう説明つける?」

「それは分かりませんが、もしかしたら斉藤晴彦と新理司は共犯関係に近い間柄だったんじゃないでしょうか。同じ町内です。顔見知りだったとしても不思議じゃない。二人がもしグルだったら、そこに密室の謎を解く手がかりがあるかもしれない。とにかく、リストを私達は持っていませんが、想像することはできます。萩原重化学工業に吸収合併された企業を、社長や会長に若い娘がいる順に並べるんです。きっとそのトップは阿部総合病院ですよ」

「あいうえお順か！」

「西山春菜が最初に殺されたのは、恐らく新理司の近所に住んでいたからに違いありません。まだ状況証拠かもしれませんが、新理司は限りなくクロです」

西山春菜が殺され、次に阿部眞美が殺された。萩原重化学工業に関係する少女達が相次いで殺されているのは明らかな事実だ。犯人が次の事件を起こそうとしているのなら、被害者を見定めて、それを阻止するのは案外容易いかもしれない。もちろん現実問題、すべてのそれらしい少女達に四六時中見張りをつけることはできない。だが、新理司が法則に則って被害者を狙っているかもしれないとなったら、話は別だ。

萩原重化学工業が吸収合併した企業は十二社に及んだ。その十二社をあいうえお順に並べると、確かにトップに来るのは阿部総合病院だった。次に来たのは、オオマル石油精製会社という石油加工会社だった。社長の幸崎《さいざき》には大学生になる結愛《ゆあ》という娘がいた。結愛は恵比寿のマンションの最上階を父親に買い与えられ、そこで一人暮らしをしているという。

マンションの正面玄関はオートロックであり、入るためには部屋と共有の鍵を使って玄関を開けるか、四桁の暗証番号でロックを解除しなければならない。従って外部の人間がマンションに立ち入るためには、インターホンで住民と連絡を取り、玄関を開けてもらう他手段はない。

玄関を入るとそこはエントランスである。管理室が隣接していて、このマンションの住民も、訪ねてきた者も、必ず常駐している管理人の目の前を通ることになる。不審者を迂闊にマンションに侵入させないための、防犯上の対策である。

しかし侵入のルートがない訳ではない。マンションの裏手に存在する非常階段だ。緊急用の非常階段の設置は法律上義務づけられているから、たとえ防犯上隙ができても、正面玄関以外の出入り口を設置しなければならない。この非常階段の存在が、後々重要になる。


まるで芸能人のような女だと真鍋は思った。すらりと伸びた足が目につく、スレンダーな四肢。顔が小さく、茶色く長い髪は、シャンプーのCMのモデルを務めたらさぞかし売れ行きが上がるだろうと思わせた。

結愛のマンションの一室で、如月が彼女に事情を説明した。結愛は終始眠たそうな顔であくびをかみ殺していた。

真鍋はマンションの部屋をそれとなく観察した。都内の一等地の最上階。間取りも広く、学生が暮らすマンションとはとても思えない。萩原重化学工業のやっていることは敵対的買収と思われているようだが、しかし買収された方が身ぐるみはがされて路頭に迷う、などという事態にはなっていないようだ。

「――という訳で、結愛さんに危険が及ぶかもしれないんです。それを防ぐためにも、我々が結愛さんを護衛しなければなりません」

結愛は茶色い毛先を指先で弄《もてあそ》びながら、

「そんなの、私が確実に犯人に襲われるっていう根拠にはならないわ」

と言った。

「でも何かあってからでは遅いですから。もちろん、何もなくて私達の護衛が無駄に終われば、それに越したことはないんです。結愛さんの身の安全が、何より大切なんですから」

「どうして、あいうえお順だって分かるの？　アルファベット順かもしれないじゃない！　阿部でA、次はオオマルでO。AからOの間には、十三個のアルファベットがあるわ。十三個よ！　オオマルを除いた残りの九社は確率から言っても、必ずその十三の中に対応しているはずよ。私が次に狙われるなんておかしいわ！　あいうえお順なんて、日本限定の考えじゃない。たとえ犯人が日本人でも、リストが英語だったらどうするの？」

鮎川は、え、ええと、と指折り数えながら残りの企業の名前を確認し始めた。真鍋は鮎川を制し、結愛に言った。

「お嬢さん。警察はもちろん他の企業の社長さんの親族にも声をかけています。ただ連続殺人は往々にしてパターンがある。正直言って社名の順番など、人によってどうとでもとれるでしょう。それよりも重要なのはお嬢さん、あなたです。あなたのような若い女性を、犯人は狙っているんです」

「じゃあ私にどうしろって言うの？」

「できるだけ出歩かないでください。このマンションは、外から我々が護衛しています」

「出歩かないでくれって、大学はどうするのよ！」

「いえ、だからですね。やむを得ない場合で外出する時は、我々も一緒に。別に四六時中張り付くっていう訳じゃないんですよ。遠くから結愛さんを見ているだけです」

「私を監視するっていうの！」

「でも、そうしなければ危険なんです。捜査のためにも、どうか不自由を呑んでください」

結愛は不満そうに真鍋を睨み付けてから、渋々といった様子で立ち上がった。そして無言で向こうの部屋に引っ込んだ。どうやらそこは寝室のようだった。

「結愛さん？」

如月が彼女の様子を察して寝室に入っていった。

「納得してないみたいですね」

「しかし、殺人犯に命を狙われているんだ。背に腹は替えられんはずだ」

暫くして、如月が部屋から出てきた。深刻そうな顔だった。

「どうした？」

「彼女、出かけるって言ってます」

真鍋はため息をついた。お嬢様は事態の深刻さにまるで気付いていないらしい。

寝室を覗くと、結愛は大きなクローゼットの中に首を突っ込んでいた。金持ちらしく、様々な衣類がハンガーにかけられている。あの毛皮のコートは一体いくらするのだろう。

どうやら結愛は、出かけるために上から羽織るものを探しているようだ。

「どこに行くんですか？」

「六本木のクラブに行くのよ！　週末はいつもパーティーがあるから！」

「あ、そういうのは、できれば差し控えてもらえないかと——」

結愛はクローゼットから顔を出して、真鍋達を見回した。何でよ！　と当たり散らすかと思ったが、そうはならなかった。

代わりに、ちっ、と舌打ちした。

「うざっ」

と、吐き出すように言った。

「私は別に殺されても構わないから。自由にさせてよ。護衛なんかまっぴらよ」

「いえ、結愛さんは構わないかもしれないけど、我々が困るんです」

如月が珍しく皮肉めいたことを言った。結愛は再び舌打ちした。

こういう、命なんか惜しくない、と強がっている人間に限って、いざという時には、泣き叫んで、失禁して、命乞いをするものだ。真鍋はこの生意気な娘にそう言い諭してやろうと思ったが、止めた。大人の特権を振りかざして若者に説教する趣味は真鍋にはなかった。


神奈川県警の近藤は、真鍋達が主張する新理司生存説に難色を示した。新理司の死亡を断定したのは、他でもない、近藤なのだ。当然、結愛を護衛するという案にも神奈川県警は賛成しなかった。根拠が薄いというのがその理由だが、新理司生存説がおもしろくないのだろう。彼らは西山春菜殺害の犯人として、すでに斉藤晴彦を逮捕しているのだ。

彼らは西山春菜の殺害現場が密室であったことを盾に取り、強固に真鍋達の考えに反対した。結局、結愛の護衛は真鍋達にお鉢が回ってきた。阿部眞美の捜査をしている新宿署とのルーチンワークである。

結愛が六本木のクラブ通いを止めた以外は——真鍋は結愛がホステスのバイトでもしているのかと思ったが、如月に言わせるとそういうクラブではないらしい——護衛の甲斐あってか、何事もなく日々は過ぎ去っていった。

新理司が現れる気配はなかった。

警察は結愛以外にも新理司が襲うかもしれない関係者を洗い出していた。彼女らにも護衛をつけた。新理司がまだ殺人を続けるつもりならば、今頃彼は八方ふさがりのはずだ。

一週間後、再び週末が巡ってきた。

真鍋は車道に止めた車の中で一人、マンションの正面玄関を張っていた。如月と鮎川は、裏の非常階段の方を見張っている。万が一、新理司が現れたとしても、正面玄関ではなく非常階段を使うだろう。仮にマンション内に共犯者がいて新理司を招き入れたとしても、エントランスには管理人がいる。正面の玄関を抜け、エントランスを突破し、誰にも見れらないように最上階の結愛の部屋に行くのは不可能だ。

コンビニで買ったおにぎりを運転席で食べていると、誰かがやってきた。鮎川かと思ってそちらを見たら、菅野警部だった。真鍋は慌ててドアを開けた。

「どうだい、調子は」

「まあ、ぼちぼち。これ、おかかですけど、食います？」

「いや、結構。ちょっと近くに寄ったから、顔出しに来ただけだ。で、人の出入りはあったのか？」

「いえ、まったく。これじゃ新理司も迂闊に手が出せないでしょう」

「お前さんも大変だな、普段も若い奴のお守りをしているのに、金持ちの娘の面倒まで見なきゃならん。お前さん一人だけか？」

「若いのはマンションの裏手に回っています。そこにも出入り口があるんです。もし新理司があの子を狙っているのなら、裏手の非常口から最上階を目指すでしょう。あの二人がいくら頼りなくとも、見逃すはずはありません。現実問題、新理司は動かないでしょう。我々が張っていることは、彼も予想しているはずです。それでも結愛を襲うなんて、自分から捕まりに行くようなもんだ」

新理司が動かなければ、彼を捕まえることもできない、という不満を言外に滲ませた。

「まあ、そう言うな。それはそうと、真鍋。監察医の杉村のことだがな。先日の葬式の時に、奥さんと話をしたよ。杉村は娘が三人もいるらしい。一番上が、今、大学生か」

「はい」

真鍋も葬式に参列した。突然、夫と父親を亡くした家族が痛ましく、真鍋は短い悔やみの言葉を述べただけで、あまり深い話はしなかった。

「長女が今大学生で、下の二人の子らはこれからだ。そんな時に一家の大黒柱が死んじまった。だから俺は、杉村の奥さんに言ったんだよ。困ったことがあったら、いつでも相談に乗るって。そしたら何だか、みんな様子がおかしいんだ。俺は、ぴんときたね。杉村は家族に殺されたんだって」

　真鍋は眉をひそめた。

「動機は、いくらでも考えられる。保険金目当ての殺人なんて、珍しくも何ともないからな。だから問い詰めたら、ある問題が発覚した」

「本当に殺されたんですか？」

「まあ、そう急《せ》かすな。杉村が死んで、荷物を整理したら――発見したんだとよ。杉村のへそくりを」

「へそくり？」

「ああ、家族は杉村の死後、隠し口座が見つかって動揺していたんだ」

「何ですか、そりゃ」

「気の抜けた声だな」

「気も抜けますよ。へそくりだったら、俺だってしてますよ」

「ところが杉村には敵わない」

「どういう意味ですか？」

　菅野は声を潜めた。

「へそくり用につくったと思われる通帳には、いくら入っていたと思う？　五千万だ」

「五千万！　それは、やっぱり保険金——」

「いや、もちろん保険には入っていたが、それとは関係ない金らしい」

「それでどうしたんですか？」

菅野は肩をすくめた。

「何も」

「何も——？」

「だってそうだろう。犯罪性がなければ、こちらもどうしようもない。へそくりを貯めたとは考えにくいが、しかしそれを否定するだけの根拠もない。もしかしたら宝くじにでも当ったのかもしれないな。あれは非課税だろう。犯罪にはならない。仮に杉村が所得隠しをしていたとしても、それは税務署の仕事だ。俺達には関係ない」

所得隠しなど、一介の公務員には、まるで縁遠い犯罪だ。

杉村は八王子の空き家の死体を担当する監察医だった。脳を持ち去られたこと以外に、不審な点があの死体にはあり、揉み消しのために萩原重化学工業が杉村を買収しようとした。その際のトラブルで、杉村が交通事故に偽装されて殺された——。

不審な点。

死因だ。

心不全。

――違う。それは西山春菜と阿部眞美の死因だ。空き家の死体――祥子の死因に不審な点はなかった。彼女は生きたまま頭を切断されて殺されたのだ。

では心不全の、西山春菜と阿部眞美の遺体を検死した監察医は――。

「まあ五千万も貯蓄があれば、これから三人の子供を育てるのにも心強いだろう。杉村はちゃんと家族に置き土産を残していたという訳だ」

その菅野の言い方は、仮にその五千万が不正の金であっても、目をつぶろうじゃないかと考えているようでもあった。

「こんないいマンションに暮らしやがって――」

菅野は悪意に満ちたような顔で、マンションの最上階を見上げた。

署長は東大卒のキャリア組だった。それは別にいいのだが、菅野や真鍋より一回り年下なのが気にくわないらしく、菅野は見えないところで、しょっちゅう署長の悪口を言っていた。

今の菅野の顔は、正にその顔だった。

「人間は平等じゃない。俺は金持ちの家に生まれなかったけど、その代わり、命を狙われることもない。世の中っていうのは、上手い具合にバランスが取れているものです」

「んなことはお前さんに言われなくとも分かっているよ。だが俺にも息子がいる。お前さんにも家族がいるだろう。確か娘だっけな？」

娘のことを言われると、心の奥がちくちくと痛んだ。真鍋はそれを悟られないように、適当に相づちを打った。

「あんなマンションに子供を住まわせるような親だ。きっと子供の教育には金をかけているんだろう。だからこそ結愛は一流の大学に行けた。一介の監察医が、子供に自分のような苦労をかけたくないと思ったら、空から金が降ってくるのを待つしかない」

「それが、あの五千万円、ですか？」

菅野は肩をすくめた。

「ふと思っただけさ。いくらなんでも空から金が降ってくる訳がないし」

菅野は、再びマンションを見上げた。今、結愛は何をしているのだろう、と真鍋は考えた。

「護衛なんて馬鹿馬鹿しい。どうせその新理司という奴が殺して回っているのは、金持ちの娘達なんだろう。そんな奴らは一人残らず殺されちまえばいいんだよ」

そう菅野が言った、正にその瞬間だった。

『おい！　あんたら何をやってるんだ！』

無線機から尋常ではない様子の声が聞こえてきた。彼は新宿署の刑事だった。ルーチンワークで、真鍋達と交互に結愛を警護している刑事の一人である。

「どうした？」

『どうしたじゃない！　こっちは何の報告も受けてないぞ！』

ずいぶん焦っている様子だが、しかし何のことだかさっぱり分からない。

「ちょっと待て、状況が呑み込めない。こっちは結愛の警護をして、動いてないんだ」

『警護⁉　警護だって！』

無線機の向こうで、彼は絶叫した。

『たった今、大学の構内で、結愛の死体が発見された。発見したのは学生達だ。頭部は切断され、脳が持ち去られていた！　学生共は、この事件がネットで噂になってるから、わざわざ頭の中を覗き込んだんだ！』

菅野警部は車から飛び降り、正面玄関に向かって走り出した。

「お前は裏に回れ！」

そう菅野が叫んだ時には、既に真鍋はアクセルを踏んでいた。マンションの裏手に回ると、すぐに如月と鮎川が張り込んでいる車が目に入った。暢気に笑い合っている。思わず頭に血が上り、そのままの勢いでブレーキを踏んだ。

真鍋は車から飛び降りた。そして非常階段に走った。尋常でない様子を悟った如月と鮎川も、車から降りて真鍋の後を追ってくる。非常階段を駆け上がるたびに、カーン、カーン、とスチール製の階段が音を立てる。最上階まで階段で上るのは骨が折れたはずだが、感じなかった。理不尽さと怒りが身体を勝手に動かしていた。

真鍋は最上階の非常ドアに飛び込んだ。廊下を走り、結愛の部屋に向かった。向こうから、管理人を連れた菅野がやってきた。結愛の部屋に着いたのはほぼ同時だった。

少しだけ、お互いを見つめた。どっと疲れが出た。真鍋は荒い息を吐いた。

万が一のことがあると思って、手袋を嵌《は》めた。鍵がかかっている。ドアを激しくノックした。当然のように、応答はない。

管理人を見た。まだ若い管理人は、怖ず怖ずと真鍋にスペアキーを差し出した。

真鍋は自分の手が微かに震えていることを自覚していた。

静かに扉は開かれた。

――そこは。


部屋は、以前、結愛と面会したままの状態が綺麗に保たれていた。

だが部屋はもぬけの殻だった。

結愛はそこにはいなかったのだ。

真鍋は叫んだ。

「畜生！」

そして振り返って、如月と鮎川を睨み付けた。

「非常階段から外に出たんだ！　正面は俺が見張っているし、管理人もいる！　裏から出た方が人目につかない！　大方、クラブのパーティーとやらに出かけたんだろう！　そこで襲われて殺されたんだ！」

その真鍋の言葉に、如月は猛烈に反論した。

「それは違います！　私、見てました！　鮎川君と二人で！　今夜非常階段を使ったのは私達だけです！」

「嘘をつけぇ！」

真鍋の怒声は、部屋中に響き渡った。

「結愛さんがあんな非常階段を下りていったら、私は必ずどこかで気付きます――」

そう如月は呟いた。

結愛は、マンションの正面玄関から出ていない。それは確実だ。やはり如月が何と言おうと、二人が結愛を見逃したとしか思えない。

四人の刑事達は暫く、空っぽの結愛の部屋で茫然自失していた。

真鍋は立ち尽くしている菅野に近づいた。そして耳元で言った。

「余計なことかもしれませんが、あなたが何を言おうと、結局結愛は殺されていました」

「お前さんに言われなくたって分かっているよ――だが、寝覚めが悪くなりそうだ」


その日の内に、大学構内で発見された遺体は結愛のものであると正式に断定された。頭部はチェーンソーのようなもので切断され、被害者の脳は現場周辺からは発見されなかった。

そして死因は心不全だった。

また遺体には心不全の他にも不自然な点があった。それは遺体がネグリジェ姿だったということだ。もちろん西山春菜の遺体が全裸だったことに比べれば不自然さは薄い。幸崎結愛が失踪したのは夜だった。マンションの自分の部屋から彼女は消失したのだ。寝るにはまだ早い時刻かもしれないが、着替えてくつろいでいても不思議ではない。

ここで疑問が生じる。真鍋は、結愛がクラブに出かけるために監視の目を盗んで部屋から抜け出したのだとばかり思っていた。だがネグリジェで外に出かけるはずがない。結愛は新理司に無理矢理部屋から連れ出されたのだ。生きたままか、殺されてか、それはまだ分からないが――。

結愛一人がマンションから抜け出すだけでも、四人の刑事の目を盗まなければならない。だが新理司がマンションに忍び込み、結愛を連れて逃走することに比べれば、前者の方が遥かに容易いと言えるだろう。

この結愛の殺害以降、事件は混迷を極め、迷宮入りの様相を呈することになる。

11

綾佳の日常は、代わり映えしなかった。

あの如月という刑事の携帯番号は、鮎川に会った瞬間に分かった。如月に電話して、有葉零が人を殺すかもしれないと訴えた。信じてはもらえなかった。

新理司が祥子の頭をチェーンソーで切り開いて殺したように、零も誰かを殺そうとしている。だが法治国家では、殺人の計画を頭の中で思い描いただけでは罪に問えない。

斉藤晴彦は西山春菜を殺していない。彼が犯人でなかったら現場が密室になってしまうだとか、そんな理屈はどうでもいいことだ。どうせ犯人は、どうにかして犯行に及ぶのだから。その結果、現場が密室になったからといって、それが一体何なのだろう。事実は斉藤晴彦が犯人でないという、ただそれだけのことなのに。

だけど普通の人々は、その真実を知ることができない。他人は、自分ではないから。自分は、他人ではないから。人々は、永久に、どこまでも、孤独だ。頭蓋骨の中に閉じこめられて、決してそこから出ることができない。だから脳を外部に出力する言葉や文字を使って、世界と、他者と、接点を持った気になっているだけ。

そんな人々が殺人事件を捜査し、人を裁くことに、一体何の意味があるのだろう。

真実など、そんなものが、一体どこにあるというのだろう。

頭蓋骨という牢獄に閉じこめられた人間に、そんな傲慢なことができると、本当に思っているのだろうか。

テレビでは、恵比寿のマンションに住んでいた女子大生が殺された事件を大々的に報じていた。死体は彼女が通う大学の構内で見つかったという。刑事達が結愛の住むマンションの前に張り込んでいたにもかかわらず。これは警察の大失策だった。

綾佳は新理司が一連の事件の犯人だと知っている。新理司が生き延びていることを知っている。新理司が生命を告発しようとしていることを知っている。

みんな知っているのだ。

有葉零はずっと家に帰ってこない。今頃街に出て、獲物の女の子を探しているのだろう。考えようによっては、新理司より彼の方がよほど危険だった。新理司にはテロリストとしての正義があるからだ。有葉零にあるのは欲望と情動だけ。そんな人間が向かいに住んでいると、宗介が危険な目に遭わないとも限らない。

思う。宗介を守るためだったら、私は世界を滅ぼしたっていい。


とある休日、あの刑事が一人でやってきた。

如月だ。

会った瞬間綾佳は、如月が結愛の護衛に失敗したと、マスコミに責め立てられている刑事達の一人であることを知った。

正面玄関には管理人がいた。真鍋もいた。菅野警部まで駆け付けていた。三人の目を盗んで正面玄関から侵入することなどできない。もちろん、裏の非常口も如月と鮎川が見張っていた。だが絶対に見逃していないか、と問われると自信はない。非常階段で最上階まで上る必要はないのだ。マンションの内部に侵入しさえすればいい。後はエレベーターを使って結愛の部屋まで向かえば済むことだ。

正面には三人、裏には二人だ。多数決が正義。組織で働いている以上、誰かが責任を負わなければならない。自分は悪くないと声を荒らげる気は如月にはなかった。結愛が殺されてしまったのは厳然たる事実なのだ。

汚名返上のために、如月が真っ先に思いついたのは、綾佳のことだった。

綾佳は如月の携帯番号を知っていた。マンションの最上階の密室から結愛が消失したことに比べれば大した謎ではないが、しかし、もはや手がかりはそれしか残っていなかった。

綾佳にとっては、そんなもの、謎でも何でもなかった。

西山春菜の事件と同様、現場にいなかったし、関係者と会っていないから正確なところは分からないが、概ね、綾佳の予想通りのことが起こったのだ。

綾佳にとっての謎はただ一つ。それは、有葉零の消失だ。有葉零は、綾佳の目の前で消失した。その謎が、どうしても知りたい。

瀬田家の夫人――瀬田博子は家にいた。普段はスポーツクラブに出向いたり、買い物に出かけたりするので、家を留守にすることが多い。最近は陶芸教室に通っている。

如月が身分を名乗り、綾佳に用があると告げると、博子は目をむいた。

「綾子さん――あなた、何かしたの？」

綾佳が説明する前に、如月が言った。

「いいえ、違います。お向かいの有葉さんについて、少しお話を伺いたいだけなんです」

「有葉さんが、どうかなさったの？」

「ご存じありませんか。先日近所で火事があったことを。その火災現場から有葉さんの息子さんが助け出されました。綾子さんがいち早く消防署に通報してくれたおかげです。そのことについて、二、三、お話を伺いたいんです」

「でも、あなた警視庁の人でしょう？ 管轄が違うんじゃないの？」

博子は如月を上から下まで睨《ね》め回した。自分の城に、これ以上若い女が入ってくるのを望んでいないのだ。

「実は、その火事で死亡した家の住民が、過去に犯罪行為に係わっていた可能性が浮上しまして——」

博子は渋々といった様子で、如月を家に招き入れた。博子は、綾子も何かの罪で逮捕され、この家から出て行って欲しいと思っている。博子は、自分より若く美しい娘が一つ屋根の下に存在することがたまらなく嫌だった。宗介も、綾子の方になついているように思える。

博子の夫には、頭の中でもう何百回も裸にされていた。もし博子の夫が本当に綾佳を求め、そしてそれが自分にとっていい結果をもたらすという保証があれば、綾佳は進んで身体を開いただろう。

そう——博子をこの家から追い出し、宗介の母親の立場に自分が成り代わることができるのであれば。

如月を来客用の応接間に通した。博子がその場に同席することはなかった。如月に紅茶を出した。瀬田家を訪問する客は皆、優麗な所作でお茶を出す綾佳を羨望の眼差しで見つめる。瀬田家のような富裕層にとって、家政婦を雇うこともステイタスの一環だった。その時だけ、綾佳は博子にとって自慢の『家族の一員』になれるのだった。

しかし如月は、綾佳の手つきに見とれるようなことはなかった。彼女の頭の中は、結愛の事件のことでいっぱいになっていた。あの謎が解けるのならば、どんな些細な手がかりでも追い求める。その意気込みが、ナイフのように綾佳の心に突き刺さった。

「率直に伺うわ――どうして私の番号を知っていたの？」

それは、新理司の家から煙が出る前に消防署に通報できたのと、同じ理由だ。

綾佳はソファに座らず、立ったまま言った。

「警察の方は滅多に名刺は配りません。悪用されると困るから」

「そうよ。だからあなたに教えてもらいたいの。私の個人情報がどこかに流出しているということだもの」

「それはお教えできません」

「何故？」

「理由も、言えません」

　如月は眉をひそめた。

「そんな話が通ると思う？」

「あなたの電話番号を私が知っていた件については、見逃してください。その代わり、私があなたに、この事件のすべてを教えます」

　如月の心が揺らいだ。如月は捜査に失敗した。現実はそうでなくとも、周囲からはそのように決めつけられ、如月自身もそう思い込んでいた。自分の過ちは素直に認めないといけないと思っているから、汚名を雪《そそ》がなければならないと思い込む。生真面目な如月の、それが生き方だった。

「あの電話の内容はいったい何なの？　有葉零が事件に関与しているとでも？」

「彼は一連の事件の犯人、新理司が人を殺す現場を目撃しました。その光景が強く頭に焼き付き、同じように人を殺してみたいと思うようになりました」

「人を殺すって、誰を？　無差別に殺すって言うの？」

　綾佳は、ゆっくりと首を横に振った。

　そして、言った。

「私を」

あの時、綾佳は零の瞳を見つめ、言った。殺すなら私を殺して、と。その瞬間、有葉零の殺意は綾佳に向けられた。元より彼は向かいで働いている綾佳に関心を抱いていたのだ。綾佳にとって、他人の心をコントロールすることは容易いことだった。自分なら、零の殺人を食い止められる——そう考えた矢先に、彼は『消失』したのだ。それ以来、綾佳の前に姿を現していない。

西山春菜を殺したのは、もしかしたら有葉零なのではないか。有葉零ならば、西山春菜や幸崎結愛をあの状況下で殺せるのだ。

今この瞬間にも、有葉零が自分の目の前に現れるかもしれない。私はいいのだ、と綾佳は思う。殺されようが、何をされようが。でも、この家には宗介がいる。宗介を傷つけることだけは、絶対にできない。だからやむなく如月に電話した。

きっと如月は、必ずやこの家にやってくるだろういう判断が、綾佳にはあった。そしてそれはその通りになった。

綾佳は、有葉零が犯人であるという考えを如月に披瀝《ひれき》した。如月は黙ってそれを聞いていた。話し終わると、彼女は言った。

「人混みに紛れて、消えたように見えたのよ。それだけ」

綾佳は、ゆっくりと首を振った。

「本当に、彼は消えました」

「消えたなら、現れることもできると？」

頷いた。

「それは、現実にはありえないことよ」

そうですね、と小さな声で綾佳は言った。そして、

「でも、結愛さんは現に殺されました」

と言葉を続けた。

「有葉零が西山春菜を殺す動機は、どうとでも想像できます。彼は斉藤晴彦の友人ですから。だけど結愛さんを殺さなければいけない理由は、見当もつきません。でも、有葉零が犯人だとすれば、何も問題はありません。彼は現場から『消失』したんです」

「マンションの最上階の部屋から、結愛さんを連れて？」

如月は疲れたように笑った。

「いろいろ考えてくれるのはありがたいけれど、そんな推理はとても認められないわ」

如月が綾佳の話を聞いているのは、綾佳が彼女の電話番号を知っていたからだった。それがなかったら、彼女は今すぐここから立ち去っていただろう。

人間が『消失』するなど、論ずるに値しないと思っているのだ。

「じゃあ、もう一つの推理は？」

「まだあるの？」

元々、有葉零犯人説は、綾佳にとっても想定外のものだった。彼女は最初は新理司が犯人だと思っていたのだ。多分、そちらの方が信憑性は高いだろう。

綾佳はそこで初めて、ソファに如月と向かい合わせに座った。

「私は有葉零が消える前から、西山春菜を殺したのは斉藤晴彦ではないと思っていました」

「何故？」

「私は、あなたが知らない情報を持っているからです」

綾佳は、小さく息を吸い込んだ。

「如月さん」

「何？」

「真実を知る、覚悟はありますか？」

如月は、じっと綾佳を見つめた。

「あなたの話を聞けば、事件の謎がすべて解けるというの？」

綾佳は頷いた。

「恐らく、殺人事件に関しては、こういったことだろうという考えを持っています。有葉零の『消失』がその考えに水を差しましたが、でもその『消失』を無視しても、事件の謎は綺麗に解けます」

　如月は頷いた。

「分かったわ。話してちょうだい」

　如月は顔では真剣そうだった。しかし、心では綾佳の言うことなど、まるで本気に捉えてはいなかった。

　確かに人間が『消失』するなど、俄には信じられないのは理解できる。しかしそんな彼女でも、新理司犯人説の根拠を聞けば、あっと驚くだろう。綾佳の言っていることを信じ、すぐに何らかの手段を講じるに違いない。

　綾佳は、ゆっくりと口を開いた。君村を殺したことだけは伏せておこう。まだ私には、宗介を見守るという義務が残っている。

「ある場所に『天国の門』という扉があります」

「『天国の門』？」

「その場所は――」

*

約一時間後、如月は瀬田家を後にした。瀬田家の門扉の前で、如月は暫く自分の携帯電話を見つめていた。

——何をやっているんだろう、私。

数十秒の逡巡の後、真鍋にかけた。

『おう』

いつもの、ぶっきらぼうな真鍋の声だった。あの時、空っぽの結愛の部屋で彼に怒鳴られた記憶が、今でも如月の心にわだかまっていた。

「今、瀬田家の、神沼綾子に話を訊いてきました」

『——お前も、よくやるな』

「来なければよかった——」

そうぼつりと呟いた。

「あの家政婦は普通じゃないです。私の携帯電話の番号を知っていたことだって、きっとどこからか手に入れたに違いありません。有葉零が消えたと訴えていることもそうです。警察を馬鹿にしているか、もし本気で言っているのであれば、完全に異常をきたしています」

『一体、何があったんだ？』

「有葉零が消失したことを除けば、この事件の概ねの全容を、彼女は知っているそうです。それは――」

如月は瀬田家の家政婦に聞かされた話を、真鍋にも語った。詳細は省いて、端的に結論だけを述べた。

暫くの沈黙の後、真鍋は答えた。

『嘘を言っている様子はなかったのか？　お前をからかっているだとか』

「ええ。堂々とした話しぶりでした」

『陰謀論もここに極まれりだな。自分は謎の組織に追われている。だから家政婦として一般の家庭に潜伏した。しかもその組織のトップが――』

真鍋は電話先で、くっくっ、と笑った。

「真鍋さん――」

如月は言った。涙が出た。

「もう嫌。私、この仕事を辞めたい。私、この家に来れば汚名返上できると思った。あの家政婦の、有葉零が消えたという証言が、唯一の手がかりだった。でもそれも潰《つい》えてしまった。こんな馬鹿馬鹿しい話があると思いますか？　結愛さんを助けられなかった責任から逃れるために、こんな話にすがるほど、私は子供じゃありません」

『刑事を辞めるのか。鮎川が悲しむぞ』

「いいんです、あんなの。誘われて——拒めなかっただけから。私——真鍋さんに、会いたい、今すぐに」

暫く、沈黙があった。

『今からそっちに行ったら、一時間以上かかるぞ』

「いいんです。待ってますから」

『分かった——。待ってろ』

西山春菜が殺された廃工場を待ち合わせ場所にして、如月は真鍋との通話を終えた。暫くそのまま立ち尽くし、閉ざされた携帯電話を見つめていた。

顔を上げた。そこには瀬田家とは比べものにならないほどの、ささやかな有葉家が存在していた。だが特別有葉家が貧しいという訳ではないだろう。瀬田家があまりにも特別なのだ。今の時代、住み込みの家政婦を雇えるような裕福な家庭は多くはない。

瀬田家のような裕福な家に選ばれた家政婦だ。恐らく神沼綾子は、家事などは完璧にこなしているに違いない。だがそんな有能な家政婦が、大まじめな顔で陰謀論を語る。瀬田家には小さな子供もいるという。果たして悪い影響はないのだろうか。

如月は有葉家の門を潜った。綾子の説明によると、有葉零は彼女の目の前で『消失』して以来、ずっと姿を見せていないらしい。

如月は綾子が許せなかった。怒りのような感情まで抱いていた。それがお門違いだということは十分分かっている。でもやりきれなかった。

有益な情報が手に入ると期待して出かけたのに、何も得られず意気消沈したというレベルの話ではない。こっちは真面目に社会の治安をかけて捜査しているのに、綾子は如月をからかったのだ。あのすました顔を思い出すと、如月はふつふつと怒りが沸き上がるのを抑えられなかった。

如月は有葉家のインターホンを押した。以前この家を鮎川と共に訪れた際、有葉零は家にいた。つまりその時はまだ有葉零は綾子の目の前から『消失』していなかったわけだ。有葉零が消えたのはそれ以後の出来事ということになる。

あの時、綾子に言われたことを思い出した。

『あなた達、勘違いしているわ』

あの言葉はいったいどういう意味なのか。自分たちが、何を勘違いしているというのか。あの言葉の意味を、もう一度綾子に会って問い詰めてやりたかった。勘違いしているのは、あなたの方じゃないの、と。

ゆっくりとドアが開いた。

*

如月。

真鍋は、菅野警部と結愛の暮らすマンションを監視した夜のことを思い出した。真鍋は公務員の試験を受け、巡査、巡査部長、警部補と昇進しここまできた。だが署長のようなキャリアは巡査と巡査部長をすっ飛ばして、いきなり警部補からスタートする。あの時、もっと勉強していれば――そんな後悔をしないといったら、嘘になる。だがその度に、真鍋は自分に言い聞かせる。これが自分の人生だ。他人と比べるな。結婚し、娘をもうけることができたのも、自分ができる範囲で努力し、社会人としての基盤を築いたからだ。三十年のローンで家も買った。自分の人生は正しかったんだ、そう思っていた。娘の桃花《ももか》が家を出るまでは。

桃花が、音楽が好きだということは知っていた。しかし明けても暮れてもギターばかり弾いている桃花の成績は、目に見えて落ち始めた。真鍋は桃花を居間に呼び出して、説教をした。思えばそれが破局の始まりだった。

『私、大学行くつもりないから』

『何でだ？　大学行かなくてどうする気だ？』

『友達とバンドを組むの。私、ボーカルだから、私がいなくちゃ始まらないし』

真鍋は桃花を諭した。夢を追うのは構わない。だが最低限、学歴社会のレールに乗れ。そうすれば夢が失敗した時もつぶしが利く。家族を持ち、家を建てるのが、どれだけ大変なことなのか、お前に想像できるのか？　夢を追い求めて挫折しても、誰も責任を取ってくれない。そんな人生でも、お前はいいのか？

しかし、桃花は聞く耳を持たなかった。

『いい大学出ていい会社に入っても、それで一生安泰なの？　今じゃ当たり前のように、首を切られたり、会社が倒産したりするじゃない！　私は、お父さんみたいなうだつのあがらない刑事の子供に生まれたから、こんなに苦労してるんじゃないの！　私に説教するんだったら、警視総監にでもなってみなさいよ！』

真鍋は桃花を殴った。娘に手を上げたのは、それが初めてだった。

桃花は高校卒業と同時に家を出た。数年して妻が真鍋に、桃花がテレビに出ていると教えてくれた。見違えるほど美しくなった桃花が、テレビの歌番組でギターを弾きながら声を張り上げていた。

真鍋はCDショップに並んでいる桃花のバンドのCDを根こそぎ買い求めた。書斎の机の引き出しには、桃花のCDが十枚、二十枚と溜まっていった。あんなに激しく娘の夢に反対したのだから、今更おおっぴらに応援することはできなかった。

桃花は、未だ実家に顔を見せていない。妻は桃花のバンドのライブには欠かさず足を運んでいる。ライブハウスに毛の生えたような会場だが、それなりに盛況なのだそうだ。

ハンドルを握りしめながら、真鍋は如月のことを思った。

如月は桃花よりも年上だが、まだ二十代前半で、真鍋にしてみたら娘のような部下だった。あの殺された結愛も丁度桃花と同年代だ。自分のミスで結愛が死んだなどとは考えたくなかった。だから部下に責任転嫁をし、彼女を叱責したのだ。

あの時、自分だって菅野と雑談していた。確かに真鍋達の目を盗めたとしても、正面玄関の鍵をどうやって開けたのか、何故エントランスにいる管理人に見られなかったのかという問題は残る。しかしそれだけで、犯人が非常階段を使ったと決めつけるのは早計だった。非常階段は如月と鮎川が見張っていたのだから――。

如月は出会った頃からずっと素直で、決して反抗せず、上司の真鍋を尊敬の眼差しで見つめていた。そんな如月と一緒にいることで、真鍋も充実感を得られた。失った娘の信頼を取り戻したような気分になっていたのかもしれない。

小一時間ほどで、車は殺人現場となった廃工場へと到着した。工場はシャッターが開け放たれていて、ロープが張られている。

工場はガランとしていた。薄暗く、唯一の照明は、天窓から差し込む夕焼けの光だけだった。真鍋は工場の壁によりかかり、タバコを吸いながら如月が来るのを待った。携帯用灰皿に灰を落として、吸い殻をそこに捨てた。

やがて真鍋は妙だなと思い始めた。如月はこの街から真鍋に電話をかけてきたのだ。当然、如月が先に待っていてもいいはずではないか。

——何かあったのかもしれない。

真鍋は携帯電話を取り出した。

そして如月の電話番号にかけた。

すると、どこからか耳に覚えがある着信音が聞こえてきた。

その時初めて真鍋は、工場の片隅で誰かが倒れていることに気付いた。

八王子のあの空き家で発見された死体を想起した。頭部は綺麗に切断されていた。脳はまるでくりぬかれたように見事に持ち去られていた。そして、死者の顔はとても安らかだった。苦悶の表情など、何一つ浮かべてはいなかった。西山春菜も、阿部眞美も、そして幸崎結愛の死体も、死因や頭部に使われた凶器の違いこそはあるが、ほぼ同じ状態だったという。

だがしかし、目の前で倒れているその女は。

頭髪や、頭皮や、頭蓋骨の欠片のようなものが、工場の汚い床のあちこちに転がっていた。

綺麗に切断されたとはとても言えない惨状だった。真っ赤な鮮血に混じって潰れた脳の欠片が、切断面から床にあふれ出ている。

その表情は、恐怖と、痛みと、戦慄に、醜く歪んでいた。生前の、大人の女の美貌と、少女のようなあどけなさは微塵も存在しなかった。

カッと眼を見開き、白目を真っ赤に染め、涙に頬を濡らしながら、彼女は、死んでいた。

(助けて、真鍋さん)

如月がそう訴えかけているように、思えた。

真鍋は慟哭《どうこく》した。


意識が途切れかけたが、しかしそれは一瞬だった。すぐに真鍋は気力を振り絞って、所轄の警察署に連絡した。

自分は大きなミスを犯した。信じられないミスを。目の前に存在する如月の死体に気付かずに、暢気にタバコを吹かしていたのだ。もし如月が殺されて間もなくても、とっくに犯人は逃走してしまっただろう。

そのまま工場の片隅で子供のように蹲っていると、目の前の地面を、誰かの足がザッと乱暴に蹴った。弾けた砂が、真鍋のズボンを汚した。

顔を上げた。

近藤だった。

彼は、どこか哀れむような顔で、真鍋を見下ろしていた。

「気付かなかったんだ」

そう真鍋は言った。

「斉藤晴彦が西山春菜を殺した犯人かどうかは分からない。でも、春菜の死体にすぐに気付かなかったという晴彦の証言に嘘はない。俺だってそうだったんだから——」

近藤は、腰をかがめ、真鍋と同じ高さに視線を合わせた。

「あんたのことと斉藤晴彦のこととは別問題だ。工場が暗くて死体にすぐに気付かなかったんだろう？　ミスはミスだが、そんなこともある」

その時、一人の巡査が、近藤の耳元で何かを囁いた。近藤は、小さく、本当か、と訊いた。

巡査は頷いた。

近藤は言った。

「生前の如月と最後に会った人物がいる」

ああ——。

瀬田家の家政婦、神沼綾子か。

「今、現場にいる。話を訊こうと思うんだが、あんたもどうだ？」

真鍋はゆっくりと立ち上がった。だが足に力が入らない。周りの景色も、まるで蜃気楼《しんきろう》のようだ。

工場の外の、しかし野次馬達から隔離された場所で、警察官に囲まれるようにして、神沼綾子はいた。真鍋の想像よりも若く、そして美しかった。

彼女は、まるで周囲の警察官に思いのたけをぶちまけるように、叫び散らした。

「だから——だから、言ったのに！　有葉零が、いつか人を殺すって！　それなのに警察は何もしないで！」

神沼綾子は如月だけではなく、神奈川県警にも、有葉零は今回の事件の犯人ではないが、しかし必ず何かをしでかすはずだと電話で訴えていたという。だが実際に犯行に及ばなければ警察は手出しはできない。

「如月を殺したのは、有葉零なのか？」

真鍋は瀬田家の家政婦に訊ねた。彼女は真鍋の顔を真っ直ぐに見据え、淀みなく答えた。

「死因は心不全じゃない。如月さんは、生きたまま頭を開かれて殺されている。金槌か何かで頭をかち割ったんじゃないかしら。そして中の脳髄を外に掻き出した」

真鍋は目眩《めまい》がした。

「おい、あんた！」

近藤が怒鳴った。何故彼女が、こんなにも現場の状況を克明に知っているのか不審に思ったのだろう。

「如月さんの死体を解剖する監察医が誰になるかは分からない。でもその人が交通事故で死ぬことはないわ」

杉村——。

「何を言ってるんだ⁉　あんた、真鍋よりも先に現場にいたのか⁉　それで死体を見たのか？　もしそうだとしたら、見過ごせねえぞ！」

近藤は綾子相手に怒鳴り散らしている。だが真鍋は、この家政婦が如月に話したという、あの陰謀論を思い出した。あの話が正しければ、すべて綺麗に説明がつくのだ。そんなはずはないと思う。でも——。

「そうよ」

と綾子が真鍋に頷いた。

そして近藤に、

「私が捜査に協力するわ」

と言った。

「協力ぅ？」

「そもそも有葉零は私を殺そうとしていたの。でも何かが狂って、如月さんが殺されてしまった。次はきっと私の番よ。私が住み込みで働いている家は、有葉家の真向かいよ。殺しに来ない理由はないわ」

一時、皆沈黙した。聞こえてくるものは野次馬の喧噪だけだった。

「真鍋さん」

と綾子は言った。

「今度こそ、犯人を捕まえて」

この家政婦は、真鍋がマンションの張り込みに失敗して結愛を死なせたことまで知っているのだ。

綾子は小さく頷いた。何故頷いたんだろうと、真鍋は思った。

「だから私が捜査に協力すると言っているでしょう」

「おい、何の話をしてるんだ⁉」

またもや近藤が怒鳴った。

だが綾子は近藤に構わず、更に真鍋に言った。

「テレビで見たわ。あなたの娘さん、ドライブシャフトのボーカルでしょう？」

呆然と綾子を見つめた。

他の刑事は口々に、ドライブシャフトって何だ？　と言い始めた。最近の若者が聴くような音楽に詳しい者はいない。いたとしても桃花のバンドはまだそれほど有名ではなかった。

真鍋は恐る恐る訊いた。

「あんたが如月に語った話は、全部本当なのか？」

その質問に、綾子は答えなかった。端《はな》から詳しく話す気などないのだろう。

「私が最後に如月さんを見たのは、有葉零の弟の、一さんと道を歩いている光景よ」

「弟？　そいつが最後に被害者と会っていたのか？　じゃあそいつが容疑者じゃないか！」

と近藤が叫んだ。

「とてもそうとは思えないわ。有葉零は私を殺そうとしていた。それを如月さんに見咎められたから、彼女を殺したのよ。そもそも一さんに、私を殺そうとする動機がないもの。如月さんの頭を開く理由も」

「理由？　そんなもんがあるのか？」

綾子は頷いた。

「有葉零は――」

その瞬間、綾子は口をつぐんだ。

「どうした？」

綾子はどこか遠くの方を見ているようだった。周囲にいる警察官の誰をも、彼女は見ていなかった。視線は、野次馬達の方を向いていた。

だが綾子は彼らすら見ていなかったのだ。

「新理司が、あそこにいるわ」

と綾子は言った。

「新理司だと⁉」

近藤が叫んだ。ここにいる誰もが、彼はあの火災で死んだはずだと思っているだろう。その心の声に応えるように、綾子は言った。野次馬達の方から、決して視線を逸らさずに。

「あれは、身代わりの死体を、置いたのよ」

「どこにいるんだ⁉」

近藤が必死に新理司を探し求める。しかし、どんなに目をこらしても、その姿を認めることはできないはずだ。

綾子は、その瞳で新理司の姿を確認した訳ではないのだ。

「駄目ぇ！」

綾子が絶叫した。

「宗介は駄目！　宗介を連れて行かないで！」

そして綾子は周囲の警察官を押しのけるようにして、群衆達の方に向かって駆け出した。

近藤は呟いた。

「何だ、あれは？　おかしいのか？」

真鍋は綾子の後を追った。綾子はひたすら群衆をかきわけ前に進んでいる。真鍋のつま先が何かを蹴飛ばした。それはジュースの空き缶だった。中身が零れたのか、アスファルトの地面が濡れていた。

その時、遠くから、子供の泣き声が聞こえた。

「宗介！」

と綾子が叫ぶのはほぼ同時だった。

そして真鍋は、目撃した。

コンビニの駐車場に停まっている白いバンの後部ドアに、男が、泣いている子供を連れ込もうとする、瞬間を。

綾子の叫び声に気付いた男がこちらを振り返った。

あの萩原重化学工業の公害問題の裁判で、住民側が敗訴したことを伝える新聞記事に写っていた男だった。

「嫌ぁ！」

綾子が絶叫した。そして彼女は絶望に打ち拉《ひし》がれ、その場に崩れ落ちそうになっていた。

ここから駐車場まで、どんなに息を切らして走っても、車で連れ去られる宗介という子供を助け出すことはできない。絶対に不可能だ。

真鍋が綾子の腕を持ち、彼女の身体を支えた。

「こっちに来なさい。とても間に合わん」

綾子は顔を上げて真鍋を見た。しかし既にそこには絶望の色は浮かんでいなかった。真鍋の考えを悟ったからかもしれなかった。

工場の手前にはパトカーが山ほど停まっていた。近場にいた警察官に警察手帳を見せ、誘拐事件だ、あの白いバンに容疑者が乗っている、と告げた。

「そうだよな？」

と綾子に訊いた。綾子は頷いた。

「おい！　どこに行くんだ⁉」

背後から近藤の声が聞こえたが、真鍋は聞く耳を持たなかった。綾子を助手席に乗せ、真鍋はハンドルを握った。シートベルトを締めると同時にアクセルを踏んだ。白いバンは既に走り出していた。

パトカーの赤色灯が夕暮れ時の街を照らした。心なしか前を走るバンの速度が上がったような気がする。真鍋達が追っていることに気付いたのだ。

「私のせいよ」

と綾子が言った。

「博子さんは陶芸教室に出かけてしまった。これで私まで家を留守にしたら、宗介を一人にさせてしまう。殺人現場なら、警察官も沢山いるから、むしろ安心だと思った。私は――宗介に、ジュースを買ってあげて、ここで大人しく待っててって、そう言った――」

悔しそうに綾子は唇を噛んだ。

「今更、そんなことを言っても仕方がない。とにかくあいつを逃がす訳にはいかない」

真鍋は自分に言い聞かせるように呟いた。

「あいつが――如月を殺したのか？」

綾子は首を振った。

「新理司は如月さんを殺してないわ。あくまでもあの人は、西山春菜と、阿部眞美と、幸崎結愛を亡き者にした犯人というだけ」

「八王子の空き家で殺されていた祥子という少女は、新理司が殺したんじゃないのか？」

知らず知らずのうちに、綾子に答えを求めている自分がいた。

「あれは関係ない。新理司はきっと幸崎結愛の次の――四番目の被害者を狙おうとしていたはず。でもそんな折り、今回の事件を知った。新理司は真っ先に便乗殺人だと考えた。有葉零が如月さんをあんな残酷な方法で殺したのは、決して新理司に罪をなすり付けるためではなかったけれど、とにかく彼はそう思った。新理司は明確な意図を持ってこの事件を起こしていたけど、大衆は彼が思っているより賢くなかった。それで彼は諦めて、再び現場に戻ってきたのよ。如月さんが殺された工場、西山春菜の死体が発見された現場に」

「放火魔が、自分が火をつけた家を火事場見物するような感覚か？」

「違うわ。彼は自分が少女達を殺すことで、人々の目が覚めると思っていた。でも人々はあくまでも、頭部を切断するという行為そのものに着目した。あろうことか、それを真似する人間も現れた。だから彼は絶望したのよ」

「まさか自首しに来たのか⁉」

「もうそうするしかないわ。小説を書いても、それが現実だなんて誰も思わない。少女達を殺しても、皆、猟奇殺人として面白半分に扱うだけ。こうなったら警察に捕まって、公の場で洗いざらい告白するしかない。尤もそんなことをしたところで『組織』に消されるに決まっているでしょうけどね」

「その新理司が、何で、瀬田の子供を拉致したんだ？」

綾子の顔が、一瞬、苦しそうに歪んだ。だがそれもほんの一瞬だった。

「彼は祥子のことを知っていたように、私のことも知っていた。瀬田家の前家政婦が殺された際、新理司は事情聴取された。ただ自宅にゴミを溜め込んでいたというだけで。警察は少しでも怪しいと思った人間は、手当たり次第に調べるから」

綾子は今、瀬田家の前家政婦が殺されたと言った。そんな事実があったのだろうか。だがそんな疑惑は、逃走する新理司を捕まえなければならないという焦燥感に、あっという間にかき消されてしまった。

「警察に事情聴取されるだけで済んだけれど、彼はますます権力者に対する反発心を増したでしょうね。きっと瀬田家を可能な限り調べたに違いない。その家の一人息子と、憎むべき敵の手下の私が、便乗犯が起こした殺人現場にいた。宗介が攫われたのは、私のせい。新理司が宗介に意識を向けていることを知って、私はてっきり宗介を誘拐するものと決めつけて、声を上げて彼を制止した。だから本当に宗介は攫われてしまった。新理司に宗介が大事な人間だと教えるようなものだもの」

その瞬間、バンは十字路を右折し、真鍋の視界から消えた。

真鍋はバンを追うためにハンドルを右に切ろうとした。

「駄目！　曲がらないで、突っ切って！」

綾子が叫んだ。逡巡している暇などなかった。パトカーは瞬く間に十字路を通り過ぎた。右折したバンの後部が一瞬だけ垣間見えた。

「これでいいのか?」

真鍋は訊いた。綾子は頷いた。

「スピードを落とさないで。そのまま次の角を右折して曲がって」

真鍋は言われた通りに右折した。その道は、百メートルほど進んだ所で行き止まりになっていた。道を遮っているのは、壁や建物ではなく、川へと続く土手だった。しかしこのパトカーであの斜面を上るのは難しいだろう。

「そのまま、真っ直ぐ突っ切って。全速力で」

「このまま行くと土手にぶつかるぞ!」

「土手にはぶつからないわ! 私を信じて!」

自分の心を読まれている。その恐怖が、真鍋からすべての判断力を奪った。真鍋はアクセルを踏み込んだ。車がスピードを上げた。見る間に緑の斜面が近づいてくる。

正に一瞬の出来事だった。

視界が土手の斜面で一杯になった瞬間、真鍋は目を閉じた。そのコンマ数秒後、壮絶な衝撃が全身を貫いた。

――だから言ったじゃないか、ぶつかるって。

綾子に対する恨み辛みを胸に、真鍋の意識は遠ざかっていった。


側で何かが動いている気配がした。真鍋は目を開けた。綾子だった。綾子がシートベルトを外している。

綾子はドアを開け、外に降り立った。真鍋はそちらを見やった。そして仰天した。そこには、あの白いバンが停まっていた。フロントガラスが大破して目茶苦茶な状態になっている。運転席でハンドルを抱いたように頭《こうべ》を垂れている新理司の姿が目に入った。

行き止まりのように見えたが、違った。土手に沿って、車が一台通れるほどの細い路地が通っていた。そこを新理司が運転するバンが走ってきたのだ。土手に衝突したのではなかった。バンと激突したのだ。

真鍋は、力を振り絞り、綾子を追ってパトカーから降りた。身体に激突の際の衝撃は残っていたが、しかし骨折などはしていないようだった。

真鍋と綾子が近づくと、バンの運転席で力なく蹲っていた新理司が、はっと身を起こした。二人に気付いたのだ。そしてすかさずドアを開け、運転席から飛び降りた。

「待て！」

「宗介！」

真鍋と綾子は同時に叫んだ。

新理司はバンの後ろに回った。走り出したいが、やはり身体が思うように動かない。新理司はバンの後部ドアを開け、泣きじゃくる瀬田宗介を引きずり出した。

「止めて！　その子には手を出さないで！」

「うるせえ！」

新理司が絶叫した。

「こっちに来るな！　ばけもの！」

彼は綾子に向かってそう叫んだ。

真鍋は――。

「おい、新理！」

その瞬間、新理司の視線が綾子から真鍋に移った。

「すぐに応援が来る！　もう逃げられないぞ！」

だが新理司は真鍋の言葉など端から相手にしない様子で、懐から、黒光りする、あるものを取り出した。その一瞬――。

真鍋は、新理司の自宅の火災現場から助け出された有葉零の証言を思い出していた。焼け跡から発見された焼死体は新理司のものであると断定されていたので、拳銃に関する彼の証言は信憑性が薄いと見なされていた——。

違った。

有葉零が言っていたことは、すべて真実だったのだ。

耳をつんざくような銃声と共に、真鍋は後頭部からアスファルトの地面に倒れ込んだ。

だが痛みなど感じなかった。

意識が遠のいてゆく。

見上げる、夕焼けの空。

見下ろしている、綾子の顔。

あの、宗介ってのは、あんたの、

そう発しようとしたが、とても言葉にならなかった。

綾子はゆっくりと頷き、そして言った。

「子供よ」

追え。

新理司を追え。宗介を、救うんだ——。

その思念が最後だった。真鍋の意識は、暗く、どこまでも暗く、延々と深く、果てしなく沈み込んでいった。

12

（前半部略）

僕は笑顔のまま、そう言った。

それから君と、とりとめのない話をした——喫茶店にいたのは一時間ぐらいだっただろうか。本当はもっと一緒にいたかったのだけど、君には仕事があるのだから、無理を言って引き止めることはできなかった。

それから僕は毎日、君を待ち続けていた。また君が訪れて、僕を外に連れ出してくれる、その日だけを夢見て。その想いだけが、この世界で僕が生きる唯一のよすがだったんだ。

そんなある日、誰かが僕の家にやってきた。君が来てくれたんだと、僕は何の疑いもなく思った。喜び勇んで立ち上がり、玄関に向かうと、そこにいたのは君ではなかった。

インターホンを押したのは、如月という女の刑事だった。彼女は以前もやってきた。その時は鮎川という男と一緒だったけど、今回は一人だった。相変わらず、言っていることが分からなかった。

如月は、僕と零を間違えていた。

不思議だった。どうして誰も彼も、僕と零を間違えるのだろう。あの時、工場から逃げ出してきた斉藤晴彦も、僕の顔を見て、零！　と叫んだ。斉藤晴彦を捕まえた刑事も、僕に、お前にも、後で事情を訊くからな、と言った。何度否定しようとしただろう。僕は零ではないと。でも僕は他人と上手く話をすることができなかった。だから刑事達の前で押し黙ることしかできなかったのだ。

それに如月は、一度も僕に質問しなかったのだ。

『あなたは有葉零さんですか？』

と。

如月は、僕が有葉零であるという体で話を進めていた。だから僕はそれに合わせるしかなかったのだ。

気がつくと僕は、目の前を流れる黒い川を見つめていた。君と歩いた、あの河川敷だった。

如月と一緒に外に出たのは覚えている。瀬田家を一瞥したことも。そして今、君は何をしているのだろう、と考えたことも――。

覚えているのは、そこまでだった。

ふと気付くと、手がガサガサして気持ち悪かった。まるで手についた絵の具が乾いてしまったような感覚だった。

生白い掌は、茶色く汚れていた。乾いたからこの色になったのだ。元は一体何色だったのだろう。

僕は何をしていたのだろう。どうして一人でこんな所にいるのだろう。如月は一体どこに行ったのだろう。以前も一度だけ、こんなことがあった。気がついたら、僕は駅前にいたのだ。零が消えたと君が言った、あの駅前だ。皆が僕をじろじろと見ていた。だから僕は慌てて自分の家に逃げ帰ったんだ。

その時、土手の彼方から、とてつもなく大きな衝撃音が聞こえてきた。空が鳴った。大地が震えた。遠くから微かに、誰かが何かを言い合っている声が聞こえてくる。交通事故だ、と思った。でもそれは、ただの交通事故ではなかった。銃声がしたからだ。その銃声は、僕の中の何かを呼び覚ました。それが何なのかは分からなかった――。

僕は、ゆっくりと立ち上がった。

その時、

「どこに行くんだ？」

零が僕を呼び止めた。いつからそこにいたのだろう。

「零――皆、お前のことを探してるぞ」

僕は半ば呆然と零に言った。だが零は、

「違う。探してなんかいない。探しているのは、あの綾子という家政婦だけだ。何故綾子が俺のことに気付かないのか、それは分からない。もしかしたら綾子もどこか異常なのかもしれない」

と言い放った。意味が分からなかった。

「異常って何だ――？」

「分かるだろう？　皆と違うことだよ。お前もそうだ。お前は普通じゃない。他人と違う。異常なんだよ」

引きこもりが異常だと言われれば、確かにその通りなんだろう。でも君が異常だなんて、僕には考え難かった。君はこれ以上ないほど、普通の人間だった。それは会って話すだけで容易に分かることだった。

その時、銃声が聞こえてきた方から、今度はけたたましい子供の泣き声が聞こえてきた。僕は思わず喋るのを止めてそちらを見やった。

土手を必死の形相で上ってくる男の姿が見えた。小脇に男の子を抱えている。子供は泣きじゃくり、必死に抵抗しているけど、男の力にはとても敵わない。

「あいつは！」

零が絶叫した。

「あの野郎！　生きていやがったのか！」

僕は誘拐犯を見やった。短い髪の男だった。手に拳銃を持ち、額からだらだらと血を垂れ流していた。その目は真っ赤に血走っていた。人間の形相ではなかった。

「向こうに行け！」

と零が言った。

「嫌だ」

と僕は答えた。僕などが向こうに行ったら、たちどころに撃たれてしまうだろう。

「うるさい！　行け！　俺はあいつを殺さなきゃならない！　祥子の復讐だ！」

僕は勇気を振り絞って叫んだ。

「復讐なら、零が勝手にやってくれ！　僕はごめんだ！」

その時、拳銃を持った男が僕らを見て、はっとしたような顔をした。零に気付いたのだ。

背筋に戦慄のようなものが走った。如月も斉藤晴彦も、僕と零を間違えたのだ。ならこの男も間違えるかもしれない。

思わずその場から逃げようとした。でも——。

土手の下から、宗介！　という女性の叫び声が聞こえてきた。忘れられない声だった。

男に抱えられている子供は、綾子さん！　と叫んだ——。

そして土手を這い上るようにして、君が姿を現した。

待ち続けていた、僕は、君を。それが、こんな所で再会するなんて——。

「お願い！　宗介は関係ない！　宗介は離してやって！」

君は、男に懇願していた。でも、男は耳を貸さない。

「うるせえ！　ばけものがぁ！」

僕にとっては、男の方が十分ばけものだった。そのばけものが、君を、ばけものと罵っている。おかしかった。そんなことがあっていいのか、と思った。

男は、僕にとってのばけものは、ゆっくりと拳銃を君に向けた。

僕は絶叫した。

声が嗄《か》れんばかりに叫んだ。僕は社会から零れた引きこもりだった。誰も僕を救ってはくれない。だから僕は、決して世界の中心にはなれない脇役なのだ。そう、ずっと思っていた。

だけど今、この瞬間だけは、確かに地球は僕を中心にして回っていた。だって、僕は君を守るために、勇気を振り絞ったのだから。

男も、男に抱えられている宗介という子供も、そして——君も。皆、一斉に僕の方を見た。もう勇気は必要なかった。だって僕は今、君にとってのヒーローのはずだから。

「その子を、はな」

みなまで言う前に、男が持っている拳銃の銃口が、君から僕の方へと向けられた。

そこから先は、何が起こったのか分からなかった。

先ほど聞こえた銃声が、もう一度聞こえた。

そして僕は宙に浮かんだ。

あかね色の空が見えた。

君の叫び声が、どこか遠くの方から聞こえてきた。

気がついた時、僕は地面に仰向けに横たわっていた。

何をしているんだろう？　君を、そしてあの子供を助けなければならないのに。

でも身体が動かなかった。

撃たれたことに気がついたのは、お腹の辺りからじんわりと痛みが全身に広がるのを感じたからだった。

手をお腹にやった。掌が血で真っ赤に染まった。その時僕は、元から僕の掌は何か茶色いものでで汚れていたことを思い出した。

零。

お前は、今、どこにいるんだ？

薄れゆく意識の中、僕は零の名前を呼び続けた。だが零は答えてくれなかった。まるで零は、どこにも存在しないかのようだった。

僕は目を閉じた。

（以下略）

＊

視覚、聴覚、触覚、味覚、嗅覚。人間には五つの感覚があると言われている。だが極めて大まかな分類であり、学術的に突き詰めればもっと様々な感覚が存在する。例えば、人間の身体のバランスは三半規管によって司られ、普通に歩き、立つだけでも、人間は平衡感覚を駆使している。それは言わば六番目の感覚なのだ。

頭の中で綾佳の姿を論評する男共の声が聞こえる。綾佳に嫉妬する女達の声も。それは聴覚だ。人混みの中にもかかわらず、綾佳は宗介を拉致した新理司の姿を易々と見ることができた。それは視覚だ。新理司の家から煙が出る前に消防署に通報できたのも、彼が家の中にガソリンを撒いている光景を目撃したからだ。高野が新理司に殺されたことを知ったのも、そこに高野の死体を見たからだ。

綾佳は脳だけで生きているといっても過言ではなかった。目を使わなくても、世界が見える。耳を使わなくても音楽を聴くことができる。舌や鼻を使わなくても料理を味わうことができる。そして肌と肌が触れ合う感触を知らなくとも、男に抱かれることができる。

この光景は、自分の能力が見せているものなのだろうか。それとも網膜と視神経が見せているものなのだろうか。綾佳には判別ができなかった。

しかし、これだけは言える。綾佳の世界に祥子がいないのは、祥子が心のない人間だからだ。つまり、綾佳の目の前で、突然心が消えたら、その人物は綾佳にとって消失したと同義になるのではないだろうか？

目の前に、有葉零と、有葉一の兄弟がいた。

有葉零は、綾佳を殺そうとしていた。

有葉一は、綾佳を守ろうとしていた。

そして拳銃を持った新理司が、宗介を攫おうとしている——。

有葉一が獣のように絶叫した。そして、勇ましく新理司に命じた。

「その子を、はな」

新理司が発砲した。

発砲したのは、一発だった。

その一発で、有葉一は崩れ落ちた。

真鍋と同じように。

目を背けたかった。でも、意味がなかった。背ける瞳は、ないも同然だったから。

有葉一が腹から血を流して倒れている。

その隣に、有葉零が立ち尽くして、横たわった有葉一を呆然と見下ろしている。

立ち尽くす有葉零の腹部に、真っ赤な染みが広がり始めた。

——ああ。

そして次の瞬間、有葉零は弟と同じように、地面に倒れ込んだ。

しかしその時既に、有葉一の姿はなかった。

消失したんだ、と綾佳は思った。

そして——綾佳はすべてを悟った。あの時、駅前で、有葉零の身に何が起こったのかを。

彼の消失を目撃したのは、世界中でただ一人、綾佳だけだったのだ。

綾佳は拳を握りしめた。目の前の、新理司の背中を睨み付けた。

新理司はここにいる。確かにいる。宗介もここにいる。宗介は、決して消失させやしない。

「宗介を離しなさい」

と綾佳は言った。その声で、ゆっくりと新理司は綾佳の方を振り向いた。

「その子は、私の子よ」

新理司が綾佳を畏怖しているのが見て取れた。新理司は綾佳に銃口を向け、引き金を引いた。飛んできた銃弾を、綾佳は難なく避《よ》けた。彼がどこを狙っているのか綾佳は知っていた。だからそれは造作もないことだったのだ。そう——ほんの少し身体を反らすだけで。

「ばけもの」

と新理司が呟いた。

綾佳は、決して視線を逸らさずに、大きく円を描くようにして新理司に迫っていった。川の方に背中を向けさせるためだ。そのまま新理司は後ろに下がっていった。そこには、あの排水塔がそびえていた。排水塔に足を踏み入れたら、もう後がないことは彼にも分かっていた。だから新理司は、一発、二発と、続けざまに銃弾を発射した。しかし綾佳は、ほんのわずかに身体を傾け、その銃弾を避けた。

新理司は恐怖に震えた。彼にとって綾佳は正に、少女の仮面を被った悪魔だった。

綾佳は歩みを止めなかった。ただひたすら、新理司に向かって歩み続けた。彼に対する憎悪を、怒りを、その表情にしっかりと刻み込ませながら。

新理司は綾佳の勢いに気圧《けお》され、後ずさった。彼は排水塔に続くタラップに足を踏み入れた。綾佳の思う壺だった。

全長十メートルにも満たない、小さな排水塔のタラップのこと、新理司は、瞬く間に綾佳によって手すりまで追い詰められた。

「来るんじゃねえ！」

新理司が、銃口を宗介の頬に押しつけた。宗介が一層大きな声を上げて泣き叫んだ。綾佳は、熱くなった銃口が宗介の頬の肉を焼く臭いと痛みを感じた。

この臭いを、私は自分の鼻腔で感じているのだろうか、それとも新理司がかいだ臭いを受け取っているのだろうか。宗介が感じた痛みを私も感じているのだろうか、それとも顔の肉が焼けたら痛いだろうという一般通念でそう思い込んでいるだけなのだろうか。

この世界の、私はどこにいるのだろう。

「来るな！　来るな！　来るなぁ！」

新理司が絶叫した。

彼が宗介を撃たないことを綾佳は知っていた。テロリストは自分が正義だと思っている。だから正義のために多少の悪を行う。西山春菜と阿部眞美と幸崎結愛をこの社会から葬ったのも、彼にとっては多少の悪なのだ。だがしかし、無垢な子供を殺すのは多少の悪ではない。絶対悪だ。

新理司は、綾佳の予想通りに、銃口を宗介から離した。

そして銃口を、綾佳に向けた。

そこで綾佳は一度立ち止まった。

撃てば。

そう心の中で、彼に告げた。

新理司は、綾佳に向けて銃の引き金を引いた。綾佳は飛んできた銃弾を、顔をほんの少しだけ反らして避けた。銃弾が頬をかすめ、硝煙と、血が空気に舞った。でも、これくらい何だというのだろう。宗介は、頬の肉を焼かれたのだ。

そう思ったら、後は一気だった。

綾佳はためらわずに新理司に歩み寄った。

「うわあっ——!」

新理司は叫びながら綾佳に向かって銃を立て続けに撃った。綾佳は怯まなかった。新理司に向かいながら、右に左に身体を傾け、飛んでくる銃弾を次々に避けた。恐怖など感じなかった。自分は祥子とは違う。コンマ数秒避けるのが遅れるだけで死んでしまうのだ。でも死なない。宗介を守る。その強い意志が、綾佳の恐怖心を綺麗に消し去っていた。

　綾佳は、新理司の銃を持つ手首を摑み、力の限り押しのけた。ほぼ同時に銃口が炎を噴いた。銃弾は綾佳の耳元をかすめて、風になびく彼女のポニーテールにまとめた髪の毛先を切断しながら、彼方へと飛んで行った。

　そのままの勢いで、新理司を手すりに押しつけた。銃を持った手首をしっかりと押さえながら、自由な方の腕の肘鉄を、新理司の顔面に食らわせた。新理司が呻いた。力が緩んだ。小脇に抱えられた宗介が、排水塔の鉄板の上に落ちた。宗介は這うようにして、綾佳の足下に逃げた。

　綾佳は、新理司の手から拳銃をもぎ取った。すかさずグリップのリリースボタンを押す。銃から抜けたマガジンが、綾佳の足下に転がり落ちた。綾佳はそれを足で蹴飛ばした。スライドを手前に引き最後の銃弾を薬室の外に出す。

　そして銃弾の尽きた拳銃を新理司の顔面に叩きつけた。新理司は為す術もなくその場に崩れ落ちたが、綾佳の怒りは収まらなかった。

　その時、泣きじゃくりながら宗介が綾佳にしがみついてきた。綾佳は我に返った。

　何度も拳銃で殴打したせいで、新理司の顔は血まみれになっていた。拳銃を放り、綾佳は宗介を抱き抱えた。そしてゆっくりと排水塔の出口に向かって歩き出した。振り返らなくとも、後ろで新理司が蠢いていることを綾佳は知っていた。心の中で、お前らが俺をこんなふうにしたくせに！　と叫んでいることも、綾佳が捨てた拳銃を拾ったことも、そして銃口をこちらに向けて、何度も引き金を引いていることも。

だがもう綾佳は、その銃口から発せられる銃弾を避けはしない。

「お家に帰るの？」

と宗介が訊いた。

「そうよ——帰るのよ」

新理司という名のテロリストを生み出した責任は、綾佳にもあった。だがその罰を宗介に負わせる訳にはいかない。

その時、綾佳は感じた。

新理司の手から、銃弾が尽きた拳銃がすべり落ちるのを。

新理司の体内から熱が発せられるのを。

そして新理司が悶《もだ》え苦しむのを。

綾佳は、宗介を抱いたまま、ゆっくりと振り返った。

排水塔の鉄のタラップの上で、新理司がのたうち回っていた。

食いしばった歯の向こう側から、必死の断末魔の悲鳴を上げながら。

ああ。

今始まるのだ。

私が、始めさせてしまったのだ。

「いけない――」

綾佳は呟いた。

今すぐここから逃げなければ。

新理司に背を向けて、排水塔の外に脱出しようとした。

しかし有葉零が立ち塞がり、二人の脱出を妨げようとしていた。腹部からおびただしい血を垂れ流しながら。

*

(前半部略)

僕は目を閉じた。

薄れゆく意識の中、思いを巡らせた。

僕は気付いた時から、有葉一だった。気付いた時、既にあの部屋にいて、そして僕は引きこもりだった。どうして僕はあの部屋に引きこもったのだろう。何故外に出ようとしなかったのだろう。

暫く考え、そして愕然とした。

何も思い浮かばない。

引きこもりになったのは、何か理由があるはずだと思った。しかしそんなものはなかった。僕が引きこもりなのは、決して変えることのできない、生まれながらの『属性』に過ぎなかったのだ。

零は、自宅に頻繁に女の子を連れてきていた。そんな時、僕はじっと息を潜めて、早く帰れ、早く帰れ、早く帰れ、と呪文を唱えていた——。

どこで？

その時、僕はどこにいたんだ？

「誰もお前を知らないはずだった。あの如月と鮎川という刑事だって、俺に会いに来たんだ。でもその時、俺は家にいなかった」

そうだ——あの時、鮎川と一緒にやってきた如月は、僕に死体の写真を見せた。あの八王子で起きた殺人事件の被害者の写真だった。僕はそんな女の子、見たこともなかった。だから思わず大声を上げて、刑事を追い返してしまった。でも今なら分かる。彼らは僕と零を間違えたのだ。

でも、どうして母さんは、零に会いに来た刑事に、僕を紹介したのだろう。

母さんまで、僕と零の区別がつかなかったのだろうか。

「母さんはお前のことを知らないんだ。お前を知っているのは向かいの、綾子という家政婦だけだ。綾子がお前を引きこもりの部屋から外に連れ出した。だからお前のアイデンティティーはより強固なものとなった。分かるか？　人間は一人じゃ決して存在し得ない。観測してくれる者がいて初めてその存在が認められるんだ。引きこもって外に出ないお前は、決して、永久に、誰にも観測できない人間のはずだった。それなのに綾子がお前を見つけた。綾子がいて、初めてお前は存在する人間となったんだ」

そうだ——あの時、憤って如月と鮎川を追い返した時、ドアの向こうから、聞こえてきたのだ、君の声が。

『あなた達、勘違いしているわ』

たまたま、その場を通りかかったのだろう。君だけが知っていたのだ。刑事達が目的の相手を間違えて話をしていることを。刑事達が話していたのは零ではなく一であることを。

「何故あの時、お前は自分が一だと刑事に主張しなかった？」

「いきなりまくし立てられて、何が何だか分からなかった。彼らがお前と僕とを間違えていることは、話が粗方《あらかた》終わってから気がついた」

「だからお前は引きこもりなんだ。人の心を読むことができる人間などいない。だから人間は言葉を使う。自分がここにいるということを周囲に伝えなければ、自分は存在しなくなってしまう。お前を摘出した手術をして暫くの間、俺は右半身が麻痺していた。右手が不自由だと食事もままならない。だから看護師に訴えたんだ。右手が動かないって。すると看護師は、ここがどこだか分かるか、だとか、今日は何日か、だとか、そんなことを訊いてきた。俺は腹が立ってろくに答えなかった。右手が動かないから飯が食えないって言ってるだけなのに！　そしたら途端に医者がやってきて問診が始まった。まず、桜、猫、電車、という言葉を復唱しろ、と言われた。それから病院のバッジと、万年筆と、十円玉と、腕時計を順番にベッドのテーブルの上に置かれた。そしてすぐにそれを隠された。医者は、今目の前に置いたものを答えてください、と訊いてきた。俺が入院していたのは大学病院だった。体《てい》のいいモルモットだったんだろう。１００から7を引いてくださいとも訊かれた。不思議だろ？　１００引く7は93。93引く7は86。そんな当たり前の計算が、あの時は全然できなかった。最後に医者は言った。一番最初に復唱した三つの単語を、もう一度繰り返してくださいって。俺は三つの単語、という意味すら分からなかった。病院は大騒ぎになった。俺の脳外科手術は失敗したって。俺はベッドごと地下の検査室に運ばれ、脳のCTスキャンを撮った。結果は異常なしだった。俺はそれから、気持ちが悪くても、腹が痛くなっても、看護師には相談せず自分で何とかした。俺の心なんて、俺の気持ちなんて、誰も汲んじゃくれない。俺の喋っていることや、俺の立ち居振る舞いや、医者の目に映る100から7を引けない自分が、俺なんだ。自分から行動を起こさなきゃ、誰も気付いちゃくれない。存在しない、透明人間と同じさ。絶対的なお前などいない。お前は誰にも知られていないはずだった。だが綾子がお前を知った。だからお前はそこに存在している」

「違う。立ち居振る舞いなど、僕が発する言葉など、関係無い。僕は引きこもりだ。人と上手く話すこともできない。お前が医者に受けたような質問を僕がされたら、やはり同じようにテストには合格できないかもしれない。でも僕自身が何を言おうと、どんな振る舞いをしようと、そしてそれがどんなにみっともないものであろうと、それはあくまでも外に向ける自分であって、絶対的な自己は、他人と関係無く存在しうるんだ」

だって君はあの時、あの喫茶店で、僕に言ってくれた。あなたは優しい人だと。

「そう、確かにお前は心が優しいんだろう。だがそれも綾子が定義したものだ。綾子がお前を見つけたから、優しいお前が存在することになったんだ。あらゆる共同体の関係性から完全に切り離された絶対的な自己など、どこにも存在しない。ましてや『優しい』お前など。

あの女だからこそ、お前を見つけることができたんだ。綾子が瀬田家の家政婦じゃなかったら、お前は存在しなかったんだ」

「綾子さんが、僕を見つけなくても、お前が僕の存在を見つけていた。お前がこの世界に存在する限り、僕もこの世界に存在しうる。それが宿命だ」

「俺はお前なんかいらない。お前が生まれた過去をなかったことにする。そうしなければ、もうまともには生きていけない」

「どんなに後悔しても、お前はあの時、新理司の家に行ったんだ。あの過去は、もう絶対に変えることはできないぞ」

「いいや。変えてみせる。絶対に！　さっき如月は俺を訪ねて来た。その時、家にいたのはお前だった。だが如月はそのことに気付かなかった。あの倉庫跡にお前を連れて行ったのも、お前と綾子がそこで神奈川県警の刑事達に目撃されたからだろう。でもその時、お前は消失した。俺の目の前には如月がいた。如月は訳の分からないことを言った。まるで俺と綾子が顔見知りの体《てい》で話しかけてきた。挙げ句の果てには綾子が誰なのか、何故あの家の家政婦になったのかをしつこく訊いてきた。そんなこと俺が一番知りたかった。綾子は新理司を知っていた。祥子のことも知っていた。そんなに何でも知っているのなら、何故祥子を助けなかった！　そう思った」

「それは嘘だ。お前は、こんなふうになった原因を綾子さんに責任転嫁しているだけなんだ。新理司や祥子には、確かに僕達には窺い知れない過去があるんだろう。彼らは僕らとはまるで違う人種なんだ。でもお前は分を知らなかった。だから罰が当たった。人間は平等なんかじゃないんだ。お前はそれを分かっていなかった。綾子さんのせいじゃない」

「ああ、そうだろうさ。綾子だけが俺とお前を別人として認識していた。俺とお前を区別していた。綾子がお前と会っている間、俺は世界のどこにもいなかった！　だから綾子は俺を探していたんだ！　俺よりもお前の方が綾子の素性を知っているはずだ。俺はそう如月に何度も訴えたが、如月は分かっちゃくれなかった。挙げ句の果てに如月は、有葉さんはお母さんと息子さんの二人暮らしだと言った。そして俺を哀れむような顔で見た。その顔はあの大学病院の医者と同じ顔だった。あの１００から７が引けない俺に向ける、実験動物を見ているような顔と、まったく同じだったんだ。だから――」

「だから殺したんだな？　でも何故、如月の頭を開いたんだ？」

「新理司は祥子の頭を開いた時に、驚いたような声を発した。祥子の頭の中にあるものが、俺は如月の頭の中にもあると思った。でもそれが何なのか分からなかった。如月の頭の中にあったのは、ぐちゃぐちゃした、灰色とも、黄土色ともつかない、気味の悪い物体で――」

「それは脳髄だ。人間一人一人に、それぞれ存在するものだ」

「でもあの時、新理司は、祥子の頭の中を覗いて、驚いたんだ。そこには何かがあったんだ。驚くべき何かが」

「だけど、如月は、祥子じゃない」

「そうだ。如月は、普通の人間だった。でも祥子の仲間が、ここにいる」

「止めろ！　綾子さんは関係ない。関係ないんだ！」

「関係ないことあるか！　俺の人生を目茶苦茶にしやがって！　殺してやる！」

「止めろ——綾子さんだけには、綾子さんだけには、手を出さないでくれ」

「何故だ？　何故そこまで、あの女を守ろうとする？」


僕の部屋は物置だった。

雑誌や、聴かなくなったCDが置かれていたのも、物置として使っていたからだ。普段はまるで使われない部屋だった。あの部屋はそれだけの用途しかなかったのだ。

しかし、零は僕の部屋の役割を見つけた。僕の部屋の窓からなら、瀬田家を一望できるのだ。零は瀬田家を偵察することにした。もちろん目的は君だ。零はその時既に君の殺害を心に決めていた。

『昨日は、騒がしかっただろう——？』

そう零は僕に訊いた。それが何を意味するのか、僕には分からない。昨日の時点ではまだ僕は生まれてもいなかったから。でも想像することはできる。きっと零は自暴自棄になって暴れたのだ。そして母さんを虐めたのだろう。多分その声は近所まで響いたのではないか。

零は瀬田家を偵察しようと、窓を塞いでいる雑誌を床に降ろし始めた。だからあの時、床に雑誌が散らばっていたのだ。雑誌の重みで自然に崩れたのでは、なかった。

そして零は、目撃した。

瀬田家の庭で、庭仕事をしながら、子供と戯れる君の姿を。

もちろん、君と瀬田家の子供との間に、血の繋がりなどないのだろう。あの時君はただ、庭仕事をしながら、子供の相手をしていただけなのだと思う。

だけど零は確かに、そこに幸せな家族の姿を見たのだ。

あの幸せな家庭を破壊する資格が、自分にあるのか？　そう一瞬でも、零は思ってしまった。だから零は、その罪悪感を一手に引き受ける人格を必要としたのだ。そして零は消えた。

そのことに気付き、あの時、君は僕の家にやってきたのだ。

——そうだ。

僕は、やっと気付いた。

何故生まれてきたのか分からなかった。こんな辛い世界で生きていかねばならない意味が、僕にはまるで分からなかった。でも君に出会えた。君は優しかった。たとえ零の代用品であっても、君と会えるだけで、僕の心はときめいた。それだけが、僕の生き甲斐だったのだ。君と出会えたことが、僕の人生で唯一の勲章なのかもしれないとすら感じた。

でもそうじゃなかった。

僕は、君を守るために生まれてきたんだ。

零は、君や、祥子や、新理司の側の人間ではなかった。あくまでも平凡な人間だった。でも僕が生まれたことで零は消失し、君は零が特別な人間だと勘違いした。零の中にわずかに残った良心の欠片、それが、僕だった。

零は女の子を次々に抱いては、捨てていた。そうして祥子とも出会ったのだ。その意味では、確かに零には優しさがなかった。他人に対する思いやりがゼロの男だったのだ。

でも、僕は違う。

君を守るために僕は生まれた。その瞬間、僕はゼロから一になったのだ。

僕が生まれたあの日。出窓から降ろした雑誌を押し入れにしまった。その時、手首が痛いと思った。僕はその理由を、久しぶりにこんな重労働をしたからだと考えた。でもおかしな話だ。僕はただ雑誌を下に降ろしただけなのだ。それなのに手首が痛いだなんて——。

　それはきっと、零の時に僕の身体が痛めた傷なのだろう。

「俺は新理司に地下室に監禁された。両手首と足首をロープで縛られて、椅子に拘束されたんだ。俺はそのロープを力任せに解いて脱出した。手首を痛めたのは、そのせいだ」

　窓の外を見やりながら零は、綾子はどうしている？　と僕に訊いた。それで僕は君のファーストネームを知った。

　では零はどこで知ったのだろう。

「新理司の家に向かった、あの日だ。俺はあの女に呼び止められた。あいつは神沼綾子と名乗った。あいつは、新理司の家に行くなって——」

「じゃあ、祥子の死体が消えた謎は？」

「新理司の家に行くと、地下室で祥子が拷問されていた。祥子は足がぐちゃぐちゃになって、掌を拳銃で撃たれて——でも祥子は生きていたんだ。俺は祥子を殺していなかった。仮死状態になった祥子は息を吹き返して、俺の目を盗んで逃げ出したんだ。でも俺は——祥子を助けてやることができなかった」

　そうだ。さっき僕は銃声を聞いた。その銃声は、僕の中の何かを呼び覚ました。

　零だ。

だから零はここにいるんだ。祥子の掌を撃った拳銃の銃声を、再び聞いてしまったから。

「でも、祥子が殺されたのは、綾子さんのせいじゃない」

「関係ない。綾子は新理司と同類だ。駅前で、俺は綾子と出会った。俺は綾子を殺そうとした。でもその時、お前が邪魔をした。そのせいで俺は消えてしまったんだ」

「そうだ。僕はお前が綾子さんを殺そうとした時に現れる。僕が消える時、それはお前の殺意が他の女性に向いた時だ。お前はあの時駅前で、殺す女を物色していたんだろう？　一晩遊ぶ相手を探していた、祥子と出会ったあの日のように。でもお前は駅前で綾子さんと遭遇してしまった。だから再び僕が呼び戻されたんだ」

「ああ、その通りだ。でもな、それも今日でお終いだ。俺は綾子を殺す。皮肉なもんだな。お前の存在が、俺が綾子を殺す動機をより強固なものにしたんだ。綾子がいなくなれば、お前はもう用済みだ。綾子を殺さなければ、俺は自分を取り戻せない」

そう言って零は君の方を向いた。

君の前に立ちふさがっている。

君を襲おうとしている。

そんなことはさせない、絶対に。

それから先のことはよく覚えていない。

気付いた時、僕はびしょ濡れになって見知らぬ街に打ち上げられていた。助けてくれたのは河川敷の段ボールで暮らすホームレス達だ。彼らは救急車を呼ぼうとしたけれど止めてくれと頼んだ。僕は世間の人達にとっては、如月を殺した男に他ならないのだから。

ホームレス達は僕の身の上を何も訊かずに僕を看病してくれた。何日も高熱が出て、半死半生の状態だったらしい。銃弾は恐らく貫通したんだろうけど、それでもこうして回復したのは正に奇跡的だった。

高熱にうなされながら、僕は恐怖に震えていた。それは再び零が襲ってくるのではないかという恐怖だ。あいつが再び現れて、僕をこの世界から葬り去ろうと画策する。僕はそれを何より恐れた。

だから回復した後、僕は、公園で、森の中で、彷徨《さまよ》い歩きながら、この手記を書いた。

このノートさえあれば、たとえ僕が死んで、この世界から『消失』しても、僕が生きていたという客観的な証拠は確かに残るのだから。

そして、もし零が君を襲いに来た時は（その時は、恐らく僕は零に殺されているだろう）零にこのノートを突きつけてやって欲しい。これを読めば、きっとあいつも、最後に残ったわずかな良心が疼《うず》くに違いないと思うから。

でも、そんなことがないように祈る。

いつまで君を忘れないでいられるか、それは分からない――でも僕が僕である限り、僕はずっと君を想い続ける。そして陰日向《かげひなた》となり、ずっと君を守り続ける。たとえ報われなくても、夜の闇から、月の影から、愛する人を想い、愛する人を庇護する騎士のように。

ずっと。

＊

綾佳の前に立ちふさがる零に、一が摑みかかった。

「一君！」

泣き叫ぶ宗介を抱き抱える綾佳の目の前で、一と零は戦いを繰り広げた。綾佳を殺す者。綾佳を守る者。自分が見ている現実は、果たして他の人間にとっても現実なのか、綾佳には分からなかった。

零の左手が綾佳の方に伸びてきた。綾佳は思わず仰け反った。だが、一の右手が零の左手首をしっかりと摑んで、綾佳を守った。

「行け！」

一が叫んだ。

「行くんだ！　逃げろ！　さあ！」

「駄目！　あなたも逃げて！　今すぐに！　でないと大変なことになるわ！」

一が零を押し倒した。二人は地面に倒れ込んだ。その隙に綾佳は二人を飛び越えて排水塔から脱出した。

一と零はもつれ合いながら、排水塔の中に転がるように入り込んでいった。

そこには倒れ込み、自らの身に起きている異変に悶え苦しんでいる新理司がいた。

「一、君」

綾佳は、彼の名を呼んだ。

一は零と戦いながら、ゆっくりと顔を上げた。

「さよなら」

と彼は言った。

その時、土手の下からパトカーのサイレンと共に、騒然とする人々の声が聞こえてきた。きっと銃声を聞きつけてやってきたのだろう。

綾佳は排水塔に存在する三人の男達に背を向けて、土手の下に向かって走り出した。遠くへ行く時間はもうない。でも、あそこに行けば安全なはずだ。

警官達がぞくぞくと土手を上ってくる。その先頭に、あの神奈川県警の近藤がいた。

「おい、あんた！　大丈夫か⁉　一体何があった——」

近藤がみなまで言う前に、綾佳は叫んだ。

「危ないから、こっちに来ないで！　今すぐ土手を降りて！」

だがもちろん、一般市民の忠告を聞くような警官達ではなかった。

「危ない？　何を言ってるんだ？」

近藤は排水塔の方を見やった。

「あの二人、一体何をしている？」

「良いから！　無視して！　放っておいて！」

「あれは新理司か⁉　あの野郎、やっぱり生きてたのか⁉」

近藤が叫んだ。埒《らち》が明かないと思った綾佳は宗介を地面に下ろした。そして、土手の下に隠れていなさい、と促した。宗介は泣きながら頷き、一目散に土手を下っていった。

「野郎——とっ捕まえてやる」

「駄目よ！　行ったら駄目！　行ったら皆、死んじゃう！」

「何をぬかす！　今すぐあの二人を捕まえろ！」

近藤が周辺の警官達に命じた。警官達はためらう素振りも見せず、排水塔の方に走り出した。その後に近藤も続いた。

「駄目ぇ！」

その綾佳の絶叫を引き金にしたかのように。


排水塔が。

轟音と共に。

爆発した。


排水塔を構成していた無数の鉄骨が、炎に包まれながら空中で四散し、川に、土手に、地面に、家々に降り注いだ。堤防のコンクリートが爆発で決壊した。汚いヘドロが、防波堤を浸食した。火に包まれた矢の鉄骨が、地面に、コンクリートに、次々に突き刺さった。

そして綾佳は、見た。

排水塔が爆発する瞬間。

炎に包まれた男が、爆風と共に川の方に吹っ飛んでいく光景を。

地面に伏せた警察官達は、もう残骸が降ってこないことを確認してから、恐る恐る立ち上がった。

近藤は立ち尽くしたままだった。

皆、ある一点を見つめていた。

排水塔が立っていた場所を。

そこには、何もなかった。

排水塔は、その土台だけを残し、完全に消失していた。周辺の堤防のコンクリートは、まるで蜘蛛《くも》の巣のようにひび割れ、そこから汚い川の水がしみ出している。

巨大な排水門の門扉も、吹き飛ばされ、ぷかぷかと川に浮かんでいる。

「何が」

近藤は、惚《ほう》けたように呟いた。

「一体、何が起こったんだ」

その答えを、綾佳は知っていた。しかし綾佳は貝のように口をつぐみ、黙して真相を語ることはなかった。

「宗介！」

綾佳は大声で宗介の名を呼んだ。そして土手を転がるように駆け下りた。土が、草が、綾佳の服を汚した。宗介が無事でさえいてくれれば、他に何もいらなかった。

土手の下は騒然としていた。向こうから集まってくる沢山のパトカー。銃声と爆発音を聞きつけてやってきた無数の人々。その人の波に攫われるように、ちっぽけな小舟のような宗介は、涙を流しながら、ある女性を探していた。

母の、存在を。

私を。

宗介は私を探しているんだ。私に会いたいんだ。綾佳はそう何の疑いもなく思った。感じた。信じた。

「宗介！」

綾佳は人の波をかき分けた。そしてちっぽけな、本当にちっぽけな宗介を見つけた。

人の波の中から、沈む小舟のような宗介を捕まえ、綾佳は。

その場に跪き、宗介を抱きしめ、涙を流しながら、綾佳は。

「もう離さない！　あなたを絶対に、誰にも渡さない！」

瀬田家に来て以来綾佳はずっと、宗介と共に暮らしてきた。だがそれは見かけだけの繋がりだった。宗介との愛情を、母と子の絆を、私は今、本当の意味で取り戻したのだ——綾佳は心の底からそう思った。

「離せ！」

綾佳の胸の中で、宗介が暴れた。

「離せったら！」

綾佳の胸を、宗介の拳が殴った。綾佳の腹を、宗介の足が蹴った。一瞬、何が起こったのか分からなかったが、自分を拒絶していることに気付くまで、そう時間はかからなかった。

綾佳は茫然としながら、宗介をゆっくりと地面に下ろした。途端に宗介は道の向こうに走り出していった。

綾佳の方など、まるで見向きもせずに。

宗介が向かった先には、号泣しながら両手を広げる、瀬田博子がいた。

宗介は博子の胸に飛び込んだ。博子は宗介をしっかりと抱き締めた。

宗介は、心の中で博子を母と叫びながら、博子の胸で泣きじゃくっていた。そして博子も、心の中で宗介に謝罪しながら、宗介を力の限り抱き締めた。

何故謝るのだろう。博子は何も悪いことなどしていないのに。

謝ってなどいない。心の中でそう思っているだけだ。

行動に起こさなければ、口に出さなければ、その思念は、欲求は、存在しないものと同じ。

綾佳が博子の気持ちを観察して、博子の気持ちは初めて存在することになる。

私は宗介を愛しているとは言えない。沈黙する私の心は、誰にも伝わらない。だから私は、祥子のように心のない女。

違う。

誰にも認識されなくても、誰にも思いが伝えられなくても、宗介を愛するという私の気持ちは、決して、絶対に、消えることも、変わることも、壊れることもない。

宗介への愛は、誰にも知られず、誰にも汚されず、いつまでもいつまでも、私という閉ざされた密室の中で永久に存在し続ける。

まるで宇宙の果てで密《ひそ》やかに息づいている、決して人類に発見されることのない、知的生命体のように。

綾佳は、抱き合う博子と宗介に背を向け、心の中で号泣した。

13

「今、報告が入った」

大地は生命に告げた。

「新理司が爆死したそうだ」

「――そう」

生命の表情は窺い知ることはできない。だが彼女が何を考えているのか、大地には容易に想像できる。

彼女の心は、歓喜に打ち震えているだろう。自分の障害になる者を、一人一人、確実に葬り去ることに成功しているのだから。

「何か体裁のいい、それなりの説明をしなければならない。下の者達だって、真実を欲しているんだ」

「真実ね――私が、新理司をテロリストと決めた。だから新理司はテロリストになった。それが真実。それが、歴史なの」

「じゃあ、僕にとっての真実は？」

生命は、そこでようやく大地に微笑みの表情を見せた。

「知りたい？」

大地は、ゆっくりと生命の問いに頷いた。

知りたい。

自分は『天国の門』の向こう側の世界を見た。ならばもう、迷う必要はない。一歩でも足を踏み入れたら、戻ることはできないのだ。

生命はおもむろに今回の事件の真相を語り始めた。

「新理司が、小説を出版したことからすべてが始まった。私を告発するつもりだったのかもしれないけれど、誰もあの小説をノンフィクションだとは思わなかった。新理司の捨て身の言論テロは失敗に終わったの」

「でも君は、新理司の家を出版社から調べ上げ、祥子を派遣した。彼を殺すために」

「そうよ。でもまさか同じ町内に、私の元から逃げ出した想吹綾佳もいたとは夢にも思わなかったけどね」

「何故、綾佳はあの街にいたんだ？」

「産み落とした子供が——宗介が、あの街に住む瀬田という家庭に引き取られていたからよ。だから綾佳は家政婦として、瀬田家に潜伏した。あの子ならお手のものでしょう」

「しかし新理司が潜伏している街に住む夫婦に、綾佳の子供が引き取られていたのか？　もしそうだとしたら、恐ろしい偶然だな。新理司は宗介も狙っていたのか？」

しかし生命は、その大地の問いに首を振った。

「それはないわ。綾佳が産んだ子供がどこの家に引き取られたかなんて、新理司に知る術はないもの」

「――だとすると」

大地は呟いた。生命は頷いた。

「そう、偶然よ。ただし、面白い話があるわ。産み落とされてから瀬田家に辿り着くまでに、宗介は幾人もの人間の手を経由した。綾佳は愚直に、その全員の記憶を辿って宗介にまで辿り着いたのよ。つまりこれは伝言ゲームと同じ」

「伝言ゲーム？　しかしそれは――」

「子供を身ごもったのは綾佳だけじゃないのよ。敵を誘う美しい少女のエージェントは綾佳と祥子以外にも大勢いたの。確かにその中でも綾佳は特別だった。でも綾佳は自分が特別だと思い過ぎていた」

「じゃあ、宗介は綾佳の子供じゃないのか⁉」

「子供かもしれないわよ。確かに綾佳の子供は綾佳にとっては特別な存在。でも他人にとってはそうじゃない。他の多くの赤ん坊の一人に過ぎなかった。綾佳は無意識のうちに子供を斡旋する者達と、他の大勢の子供の中から、自分にとって都合のいい組み合わせを選び出して、それを辿っていったに過ぎないのよ。もしかしたら新理司というテロリストと同じ町内に住んでいたから、綾佳は宗介を自分の子供に選んだのかもしれない。宗介を守らなければならないという手前勝手な使命感が、ひたすら綾佳を突き動かしていた」

「綾佳は荷物を一つだけだと思った。でもそうじゃなかった。荷物は無数にあった。だから綾佳は荷物を取り違えた。否、取り違えたかもしれない。そういうことか」

　大地は小さく息を吐いた。

「DNA鑑定さえすれば親子の判別は可能だ。だが今の綾佳にそんな手段はない。何しろ彼女は家政婦で、体面上は宗介と血の繋がりがない」

　生命は頷いた。

「そして祥子が現れる」

「新理司を殺すために、君が下の世界に降ろしたんだな」

「そうよ。その任務に祥子ほど適した人物はいない。でも祥子はミスを犯した。有葉零という男と出会ったことよ」

　ファストフード店で航空写真を広げ、いかにして新理司を亡き者にしようか算段を練っている時に、あの有葉零が現れた。

「祥子を回収したのは、高野か？」

　高野。

　八王子の森の中に建つ洋館での、綾佳の暮らしを世話していた男。綾佳が生命の元に行ってからは、高野が祥子の世話人となった。

「高野と祥子は、いつも二人一組で行動していたわ。高野が全部後片付けしていたの。あの日もそうだったわ。あなたの言う通り、有葉零が警察に通報している隙を見計らって、高野が祥子を回収したのよ」

「高野が乗っていた白いバンだな。あの車に祥子を乗せて、連れ帰ったんだ」

「そうよ。だから有葉零には祥子が消失したように見えた。有葉零は、祥子が息を吹き返して自分の足で逃げたなんてことを宣《のたま》っているようだけど、お笑いだわ。大方、自分が殺人者であることを認めたくないだけなんでしょうね」

「それが、一度目だな？」

「そう、一度目の失敗よ。二度目は、新理司の自宅に直行した。でも新理司もあんな本まで出版しておいて、のうのうと生活しているはずはなかった。誰かが自分を殺しに来ることを予想していたのよ。そして祥子と高野は、新理司に返り討ちに遭い、二人は死んだ」

大地は生命を見つめた。生命は――。

「何も訊かないのね」

そう問い質した。

「その時点で祥子は死んだ。では八王子で死んでいた祥子は誰なのかって」

大地は無言で首を振った。

そのことは訊かない、というサインだった。

あの『天国の門』の向こう側の世界を覗いた大地には、祥子の身に何が起こったのか容易に想像がつく。

祥子は、特別な女なのだ。

「新理司は家中にガソリンを撒いて家に放火した。高野の死体を自分の身代わりにするために。そしてそれはある程度まで成功したようね。当初捜査本部では、新理司の家の焼け跡から発見された二体の焼死体は、身元不明の少女と、そして新理司自身であるとほぼ断定したようだから。現場に居合わせた有葉零は、新理司が錯乱して焼身自殺を図ったと証言し、警察も疑わなかった」

「しかし何故、新理司は祥子の頭を開いたんだ?」

「新理司は知っていたのよ。萩原良二が祥子にした実験を。そして祥子が死なない女であることも。その定義を新理司はこう解釈した。祥子は、殺しても殺しても現れる女だと」

そう、正にその通りだ。祥子は有葉零にも新理司にも殺された。その後、八王子でも殺されたのだから。

「人間の本体はどこにあると思う?」

そう生命は問うた。大地はすぐに答えた。

「人間は全体で人間だろう。脳が人間の本体だとする考えがある。確かにそれはその通りかもしれない。しかし現実は、目や耳や鼻や皮膚感覚によって創り出されたものだ。身体と脳を切り離したら、現実はどちらにあるんだ？　身体の方にあるのか？　脳にあるのか？　それとも身体と脳の中間部分の空間にあるのか？　身体から脳を取り出したら、自己は一体どこに存在するんだ？」

大地は想像する。

もし自分の頭の中に、脳など入っていなかったら。

既に脳は摘出されて、どこか別の場所に運ばれていたら。

今、この瞬間に、自分を自分と思う自分は、一体どこに在《あ》るのだろう。

「萩原重化学工業は、脳と身体を厳密に峻別できると考えた。脳を身体以外のどこか安全な場所に移しておけば、万が一身体の方が駄目になっても安心だから。人間の情報は、すべて脳に入っている。いわば身体は機械のようなもの。機械を直接操作するか、遠隔操作するかの違いでしかない」

「馬鹿な。そんなことができるはずがない」

「できたのよ。理論上はね。でも使い物にならなかった。実験には身寄りのない女の子を使った。でもその殆どが、発狂して数日で死んだわ」

エージェントに仕立てるためだろう。恐らく皆、見目麗しい少女に違いない。エージェントには男の気を引く外見が何より必要とされる。

「無事だった女の子もいた。それが想吹綾佳よ。実験自体は失敗だった。でも副作用で、思ってもみなかった能力が生まれてしまった」

「だからあの女は人の心が読めるのか。しかし何故」

「これは私の想像よ。世界のすべては宇宙のどこかに存在するアカシック・レコードに記載されているというじゃない。人間の意識も、実はどこかで一つにまとまっているのよ。綾佳はそこにアクセスできる」

　大地は小さく笑った。

「根拠のない、ニューエイジ的な発想だな」

「でも綾佳は事実そうなった。それは脳を身体から切り離して活用できるのと同じぐらい、いえそれ以上に有益な萩原重化学工業の『発明』だった。これを利用しない手はない。だから萩原良二は、綾佳の能力を使って、実験の再開を始めた。綾佳は八王子の洋館で高野と暫く暮らし、そして祥子を見つけた。その事実が、すべてだわ。祥子は死なない。何度でも蘇る。新理司も人間の本体は脳だと考えた。だから脳を破壊すれば、祥子を完全に殺せると思い込んだ」

「その時、既に祥子の脳は別の場所に移されていたんだな？」

「詳細は私にも分からないわ。祥子を管理しているのは萩原良二だもの。でも祥子の頭を開いた時、新理司は彼女の頭の中に、一体何を見たでしょうね？」

何も入ってなかったのだ。

空っぽだったのだ。

さっき生命自身が言ったではないか。人体から脳を取り出す目的は、万が一の危険に備えて脳を守るためだと。脳さえ無事なら、たとえ頭を開かれようと、燃やされようと何の問題もないのだ。

新理司は祥子の脳を破壊するために祥子の頭を開いた。しかしそこには、破壊するべき脳がなかったのだ。その事実を知った時、彼は一体何を思っただろう。

「新理司の祥子殺害は失敗した。失敗したと、彼は判断した」

「でも祥子を殺し、高野も殺し、目撃者として偶然有葉零も飛び込んできた。自分を一度死んだことにして雲隠れするにはこれ以上ない好条件。だから新理司はそれを成し遂げ、燃えさかる自宅からいずこへと消えた。結局祥子は新理司殺害には失敗した」

「じゃあ八王子の空き家で死んでいた祥子は、一体何なんだ？　あの祥子も頭を開かれていた。そして脳髄を持ち去られていた。いや、持ち去られていたと、警察が判断した——」

その大地の言葉が、徐々に、少しずつ、消え入るように小さくなっていった。

「そうよ」

生命は、静かに頷いた。

「犯人は祥子の死体から脳を持ち去ってなどいないのよ。ただ祥子の頭を開いて、中を確認しただけなの。祥子の頭の中には最初から何も入っていなかった。最初から最後まで、祥子の脳は別の場所にあったの」

「だが検死解剖で気付くはずだ。脳は頭蓋の中で髄液に浮いているだけの存在じゃない。脳幹が脊髄と繋がっているんだ。それを無理矢理もぎ取ったら、必ず死体に痕跡が残る」

「もちろん検死官は死体の異常さに気付いていた。だから金をつかませた。五千万よ。下の者達にとっては大金よ。杉村が偽の検死報告書を書いたおかげで、祥子の秘密は保たれた」

「それで端から脳のない死体が、脳を持ち去られた死体になったのか」

「そうしなければ祥子の秘密を隠すことはできなかった。でも問題が起こった。次々に少女の死体が発見されるに至って、杉村の良心が疼いたのよ。だから私は部下に命じて杉村を消した。祥子は使わなかったわ。何しろ相手は、祥子の死体を検死した監察医ですからね。万が一失敗した場合、大変なことになる」

死体に脳が存在しない大まかな理由は——もちろん完全に理解などし難いが——分かった。

しかし疑問は残る。

「何故、祥子は八王子の空き家で死んでいたんだ？　誰が祥子を殺したんだ？」

生命は、おもむろに言った。

「新理司が祥子を有葉零の目の前で殺害した時——祥子の思考に、あるエラーが起こった」

「エラー？」

「人間は死に際に今までの人生が走馬燈のように蘇ると言うじゃない。あなたは生きたまま頭を開かれたら、一体何を思い出すでしょうね？」

「脳のない人間も、記憶を思い出すのか？」

「脳はあるのよ。ただ頭蓋骨の外にあるというだけ。祥子は身体が死ぬ間際に、有葉零にある言葉を囁かれた」

「ある言葉？　何だ、それは？」

「さあ、そこまでは分からないわ。でもそれは祥子にとって魔法の言葉だった。記憶の扉を開く鍵の——」

＊

「好きだよ——好きだよ——祥子」

「私も、あなたの、ことが」
「好きよ」
「て」
「る」
「き——」

＊

「その有葉零の言葉で、祥子は何かを思い出した。その思い出に命じられるままに祥子は、記憶の地に戻ったの。そこが、あの八王子の空き家だった。綾佳が過去に高野と暮らした洋館。そこで祥子を待っていた男がいた。輝樹というのがその名前。養護施設で一緒だった男。祥子は一番最初に、施設の氷田という男に襲われた。氷田はリエという祥子の友達を性的虐待していた。リエを氷田から救うために、祥子が身代わりになったのよ。皆、祥子は殺されたと思った。だけどそう考えなかった人間が、一人だけいた。それが輝樹よ。彼だけは、祥子が不死身だと知っていた」

「何故だ？　何故その少年は祥子の秘密に気付いた？」

生命はおもむろに大地に問うた。

「あなたは処女を抱いたことはある？」

「――何？」

「男は欲望のままに女を抱くでしょう。でも女は違う。もちろん女にだって性の欲望はあるわ。でも女が快楽を得るためには、身体を開かなければならない。男はただ女を貫くだけ。だから女の痛みを知らない。男に貫かれたら女は血を流すのよ。ことに、最初はね」

大地は黙った。

「あの空き家で輝樹と祥子は愛し合った。そしてその時、祥子は破瓜《はか》の血を流した。そして祥子は氷田に虐待されてやはり破瓜の血を流した。その事実を、輝樹だけが知っていた。祥子が二回血を流したということを。だから輝樹は、祥子が生まれ変わってまた現れると考えた。輝樹は祥子と出会えるまで、何時までも待っていようと誓った。でも施設は氷田のせいでなくなってしまった。だから――」

「その空き家で、来るかどうかも分からない祥子を待ち続けたというのか？」

「そうよ。近所の住民達からは、ホームレスが住み着いていると忌避されたけれど、彼は祥子とのたった一度の思い出だけを生き甲斐にして、ひたすら彼女を待ち続けた。そしてその夢は叶った。新理司が祥子の頭を開き、有葉零が魔法の言葉を囁いたから――」

その時、輝樹は、何を思っただろう。

自分だったら泣いただろう。泣くに違いない。

輝樹もきっと、泣いたのだ。

「祥子には外出する度に現金を持たせているわ。どんなことになっても計画が実行できるように。それにはまず先立つものが必要だから。でも祥子は、その現金を、輝樹との思い出作りに使った。輝樹に高級なスーツを買い与え、二人で横浜のホテルのスイートルームでフランス料理のフルコースを堪能した。そういう欲望が祥子にあったことが驚きだけど」

金がある恋人の思い出作りとして、最もステレオタイプな行為を、祥子と輝樹はしたのだろう。祥子はマニュアルに則っただけなのだ。

「きっと輝樹には一生の思い出になっただろうな」

大地は心からそう言った。

「そうね。でも皮肉なことに、だから祥子の死体は、強姦された死体になってしまった。輝樹との情事の痕跡が、身体に残っていたから」

「しかし何故輝樹は、祥子を殺してしまったんだ？」

「いい？　祥子は死なないのよ。死なない人間を殺すことにどれほどの意味があると思うの？　祥子は輝樹に自分の不死身の理由を教えたのよ。そのためには頭を開かせるしかない。

輝樹は、新理司と同じように、祥子の頭を開いた。チェーンソーを使わなかったのは、デートで散財してその予算がなかったからよ。だから一番安い鋸をホームセンターで買った。そしてどこかに消えた。服装が変わっていたから、近隣住民にも分からなかった」

「今、どこにいるんだ？」

生命は、首を横に振った。

「さあ、どこでしょうね。でも間違いなく言えるのは、輝樹が今でもどこかで祥子を待ち続けているということ――」

そう言って、生命は言葉を切った。

「祥子の件は分かった。でもその祥子の死が、どうして連続殺人事件に繋がるんだ？」

西山春菜。

阿部眞美。

幸崎結愛。

萩原重化学工業に吸収買収された企業のトップの娘達。特に幸崎結愛は警察官が見張っているマンションの部屋から『消失』した。これは完全な不可能犯罪だ。西山春菜にしても、彼女を殺害できるのは斉藤晴彦しかいない。彼が犯人でないとするのであれば、現場は完全に密室になってしまう。

だがそんな謎は、今や些細なものになりつつあった。

大地は『天国の門』の向こう側に足を踏み入れたのだ。

あれは。

あの向こう側に広がっている世界は。

「あなたはその答えを、大方知っているんでしょう?」

その生命の問いに、大地は答えなかった。

「新理司は萩原重化学工業を告発する市民団体に所属していた。彼らが起こした裁判の席で新理司は目撃されている。もちろんその時点では、彼がどこに潜伏しているのかは分からなかった。すべてが分かったのは、彼が小説を出版してから。新理司が祥子と高野を殺して自宅に火を放った後、新理司に接触したいと思った人物がいた」

「誰だ、そいつは?」

「市民団体と同じように、萩原重化学工業を告発したいと思っている第三者――とでも言っておきましょうか。高野の死体が新理司の死体と目され、彼は死んだものと思われている。新理司の消息は完全に途絶えてしまった。だから一縷《いちる》の望みを抱いて、一緒に活動していた市民団体にメッセージを託した。そしてそれは、奇跡的に新理司の手に渡った」

「メッセージ?」

「その第三者は、八王子で起こった祥子の事件が大々的に報道されて、あることを思いついた。もし新理司を意のままに操れたら、自ら手を汚さずに萩原重化学工業を告発することができるかもしれない。それで一計を案じ、市民団体にUSBのフラッシュメモリを渡した。新理司はそのメモリを受け取り、西山春菜を殺した。斉藤晴彦は無実よ」

「メモリに入っていたメッセージとは、一体、何だ？」

「もちろん、萩原重化学工業に吸収合併された企業のリストよ。そしてターゲットの名前も。新理司はリストに則って少女達を殺していったに過ぎないの。西山春菜は新理司にとって土地勘のある街に住んでいたから、一番最初に殺された。阿部眞美と、幸崎結愛はリストのトップからあいうえお順で殺された。新理司はリストに載った少女達をすべて殺すつもりだったけど、もう無理ね。爆死してしまったから」

「何故、新理司は、見ず知らずの者からのメッセージに従って、殺人を犯したんだ？」

生命は大地を、じっと見つめた。

そして問い返した。

「私、綺麗？」

大地は生命の頬にそっと手をやった。そして、綺麗だよ、と答えた。

「人間に大事なのは、圧倒的に外見よ。私はこの外見があったからこそ、この場所にいると言っても過言じゃないわ。偽善者は、見た目じゃなくて心を見ろなんて言うけれど、お笑いだわ。見ることができるのは外見だけよ。人間は他人の心など決して見られない。それができるのは、あの綾佳だけ。私達は綾佳にはなれない。だから皆、見た目に気を遣い、必死に他人とコミュニケーションを図ろうとする。そうしてようやく心がある人間とされる。誰とも接点を持たない引きこもりは、心がない人間とされても仕方がないわ。祥子は心がない。だから実験にも成功した。だけどそれは科学の定義よ。私は科学の定義など興味はないわ。興味があるのは社会の定義だけ。祥子も綾佳も、見た目が美しく、男を惑わせることができる。そういう人間は、心が在るのよ。心の有無は、すべて見た目で判断されるんだから」

「パフォーマンスやイメージこそ、すべてか」

「そうよ。祥子も綾佳も美しい少女。私のエージェントになるためには、何よりも他人を虜《とりこ》にする美貌が必要とされるから。そして新理司は、こんな疑問を抱いていたでしょうね。果たして私のエージェントは祥子と綾子の二人だけだろうか？　と」

大地は沈黙した。そして先ほどの綾佳の子供の話を思い出していた。

エージェントは祥子と綾佳の二人だけではない。

「新理司は祥子の脳を破壊すれば祥子はもう襲って来ないと思った。しかし祥子には破壊するべき脳が存在しなかった。新理司は考えた。私のエージェントには皆、脳が存在しないのだと。そんな折り、彼の元にリストが届けられた」

「まさか、萩原重化学工業に合併された企業の娘達が、エージェントだったのか？」

「違うわ。萩原重化学工業が近隣の企業を吸収合併したのは、ただ純粋にその企業の土地が欲しかったからよ。あの萩原重化学工業自体が巨大なスーパーコンピュータなの。昔のコンピュータは建物ほどの大きさだったというじゃない。今の最新の技術でそれほど、いやそれ以上巨大な、一つの街ほどのコンピュータを作れば、どれだけの処理ができるのか想像もできないわ」

「君も当然その萩原重化学工業の設立に関与しているんだな。それだけの金を動かすには、萩原良二、一個人だけの裁量じゃとても無理だ」

生命は、その大地の問いには答えなかった。

「重要なのは、萩原重化学工業が会社を拡大させるために、次々に企業を吸収合併したという点よ。新理司に渡ったのは吸収合併された企業の社長の娘達のリストに過ぎなかった。でも新理司は、萩原重化学工場に合併された社長の娘こそがエージェントになると解釈した。彼は死ぬまで、あれは私のエージェントのリストだと思い込んでいたでしょうね」

最初の被害者——西山春菜。

「新理司は西山春菜が眠っている場所に向かった。そこは西山家の別宅だった。恐らく西山家がそのためだけに用意した家なんでしょう。新理司は高野を殺して奪ったバンで、その家に向かい、西山春菜を奪取した。そしてバンで現場となった廃工場に向かった」

「何故、その場で殺さなかったんだ？」

「それじゃあ、意味がないのよ。新理司にとって、あの殺人は社会に対する告発だから。現場にあの工場を選んだのは、きっと萩原重化学工業が吸収合併したせいで廃工場になったという情報を、新理司が事前につかんでいたからに違いないわ。萩原重化学工業のせいで倒産した工場で、私のエージェントを殺す。これ以上のメッセージはないもの」

「ちょっと待ってくれ。その工場には鍵がかかっていたはずだ。鍵は西山春菜が持っていた。脅して工場を開けさせたのか？　万が一抵抗されたらどうするんだ。西山春菜が自ら進んで鍵を差し出さない限り、工場は開かないぞ」

　その大地の問いに、生命は、

「新理司は、工場が施錠されていることも、その鍵を西山春菜が持っていることも、知らなかったのよ」

　と答えた。

「なるほど。しかし――」

「そう。西山春菜は工場の中で殺されていた」

「新理司が鍵のことに無頓着だったのならば、やはり西山春菜が自ら工場の扉を開けたのだろうか？」

「そうよ。そして新理司は工場で西山春菜を殺害し、そのまま逃走した」

大地は怖ず怖ずと問うた。

「脳髄は？」

「何もしていないわ。そのまま頭を切断して、放置しただけ」

「やはり西山春菜も、祥子や綾佳のようなエージェントなのか？」

その問いに、生命は暫く答えなかった。

「萩原重化学工業は、何故、あんなにも沢山の企業を吸収合併することができたと思う？他人に自分の会社を受け渡すことに、忸怩《じくじ》たる思いを抱かない人間は一人もいないわ。必ず死に物狂いで抵抗してくる。それに萩原重化学工業にいい思いを抱いていない企業は山ほどある。その企業に助けを求めれば、きっとホワイトナイトになってくれたはず。でもそんな動きはなかった。萩原重化学工業に買収を持ちかけられた企業は、易々と自分の会社を萩原良二に明け渡したのよ——それは何故？」

「会社を売り渡すに足るメリットが、彼らにもあったんだろう」

「もちろんそうよ。杉村は、五千万で死体検死書を偽造したけれど、もちろん彼らはそんなはした金で会社の株式を売り渡したりしない。将来にわたって利益を生み出せるものか、あるいはお金じゃ絶対に手に入らないものを差し出さなければ、彼らは決して買収の話にイエスと答えなかったでしょうね」

大地は理解した。彼らは『天国の門』の向こう側に足を踏み入れる権利と引き替えに、自らが築き上げてきた一切合切を放棄したのだ。

「君と同じものか？　君が萩原重化学工業に便宜を図っているのは、その代わりに永遠の命が手に入るからだ」

「そこまで勘が働いているんだったら、分かるでしょう？　普段は施錠されている工場の扉が、新理司が西山春菜を殺した時に限って開いていた。それはさっきも言った通り、西山春菜が自分で鍵を開けたからよ。普段からその工場でたむろしていたんでしょう。その日もそうだった。斉藤晴彦より先に西山春菜が工場に着き、彼女が工場の扉を開けたのよ」

「じゃあ、あの工場で発見された死体は、西山春菜のものではないのか！」

生命は語った。

「西山春菜は工場の中で、いつものように斉藤晴彦を待っていた。だけどやってきたのは、自分の死体を抱えた新理司だった」

「新理司はチェーンソーで、西山春菜の死体の頭部を切断し、そしてすぐに高野のバンに乗って去っていった。これからリストの人間を順番に殺す本格的な準備を始めるためよ」

「西山春菜は重機の陰に隠れてその一部始終を目撃していた。だから新理司は彼女に気付くことができなかった。新理司が殺した春菜は、恐らく寝間着やパジャマを着ていたんじゃないかしら。そんな格好で表を出歩く人間はいない。ことに若い女の子は。それで西山春菜は死体から服を脱がせた。その格好のままだと、自分が二人いることがばれてしまうから」

「そして、すぐに逃走した。多分工場から出てきた瞬間をコンビニの店員に目撃されたんでしょう。その直後に、のこのこと斉藤晴彦がやってきた。だから彼が犯人扱いされた。彼しか殺せる者はいない――現場はそんな状況になってしまったから」

「斉藤晴彦が――留置場で、春菜が俺を待っている、春菜が迎えに来てくれる、と譫言のように言っているそうだな」

「恐らく彼は、現場検証するために留置場から護送される際に、護送車の窓から本物の西山春菜を目撃したんじゃないかしら。だから斉藤晴彦は、あの時廃工場から逃げ出そうとしたのよ。彼女にしろ、慌てて現場から立ち去ったけれど、そのせいでまさか斉藤晴彦が冤罪に陥ってしまうとは夢にも思っていなかった。だから罪悪感でいっぱいになって斉藤晴彦に会いに行った。だけどどうにもならないわ。何しろ彼女は、もう死んだ女なんだから」

「西山春菜の監察医にも、金をつかませたのか？」

「もちろんよ。今のところ杉村のように裏切る気配は見せていないけれど、どうなるか分からない。だからずっと監視をつけている」

「結局、死体には、最初から脳なんてなかった。新理司は、ただ頭を開いただけだった。祥子はそういう女だった。脳が別の場所に存在する、エージェントだから。しかし西山春菜は違う。エージェントじゃない。にもかかわらず、脳は存在しなかった」

「脳は必要ないからよ。萩原重化学工業は、実験に成功し、脳を別の場所に保管しつつも、身体を遠隔操作で動かす人間を生み出すことができた。それが祥子。その副産物として、彼らは脳のない身体を手に入れた。それが本当に役に立つのは、祥子のような人間だけ。でも私達普通の人間にも、予備の身体は決して無駄にはならなかった」

「臓器移植用のクローン人間か！」

＊

「覚悟は、いい？」

「――ああ」

大地は、頷いた。

生命は、指紋認証システムに、ゆっくりと親指を置いた。

『天国の門』が静かに開いた。

大地が一歩『天国の門』の内部に足を踏み下ろした瞬間、ぱぁっと周囲はライトアップされた。世界は光に包まれた。

そして、見た。

大地は、そこに存在するものを。

ベッドに横たわり、無数の、ありとあらゆる生命維持装置で拘束されたもう一人の生命が、そこに静かに息づいていた。

生命はまるで、死んでいるように見えた。

だが、生きているのだ。

生きているからこそ。

こうして『天国の門』の中に。

「これで、本当にあなたも私の仲間よ」

そう生命は大地の耳元で囁いた。

＊

「脳は人間の知性や意識を司っているだけではないわ。生命活動そのものにかかわる基幹よ。だから脳のない身体を生かすには、永久に生命維持装置に頼るほかない。新理司は、別宅から西山春菜のクローンを無理矢理奪取した。だからクローンは心不全で死んだのよ。もちろん彼にとってそんなことはどうでもよかった。あくまでも私のエージェントの頭を開くことが目的だったから——ほら、ここに脳がない人間がいる。あの女は、萩原重化学工業と結託してこんな非道な実験をしている——そう世間に吹聴するために」

「でも、西山春菜はエージェントじゃなかった。新理司が殺したのは、ただ西山春菜の臓器のスペアのクローンに過ぎなかった」

「そうよ。もし将来身体が駄目になっても、クローンから簡単に臓器を移植できるわ。もちろん脳は無理だけれど。そもそも臓器移植用のクローン人間には、脳なんてない方が都合がいいのよ。クローンに脳があったら人格が宿ってしまう。脳がないからこそ、完全な臓器工場として罪悪感無く扱えるのよ。分かる？」

「じゃあ、西山春菜の父親は——」

「そうよ。もちろん条件は企業によって様々だったけれど、萩原重化学工業に自らの会社を譲り渡した社長達は、自分のクローンだけではなく、家族のクローンも望んだ。自分の人生そのものといってもいい会社を他人に譲り渡すんだから、家族分のクローンを要求するのは当然でしょう。聞くところによると、優等生だった西山春菜は突然喫煙するようになったというじゃない。自分の臓器にスペアがあるという現実は、思春期の少女の心理にどんな影響を与えるでしょうね？」

「新理司はそんな事情を知らなかった。ただ単純に、脳がない人間、イコール、君のエージェントだと考えた」

生命は頷いた。

「きっと眠っているだけだと思っていたでしょうね。無理矢理運び出して死んだって構わない。どうせ頭を開くんだから」

「つまり、これは連続殺人事件じゃなかったのか？」

生命は暫く考え込むような素振りを見せてから、大地に答えた。

「今の法律では、人間の死は脳死とされている。つまり最初っから脳のない人間は、人間ではないことになる。世間で連続殺人事件と目されているのは、八王子で殺された祥子と、西山春菜と、阿部眞美と、幸崎結愛と、そして殺された如月礼子という刑事。祥子は普通の人間じゃないし、西山春菜と、阿部眞美と、幸崎結愛の死体は人間ですらなかったと言える。一連の事件で、真実殺人事件と言えるものは、新理司による高野殺害と、有葉零による如月殺害。でも高野殺害は連続殺人事件として捜査されてはいない。如月殺害にしたって、まったく無関係な人間の犯行なのよ。あなたの言う通りよ。連続殺人事件など、存在しなかった。言ってみれば、これはただの連続事件よ」

「じゃあ、新宿で殺された阿部眞美は？」

「阿部眞美のクローンは現場近くの病院に保管されていた。その病院は、萩原重化学工業に買収された病院と同じ医療法人の元に経営されていたから、どうにでも保管できたでしょう。新理司はリストに則って、病院から車椅子で阿部眞美のクローンを運び出した。当たり前の光景よ。疑いの眼差しを向ける者など、誰もいないわ。そして例のバンに乗せて、近くの公園に行き、そこで頭を開いて、立ち去った」

「恵比寿のマンションから幸崎結愛が消えたのは、どういう仕掛けだ？」

「仕掛けなんかないわ。リストの存在に気付いた警察が彼女のマンションを見張っていたっていう話だけれど、関係ない。リストに載っているのは本人の居所じゃなくて、クローンの保管場所なのよ？　新理司にとっては、警察がマンションを見張ろうが何をしようが、まったく関係のない話だから」

「だがしかし、クローンの死体が発見された報告を受けた刑事達が結愛の部屋に急行すると、部屋の中はもぬけの殻だったというじゃないか」

「恐らく、大学構内で結愛のクローンの死体が発見されるより先に、保管場所から結愛のクローンが消えたことが関係者に知られたんでしょう。それで結愛の親族——多分父親が結愛に電話で連絡をしたんじゃないかしら。クローンの秘密を守るために、身を隠せ。決して誰にも姿を見られるんじゃない、と——」

「刑事達が駆けつけた時、彼女は部屋に隠れていたのか？」

「結愛の部屋には大きなクローゼットがあるというじゃない。そこに身を隠していたのよ。警察は一通り部屋を探したけれど、そんなところまでは見なかった。護衛している自分達から隠れるはずがないという先入観に囚われていたし、何よりその時既に結愛の死体は大学で発見されていたから。その死体がクローンだなんて想像もしないわ」

「じゃあ君は、それぞれの死体を検死した監察医にも、五千万をばらまいたのか？」

「もちろんよ。死体がクローンだと発覚したら、私だって困るわ」

「でも分からない。しかし死体は、クローンなんだろう？　つまり西山春菜はまだ生きている。きっと家族か、萩原重化学工業に匿われているに違いない。本人が生きているんだ。その時点で気付くじゃないか。殺されたのはクローンの方だと。クローンを別の場所に移せば、新理司が持っているリストは役に立たなくなる。それなのに、どうしていとも容易く阿部眞美と幸崎結愛のクローンはさらわれたんだ？」

「簡単な話よ。彼らは死んだのがクローンなのか、それとも実の娘なのか、判別がつかなかったのよ」

「いや、そうはいっても——」

「西山春菜は、家族にも萩原重化学工業にも匿われていないわ。彼女は消失したの。少なくとも、斉藤晴彦に姿を目撃された後に」

「消失した——だと？」

「そうよ。クローンの保管場所は一部の者しか知らない。そのクローンが本人と共に消えた。保管場所のリストを持っている第三者がいるなんて、家族は想像もしていないでしょう。第一、私に買収された監察医が、死体には不審な点はないと報告している。なら死んでいるのは実の娘かもしれない、と彼らが思うのは当然よ。だから、クローンの警護よりも、娘本人の警護を優先したのよ」

「だから阿部眞美のクローンは病院で何の護衛もされていなかった。新理司はやすやすとクローンを攫うことができた――」

大地はそう自分に言い聞かせるように言った。

「でも何故、西山春菜や、阿部眞美、幸崎結愛は消えたんだ？　今、どこにいるんだ？」

その質問に、生命は答えなかった。

ただ、大地の顔をじっと見つめていた。

「まさか――」

大地は呟いた。

「そうよ」

生命は、答えた。

「彼女達は密室の中でクローンを飼っていた。でも新理司によってその密室が開かれて、クローンが外に出てしまった。密室は密室でなくなり、秘密は秘密でなくなった。社会的には、そのクローンが少女達自身と見なされた。たとえクローンであっても、西山春菜や阿部眞美や幸崎結愛は殺された。なら本人も死ななければならない」

背筋を、寒気が走った。

「――まさか」

大地は、呟いた。

「君が、殺したのか？」

「殺したのは、新理司よ」

そう生命は嘯いた。

「クローンが死んだから、いえ、クローンの死が公のものになったから、本人も死んだのよ。単純な話」

生命が、殺したのだ。

それはいとも容易く為し得ることができるのだ。何故なら三人の少女達は、既に一度死んでいる。少女達が行方不明になったところで、不審に思う人間は、彼女達の両親を除けばいない。もちろん、両親は彼女達の失踪を公にすることもできない。そんなことをしたら、クローンの秘密がばれる。泣き寝入りするしかない。

やはり殺人事件は起きていた。

これこそ正真正銘の連続殺人事件だったのだ。

そしてその犯人は、生命だった。

「八王子で祥子の死体が発見された時――ああ、これは利用できる、と私は思ったわ」

そうだ。あの時、生命は言ったではないか。

『祥子が——死んだわ』

あれは祥子の死が公のものとなった、という意味だったのだ。今まで、祥子はすべて高野が回収していた。だが高野が死んで、それもできなくなった。新理司に燃やされた死体にせよ、損傷が激しく身元の判別は不可能だった。

祥子の死は、一度だけ公のものとなっている。幼少時代、養護施設の氷田という保育士に殺されたのがそれだ。万が一、八王子の死体と、その養護施設で殺された祥子の死体を照合されたら、祥子の不死身が発覚してしまう。

もちろん、警察は死体と死体の照合などしない。同じ死体は二つとない。それが社会の常識だからだ。だがリスクの芽は、どんなに小さくても摘んでおかねばならない。八王子の祥子の死体は、その摘み損ねたリスクの芽に他ならなかった。

「八王子で祥子の死体が発見された時、私は真っ先にクローンを思い出した。新理司に少女達のクローンを殺させれば、陰で本物の少女達を殺しても何の問題もない。脳のない人間が人間でないように、一度死んだ人間も人間じゃないもの」

「じゃあ——あの市民団体にフラッシュメモリを届けた男は、君の差し金か！」

「察するのが遅いわ。リストにはクローンがそれぞれどこに保管されているのか事細かに記されていた。そんな情報を知っている者は、萩原良二か、私ぐらいのもの。新理司は死ぬまで、リストの作成者は自分の側に立つ者だと思い込んでいたでしょうね。つまり、私を糾弾する者だと」

「しかし、何故——そんなことを」

「口封じのためよ。あの子達はこれから一生日陰の暮らしを余儀なくされる。いつその立場を不服に思うか分かったものじゃないわ。いつかすべてぶちまけられる日が来る。そうなったらお終いよ」

「そんなことを訊いているんじゃない！　そもそも君が新理司を操ってクローンを殺させなければ事件は起こらなかったんだ！　何故だ⁉　何故そんなことをした！」

　生命は腕組みをして、大地を見つめた。

「これだけは何度言っても言い足りない。人間は、平等ではないのよ。それを忘れた愚かな愚かな愚民共が、人よりも幸せになりたい、人よりも富を得たい、人よりも長生きしたいなんていう高い望みを抱きたがる。幸せは、今いる場所にしか存在していないのよ。それなのに、彼らはそれ以上の幸せを求めようとした。永遠の命という幸せを。私はそれが許せなかった。だからその計画を壊してやったの。それだけ——」

　生命は若く、そして美しかった。

だが生命よりも、もっと若い少女達にも永遠の命が保証されている。生命はそれが許せなかった。

動機は、嫉妬だ。

たったそれだけのために生命は、ただ自分の身の丈を超えた望みを抱いた少女達を殺し、また監察医の買収に億単位の金をばらまいたのだ。

「でももうお終いよ。新理司は爆死した。それに三人も少女が死ねば、他のクローンの持ち主も流石に察して保管場所を移しているはず。もう誰も死なない。事件は終わったわ」

その時、サイドテーブルに置かれた電話機が鳴った。

生命は受話器を取った。

「——分かった。今すぐに行くわ」

生命は簡潔に答えて、受話器を置いた。

そして大地の方を向いた。

「これから記者会見が始まるわ。新理司が爆死した件について見解を述べないと」

大地は力なく頷いた。

「原稿はできている。君を暗殺しようとして新理司が製造した爆弾が、何かのミスで爆発した。そういうことになっている。疑いを抱く者は誰もいない」

生命は頷いた。

「これで晴れて新理司は正真正銘のテロリストね」

「――行こう」

大地は生命を促した。

「愚民を啓蒙する――退屈な仕事をしにね」

部屋の出口が静かに開き、二人は中に足を踏み入れた。それは下界へと続くエレベーターの扉だった。

上昇するエレベーターは、たった十数秒で二人を上のフロアへと吐き出した。そこは更に上へと続く階段が存在するだけの、狭い空間だった。大地は生命の前に立って階段を上った。階段の先は行き止まりになっているように見えた。違った。そこにもやはり扉があった。大地は手動で扉を開けた。そして恭しく、生命を扉の向こう側へと招いた。

「ありがとう」

生命と大地は扉の向こう側の世界に踏み出した。大地が扉を閉めた瞬間、オートロックの扉は完璧に密閉された。暗証番号を入力し、カードキーを差し込まなければ決して開けることはできない――それは生命専用の核シェルターの扉だった。生命が『天国の門』をこの内部に作った理由は明白だった。この中なら決して、生命のクローンは新理司のような男に奪取されることはないのだ。

大地は決して生命の後ろを歩かなかった。万が一何者かが襲ってきても、生命の身を守れるようにとの配慮である。

廊下を進むにつれ、数人の黒ずくめの男と合流した。黒いスーツ、黒いネクタイ――彼らは生命を護衛するSPだった。新理司が足繁く通っていた『萩原重化学工業問題を考えるネットワーク』にフラッシュメモリを届けたのが、彼らである。恐らく、クローンを検死した監察医を買収したのも、また生命に従わなかった杉村を交通事故に見せかけて殺したのも、彼らだろう。

もしかしたらクローンではない、本物の西山春菜、阿部眞美、幸崎結愛の殺害に関与したのも、彼らなのかもしれない。

生命は、大地やSPに付き添われて、居住フロアに隣接する執務エリアに向かった。ガラスとコンクリートで造られたモダンな建物だった。しかし見る者に決して冷たい印象を与えないよう、最大限配慮され設計されている。客観的に見ても、日本建築における一つの頂点といっても決して過言ではないだろう。

彼らは真っ直ぐに一階の記者会見室に向かった。記者会見室はマスコミの人間であふれ空席は一つもなかった。SPは即座に部屋のあちこちに散った。

濃いブルーのカーテンの前には、桐紋の紋章が付けられた演台が置かれている。その向かって左には日章旗が燦然《さんぜん》と翻っている。

マイクの前に立った。一斉に記者達が大地に視線を向けるが、すぐに落胆したように顔を背けた——彼らにとって、正に生命はアイドルだった。崇拝するも良し、罵るも良し、どんな論評の俎上《そじょう》にも生命は乗ることができる。だが彼らは決して知らない。生命の正体を。それを知っている自分は、確かに特別な存在なのだ。

その思いを胸に、総理補佐官、中村《なかむら》大地は居並ぶマスコミに向かって宣言した。

「ではこれより内閣総理大臣、藪木《やぶき》生命の会見を行います」

大地の言葉を嚆矢《こうし》に、生命は居並ぶ記者達の前に躍り出た。

14

宗介は救急車で病院に運ばれていった。救急車には博子が同乗した。綾佳は未だ騒然としている土手に、ただ一人残された。

綾佳は自分が神だと思っていた。生命はこの国の神かもしれない。だが綾佳は、人類の神なのだ。自分に分からないものはない。自分に隠し事ができる者は誰もいない。一を認識していたのは、世界でたった一人、綾佳だけだった。誰も一に気付かなければ、一は存在しなかったのだ。綾佳が一に気付いたからこそ、一は存在しえたのだ。

あの時、綾佳は確かに気付いていた。如月と一緒に家を出る零を。でもあの時、零は綾佳にとって一だった。だから何の声もかけなかった。

あの時少しでも声をかけていたら、一緒について行ったら、もしかしたら如月は殺されなかったかもしれない。そんなことを思う。

土手に力なく座り込み、綾佳は行き交う人々を見つめていた。綾佳を気にとめる者など、誰一人としていなかった。綾佳はただの群衆の一人に過ぎなかった。現場にいた目撃者の一人には違いないから、ここで待っていなさいと言われただけ。だからずっと待っている。

あれから何十分経っただろう。

今、宗介は病院で治療を受けているのだろうか。

それとも、とっくに家に帰っただろうか。

近藤が、ゆっくりとこちらに近づいてきた。

綾佳は顔を上げた。

これは瞳で見ている景色だろうか、それとも心で見ている景色だろうか。どうして私は盲目ではないのだろう。心で人を見ることができるのだから、こんな瞳など必要ないのではないか。もしかしたら私はとっくに盲目なのかもしれない。そしてそれに気付いていないだけなのかもしれない。こんな能力があるばっかりに。

「大丈夫か？」

そう近藤は訊いた。社交辞令ではなく、近藤は心からそう思っていた。

「大丈夫です」

そう綾佳は答えた。

「私のことより――真鍋さんは？」

近藤は疲れたように何度も何度も頷いた。

「今手術している。命に別状はないだろう」

「よかった――」

綾佳も心からそう思った。

「私を逮捕しないんですね」

「あんたを？　何故？」

「私は犯人にしか知り得ない情報を知っていた。私が犯人だから――あなた方はそう考えるに決まっています」

如月の死体の状況。そして有葉零が如月を殺したということ。

だが、近藤は小さく首を振った。

「客観的な真実は、物的証拠しかない。そんな曖昧模糊《あいまいもこ》な理由で逮捕などできないよ」

状況証拠だけで斉藤晴彦を逮捕したくせに、と皮肉の一つも言いそうになったが、止めた。その情報も綾佳が知り得るはずがないからだ。余計に話をややこしくすることはない。

「それで、あの爆発だが――。あそこには例えばガスボンベやそれに準ずる引火物は何一つ存在しなかったそうだ。何らかの自然現象によってあそこまでの爆発が起きるとは考えにくい。現場検証をしているが、残骸は殆ど川に流れてしまってね。何か見なかったか？　爆発物のようなものを」

綾佳は首を振った。

「そんな余裕は、なかったですから」

「あそこで争っていたのは新理司と有葉零だった。そうだよな？」

まるで近藤は、自分に確認するかのように綾佳に問い質した。

「そうです」

綾佳はそう答えた。あそこにいたのは二人だけだった。それでいい。

「新理司が生きていたとなったら、あの火事の捜査も初めからやりなおさなきゃならん」

「有葉零を逮捕するんですか？」

と綾佳は訊いた。

「有葉零の手は、汚れていました。あれはきっと、如月さんの血です」

「今、総出で川を浚っている。死体の一部は見つかったが、あれが新理司のものか、それとも有葉零のものか、どうにも特定ができない。生きていれば逮捕もできるかもしれないが——あの状況では難しいだろうな」

新理司は爆発の瞬間に、木っ端微塵になった。警察が川から回収した遺体の一部は、恐らく新理司のものだろう。

綾佳は見たのだ。

川に吹っ飛んでいく男の姿を。

あれは。

あの男は。

「近藤さん。一つ教えてください」

「何だ？」

「以前、有葉零が行きずりの少女を殺して、警察に自首したことがあったでしょう？　あの時、彼を逮捕するという判断はできなかったんですか？」

有葉零は祥子と出会い、そして祥子を殺してしまった。死体をこの川に流そうとしたが、それが不可能であると悟った有葉零は潔く警察に通報した。

しかし死体は消えていた。あの高野が回収したからだ。

「常識的に考えて、人間一人の死体を煙のように消すことは不可能だ。死体がないのなら、殺人もなかったと考えるほかない。逮捕は無理だった」

少しの後ろめたさを滲ませながら、近藤は言った。あの時、有葉零に何らかの対応をしていれば、如月は殺されずに済んだ。しかし、近藤を責めるのは酷だ。彼は高野の存在を知らないのだから。

あの時、有葉零の家のベッドのシーツには祥子の血がついていた。だがそれは現場に第三者がいたという証拠にしか過ぎない。

「事件当時、彼の母親は韓国旅行に出ていた。携帯で話ができるから、俺は直接彼の母親に連絡した。彼の人となりについて知りたかったからだ。もしかしたら虚言癖がある男なのかもしれない。そんな癖はなかったが、しかし有益な情報を得ることができた。有葉零は、一年前に脳外科手術を受けている。脳の奇形膿腫の摘出手術だ」

それが、横浜の喫茶店のオープンテラスで近藤が真鍋達に語った『ある事実』だった。

「有葉零の母親は、有葉零を妊娠した際、産婦人科で双子と診断された。だが片方が上手く育たずに流産してしまった」

「俗に言う、バニシングツインですね」

近藤は驚いたような顔をした。そして、よく知ってるな、と呟いた。

「双子の片割れが子宮内で『消失』する現象自体はそう珍しくはないらしい。だがその双子の残骸を、片一方が吸収してしまうとなると話は別だ。これは天文学的数字、とまではいかないものの、数十万分の一の確率でしか起こり得ない現象らしい。有葉零は酷い頭痛を訴えて救急車で大学病院に運ばれた。そしてそこで脳腫瘍が発見された。双子の兄弟の残骸だよ。その腫瘍の中には、歯や、瞳のようなものまで入っていたらしい」

何故、有葉一が、ひきこもりというパーソナリティーを与えられたのか、今の綾佳には痛いほど分かった。頭蓋骨は密室だ。一はそこに閉じ込められていた。あの一の引きこもりの部屋は、頭蓋骨の暗喩だったのだ。

「有葉零は、脳手術の後、よく病室で暴れたそうだ。だからベッドに拘束されることもあったらしい。人権問題やらで、そういうことはやっちゃいけないとされているが、そんなものは所詮建前だ。現実問題、患者が錯乱して暴れたら危険に決まっているからな」

有葉零は、手術直後、認知症を判断する口頭のテストに合格することができなかった。認知症扱いされていることに戸惑った零は、暴れ、拘束された。医師も、零の母親も、零の心を分からなかった。脳外科手術の影響で暴れる零の姿だけがそこにあった。

人間は、心や精神なんて関係ない。ただ言動がすべてなのだ。

脳のCTスキャンに異常は認められなかったので、零は退院することができた。彼の心の中に、誰も自分の気持ちを分かってくれないという不信感を植え付けたまま。だからこそ上辺だけの、身体だけの繋がりを、零は求めたのかもしれない。どんなに身体を重ねたところで、心まで愛し合える訳もないのだから。

そして彼は祥子と出会ってしまった。

「母親は涙ながらに語ってくれたよ。まあ旅行先で気楽なもんだが。俺は彼女の話を聞いて、有葉零は脳外科手術の影響で錯乱し、ありもしないことを口走っているのだと判断した。だからあの夜、俺たちは有葉零の証言の裏も取らずに引き上げた。今から考えると、君の言う通り判断を誤ったかもしれない。新理司の家から出た女性の焼死体だ。有葉零は新理司の家から助け出された際、祥子が息を吹き返して逃走し、そして新理司に殺されたと証言した。なるほどそう考えるとつじつまが合う。新理司が生きていたと分かった以上、男の方の焼死体が誰だったのか、皆目見当がつかんが」

その有葉零の証言は間違っているし、また男の焼死体は高野だが、綾佳は黙っていた。祥子は死なない女なのだ、と言っても近藤には理解できないに違いない。

「確かにあの火事で、有葉零は助け出された。だけど無傷とはいかなかった。身体に火傷《やけど》を負ったんだ。特に顔が酷くてな――」


あの時。

有葉零は両手の拘束を解こうとして、暴れた。

そして自らを縛り付けている椅子ごと床に転倒した。

新理司は、祥子の身体の上からガソリンをぶちまけた。

ガソリンは床に零れて、有葉零にまで垂れ流れた。

床に広がったガソリンが、有葉零の右半身を濡らした。

そして新理司は、火をつけた。


「有葉零の顔の右半分は、酷く焼け爛《ただ》れたそうだ。皮膚移植も行ったそうだが、しかし完全に以前のようには戻らなかったらしい」

有葉零は後悔した。新理司の家に行ってしまったことを。彼の家に行ったから、こんな醜い顔になってしまったのだ。美男子で、普段から女の子にも人気があった彼のこと、その後悔の念は想像を絶するものがあっただろう。

だから復讐のはけ口として、綾佳を狙ったのだ。私の忠告に従わなかったから、こんな顔になったのよ。自業自得、いい気味よ、そう綾佳が嘲笑っているような気がする。もちろんいい気味などとは思わない。それは単なる逆恨みだ。

「顔の半分に火傷を負ってから、有葉零は引きこもるようになったらしい。無理もないな。有葉零は男前で、女の子からの人気も上々だったらしい。それがあんな顔じゃあ――」

違う。

火傷を負って以降、零はずっと一だったのだ。

奇形膿腫の弟。頭蓋骨という密室に閉じ込められた引きこもりの弟。火傷した右半分の顔を一手に引き受けた弟。

新理司の自宅での火事の一件で、綾佳は有葉零が気がかりになり、彼をずっと見張っていた。そんな折り、彼は消えた。だから綾佳は、あの日、有葉家を訪れたのだ。

そして綾佳は、一と出会った。

「双子を妊娠したと分かった時、有葉零の母親は喜び、二階に向かい合わせに存在する二つの部屋を、それぞれの兄弟の部屋にあてがうと決めた。東側が兄、西側が弟。成長した有葉零は母親からその話を聞いたんだろう。だから彼はそれを友達などに話すこともあったそうだ。俺には弟がいた。家には弟の部屋がある、と」

西山春菜が殺害された直後、綾佳は有葉一と二人であの工場跡の様子を窺いに行った。その時、現場から逃げ出してきた斉藤晴彦に出くわしたのだ。カメラがこちらに向けられたので、綾佳は慌てて背を向けた。
だが斉藤晴彦と有葉一の会話は耳に入ってきた。

――零！
――違う。
――おら、おとなしくしろ！　暴れるな！
――お前は――。

その時既に、有葉零の顔は無残に焼け爛れ、印象が激変していたのだ。

――零じゃないのか？
――僕は、兄さんじゃない。
――弟なのか？　でも弟は――。

斉藤晴彦は零の弟を知っていた。だが母親の胎内で消失してしまったと聞かされていた。

だから目の前の一が信じられなかった。

そして現場には、近藤もいた。


——お前——。

——お前にも、後で事情を訊くからな。家にいろよ。


近藤は知っていた。その時いたのが、顔に火傷を負った有葉零であることに。だからあんなことを言ったのだ。同じ町内で、三件もの事件——最初の一件は証拠となる死体が存在しないから事件とは言えないかもしれないが——が起こった。これだけ事件が続発すれば近藤が有葉零をマークするようになるのは至極当然だった。

だが皮肉にも、新宿で阿部眞美が殺され、恵比寿に住む幸崎結愛が殺されるに至って、有葉零に向ける警察の疑惑の目は次第にトーンダウンしてしまったのだ。

「可哀想」

と綾佳は言った。

如月がか？　と綾佳の言葉を聞いて近藤は思った。彼は目の前で部下を撃ち殺された過去があった。だからこそ、同じように部下を殺された真鍋にシンパシーを抱いていた。もちろん殺された如月が一番可哀想なのは大前提だが、綾佳は近藤の思念にあえて追従せず、自分の思った通りのことを口にした。

「――お母さんが」

「有葉零の――か？」


それから数日が経過した。

川から回収された人体の一部は、新理司のものとほぼ断定された。萩原重化学工業は藪木生命に多額の政治献金をしていた。だから藪木生命を狙う新理司が、萩原重化学工業に関わりがある少女達を殺すのも筋が通っていると警察は考えた。何故頭部を切断して脳を持ち去ったのか、その理由は結局分からずじまいだったが、そんなことは問題ではなかった。

テレビで総理の記者会見を観ながら、綾佳は思った。

誰が彼女に敵うというのだろう。誰が彼女を倒せるというのだろう。誰も持っていない、絶対的な能力を持っている自分ですら、『組織』――藪木内閣からは逃げることしかできなかったのに。

いつものように綾佳は、夕食の買い物に出かける。

そして、あの廃工場の前を通りかかる。

工場の中には、釈放された斉藤晴彦が膝を抱えて座り込んでいる。

護送車の窓から、彼は西山春菜の姿を見かけた。あれは確かに彼女だった。死体には脳がなかった。脳こそ人間の中枢というではないか。脳があれば人間は生きていけるのだ。だから春菜は死んでいない。絶対に死んでいないのだ。

綾佳は足早に工場から立ち去る。事件の影を引きずり続ける斉藤晴彦を取り残したまま。

真実を告げるのが、必ずしも人にとって幸せであるとは限らない。斉藤晴彦は西山春菜が生きていると思っている。そして何時の日か自分を迎えに来てくれると信じている。だからああして、あの工場で西山春菜の帰りを待ち続けている。幻想の希望。嘘の希望。まやかしの希望。でもそれが何？　希望というのは例外なく個人の思い込みに過ぎないのだ。

では、私の希望は何だろう？

宗介。

あの子の成長を見守れるのならば。

私はいつまでも影の女として、宗介を守り続ける。

神沼綾子宛の小さな小包が届いたのは昼下がりのけだるい午後だった。綾佳は思わず身構えた。この家で家政婦を始めてから、彼女宛の荷物が届いたことなど、今まで一度もなかったからだ。

玄関を出て、庭にその小包を置いた。そして地べたに膝をついて慎重に小包を開けた。新理司の件が頭にあったからだ。

もしこれが爆弾だったら、無事では済まないだろう。それは仕方がないが、家の中で爆発させて、毎日掃除をして磨き上げた瀬田家を無茶苦茶にしたくはなかった。

綾佳は慎重に、慎重に小包を破っていく。

中に入っていたのはCDのアルバムと、そして一冊のノートだった。

思わず周囲を見回した。彼が近くにいたら即座にその事実を知ることができるにもかかわらず、そうせずにはいられなかった。

だが綾佳は、そこに彼の姿を捉えることはできなかった。

ただ、向かいの家にいる、一人の女性の思念を感じていた。

彼女は、背中を丸め、息子の帰りを待っていた。たとえ人殺しでも、世間から糾弾されようとも、自分だけは息子を守ってやる、そして罪を償って欲しい。そんな決意を綾佳はあの家から感じた。

綾佳は徐《おもむろ》にそのノートを捲《めく》った。ノートはこんな一節から始まっていた。

『あの爆発から生き延びた僕は、今日に至るまでの日々をこうしてノートに書き記している。僕がどこに潜んでいるかなんて、どうか詮索しないで欲しい。ただ僕は君に、僕の人生の意味をどうしても伝えたかった。

それは君にもかかわる重大な話なのだから』

綾佳は家の中に戻った。リビングルームの、恐らく彼が聴いているのであろうプレイヤーとは比べものにならないほどの豪奢なコンポーネントシステムに、ノートと一緒に届けられたCDをセットして、再生ボタンを押した。ミニマルなシンセサイザーのフレーズをバックに、幼い少女のようなヴァージニア・アストレイの歌声が広がっていく。次第に曲は、幽遠な歌声のデビッド・シルヴィアンとのデュエットになる。共通点など見いだせない、とてもかけ離れた二人の歌声をBGMに、綾佳はノートの続きを読んだ。すべて読み終わるまでに、そう時間はかからなかった。

『いつまで君を忘れないでいられるか、それは分からない——でも僕が僕である限り、僕はずっと君を想い続ける。そして陰日向となり、ずっと君を守り続ける。たとえ報われなくても、夜の闇から、月の影から、愛する人を想い、愛する人を庇護する騎士のように。

ずっと』

綾佳はそのノートを何度も繰り返し読んだ。ヴァージニア・アストレイの『Hope in a Darkened Heart』も何度もリピートして聴いた。

綾佳は思う。私は他人の心を覗くことができる。ありとあらゆる人々の、ありとあらゆる秘密を。そんな能力を持っているからこそ、自分の孤独を思い知らされる。誰も私の心を分からない。誰にも私の心を伝えることができない。私はこんなに他人の心を知っているのに。地中深く埋まっている死体のように、綾佳は孤独だった。どこまでも果てしなく、永遠に、永遠に、孤独だった。

その日の夜も、綾佳は一から届けられたCDを聴いていた。自分にあてがわれたワンルームの狭い部屋。必要最小限の家具。机に突っ伏し、これまでの人生を思った。私はどこから来て、そしてどこに行くのだろう。そんな心に、ヴァージニア・アストレイとデビッド・シルヴィアンの歌声は沁みた。

――その時。

綾佳はおもむろに顔を上げた。そして窓の外を見た。

綾佳の部屋は、三階の、陽の当たらない角部屋だった。綾佳は机から立ち上がり、そして窓に駆け寄った。

勢いよくカーテンを開けた。そして、この心で、見た――。

車道の向こうに一人の男が立ち尽くし、綾佳の部屋を見上げていた。男は薄汚れたボロボロの服を着ていた。頭髪はないように見えた。あの時すべて燃えてしまったのかもしれない。

そして、その顔は、無事だったはずの左側まで、今は無残な火傷に覆われていた。男を説明するのに、世界で一番醜い男と形容しても、恐らく誰もが納得するだろう。

あのノートの一節を思い出した。もし有葉零が襲いに来た時は、零にこのノートを突きつけろと。

でも、そんなことをする必要はなかった。

だって、彼は――。

その時、男の前を一台のトラックが通りかかった。トラックのコンテナが、綾佳から男の姿を隠した。トラックが通り過ぎた時、彼の姿はどこにも存在しなかった。あの時の零のように、消失していた。

夜の闇は深く、想いはどこまでも遠かった。斉藤晴彦が西山春菜を待つように、零の母親が息子の帰りを待つように、綾佳も待ち続けるだろう。救いを。綾佳は家政婦の君村を殺してまで手に入れた、宗介の側にいて彼を見守り続けるという役目を。だからお願い。私を守って。そしていつか私を殺しに来る、藪木生命から私を救って。もし巻き添えになって宗介が殺されてしまったら、私はもう生きていけない。

綾佳は窓を開け放した。そしてこの世界一杯にヴァージニア・アストレイの歌声を放出した。もう一度だけでもいい。彼に会いたい。そしてあの時のように喫茶店で語らいたい。河川敷を二人で歩きたい。どうかお願い。

どうか。

＊

萩原重化学工業内のその部屋は、本来高野が管理していた。高野が新理司に殺されたのはいい頃合いだったのかもしれない、そう彼は思った。高野は従順だった。口数が少なく、金を与えれば余計な干渉もしない。だが祥子とは違う。所詮、普通の人間だ。更に多くの金を積まれれば、簡単に敵側に寝返るかもしれない。

完全に信頼できるのは、死んだ人間と、祥子だけだ。

その部屋に入るためには、幾重にも連なったセキュリティを潜らなければならなかった。首相公邸内の核シェルターの中にも、これに近い部屋は存在していた。藪木生命はその部屋に繋がる扉を『天国の門』と呼んでいた。学生時代インドに旅行し、チャクラだのマントラだのヨーガだのに夢中になった生命が勝手にそう命名したのだ。彼はそんな趣味には何の興味もなかったが、生命の臓器の工場たるクローンの保管場所の扉に『天国の門』とは皮肉なものだと、苦笑するのだった。

あちらが『天国の門』ならば、こちらは『地獄の門』だ。

彼はワゴンを押しながら、最後のセキュリティに辿り着いた。彼にとって、セキュリティなど何の意味も成さなかった。彼はこの萩原重化学工業のトップの地位にいる男なのだ。

轟音と共に『地獄の門』が開いた。

『天国の門』の内部は、生命のクローンが一体横たえられているだけの狭い部屋だった。しかし『地獄の門』の向こう側は、比べ物にならないくらい広かった。無数の銀色のカプセルが所狭しと保管され、縦横に等間隔で並べられたそれは、倉庫内に碁盤の目のような通路を形成していた。

カプセルには透明なガラスの覗き窓が仕込まれ、そこから中を覗き込むことができた。倉庫に足を踏み入れた者が最初に遭遇するカプセルには、一人の幼い少女が納められていた。ガラスの窓の向こう側に存在する、永遠に凍り付いて動かない少女の顔は、しかしとても穏やかなものだった。

ガラス窓の下部には、小さな金属片が四方をネジによって、しっかりとカプセル本体に固定されていた。
その金属片には、目をこらさなければ分からないほど小さな文字で、このように刻印されていた。

萩原重化学工業実験棟A
2006/8/3 - Original

彼は最初のカプセルを通り過ぎ、次のカプセルの前で立ち止まった。二番目のカプセルにも、やはり幼い少女が眠るように収まっていた。そしてその少女の顔は、先のカプセルの少女と瓜二つだった。
カプセルの金属片のプレートには、このように刻印されていた。

氷田養護園
2006/09/10 - #1
氷田光一

辺りを見回し進むべき方向を見定めた彼は、再びおもむろにワゴンを押し始めた。居並ぶ無数のカプセルには一つ残らず金属片のプレートが取り付けられていた。

『#2』『#3』『#4』『#5』『#6』『#7』『#8』『#9』『#10』——。数字が増えるに従い、ガラス窓から窺える少女は成長を続けていた。中には、肉片や人骨のみが納められたカプセルもあったが、それらも元は他のカプセルの少女達と同じ顔をしていた肉体だった。

やがて目的のカプセルを認めた彼は、ワゴンを押す力を少しだけ緩めた。ワゴンは緩やかなスピードで、他のカプセルの前を通り過ぎてゆく。

横浜市横浜区有葉郁子邸
2017/4/05 - #136
有葉零

そのカプセルの中には、あどけなさが未だ残る、大人の女に成長した少女が横たえられていた。

次のカプセルのプレートには以下の文言が——。

横浜市横浜区新理司邸
2017/4/17－#137
新理司

そのカプセルの中には、一見すると人間とは思えないほど無残に焼け爛れた物体が納められていた。だが確かにそれは人間だった。焼ける前は#136のカプセルの少女と同じ顔をしていた人体だったのだ。

その隣のカプセルの前で、彼はワゴンを停めた。

カプセルの中には何も納められていなかった。

彼はゆっくりとカプセルを開けた。金属がきしむ音と共に、冷気が彼を包み込んだ。

ワゴンには全裸の少女が横たわっていた。この倉庫の中の無数のカプセルに納められている少女と、同じ顔の少女だった。

少女は頭部を切断されていた。

この少女の死体を奪取するために、彼はありとあらゆる関係機関に手を回した。だからこそ、今日まで時間がかかってしまったのだ。

彼は頭部を切断された少女を、ゆっくりと抱きかかえた。そして棺の中にそっと横たえた。カプセルの扉を閉めた。

彼はポケットから金属のプレートと電動ドライバーを取り出した。そしてプレートを慎重にカプセルに固定した。

東京都八王子区萩原良二別宅
2017/4/25－#138
青柳輝樹

すべての作業が終わると、彼は窓ガラスからカプセルの中の少女を覗き込んだ。そして、

「おかえり」

と呼びかけた。しかし少女がその呼びかけに応じることはなかった。

カプセルのガラスに彼の顔が反射して映り込む。

白いものが混じった頭髪、そして彼の顔には口髭が生えていた。

＊

祥子はいつものように萩原重化学工業を出発した。眼鏡をかけていないことを除けば、今日の祥子はあの日の祥子と同じだった。何時の日も、一昨日も、昨日も、今日も、明日も、明後日も、祥子は変わらず、この世界に在り続けた。

同じ時間、同じ場所、同じ自我。

祥子は知っていた。地球上に人類が自然発生しないことを。人類が何者かの手によって地球に誕生したのは火を見るよりも明らかだ。しかしこの宇宙には、人類以外の知的生命体は存在しない。もし存在していたとしたら、必ずや人類はその知的生命体が存在する、もしくは存在していたという証拠を発見しているはずだ。

宇宙人の手によって人類が作り出されたという可能性は否定するしかない。したがって我々自身の手によって、人類を作り出すほかない。

六十億の人類一人一人の意識や記憶は、萩原重化学工業という巨大なサーバーによって生み出されたものだった。近接する企業を買収し、萩原重化学工業は増殖を続けている。地球丸ごと演算するサーバーは大きければ大きいに越したことはない。

もちろん人間一人の自我をシミュレーションするなど生半可なことではない。だが現代ならできるのだ。今の社会はどんな人間であっても、最低限の教育が受けられるシステムになっている。社会人になっても、自ら進んで勉学に励む者は後を絶たない。そして彼らは知ってしまった。現実などこの世には存在しないことを。

地球上のすべてのコンピュータを使用しようとも、現実の世界同等の仮想世界を構築するのは不可能に近い。そこに送り込まれた人間は、必ずや世界が仮想現実であると気付くだろう。少なくとも、現実とはそもそも仮想現実であることに気付いていない人間は。

だが、そんな人間はもういない。

近代化は完了した。人々は砂漠で渇きを癒す旅人のように、ひたすら教養を求める。そして人生の早い段階で気付いてしまう——自分が今いる世界は、自分の脳というコンピュータが生み出したシミュレーションに過ぎないことを。

萩原重化学工業は、言わば人類の脳髄だった。

萩原重化学工業をサーバーとして、ネットによって接続された世界中のコンピュータが、この仮想現実を生み出している。

無限の暗黒の宇宙の片隅に、たった一つ浮かんだ、水と緑が溢れる星。

それが地球という脳だった。

そして脳には知的生命体の宿命として、意識が発生する。

自我は脳によって生み出されている。しかし意識は、脳は、必ず肉体を欲する。肉体という機械を、肉体という乗り物を失ってしまった自我は、必ず発狂してしまうだろう。

萩原重化学工業で実験を受けた、幾人もの少女達のように。

だから地球という脳の肉体として、祥子が選ばれた。祥子の肉体は萩原重化学工業と電波で繋がっている。たとえ肉体が壊れても、別の肉体で代用することができる。祥子の脳は、その身体から切り離されていた。脳でもない、肉体でもない、その中間の世界に祥子は偏在していた。だから祥子は綾佳と同じ、否、それ以上の神だった。

しかし祥子はそのことについて幾ばくかの感慨を抱くこともなかった。

工場前のバス停で、従業員達に交じってバスを待った。いつもは高野のバンで行動していたのだが、彼は祥子の目の前で新理司に殺されてしまった。でも祥子は何も思わなかった。何故だろう。ずっと一緒に暮らしてきた父親代わりの男なのに。

バスはすぐにやってきた。一万円札では乗車できないというので車内でバスカードを買った。財布を広げた瞬間、運転手は少し驚いたような顔をした。財布の中には一万円札の束が入っていた。祥子のような少女が持つには過ぎた金額だと思われたに違いない。

バスで駅まで向かい、東海道線で東京に出た。そこで中央線に乗り換える。

流れる車窓を、祥子はぼんやりと見つめていた。しかし何も思わなかった。この電車も、周りの景色も、目的地に向かうプロセスに過ぎなかった。

八王子の駅で降り、そこからまたバスに乗った。さっき買ったバスカードが役に立った。バスは空いていた。ちらほらと老人や子供連れの主婦が乗っている。祥子にとって彼らは流れる車窓の風景と何ら変わるところはなかった。

窓ガラスに自分自身の顔が反射して映る。

バスが見知った道を走っているのに気付いても、彼女は何も思わなかった。

今はもう駐車場になってしまった氷田養護園の跡を通り過ぎても、何も思わなかった。

住宅街の手前の停留所で、子供連れの主婦と一緒に、祥子はバスを降りた。

小さな子供を見つめ、祥子は、この子はあの公園に行くのだろうか、と考えた。それが今日初めて浮かんだ、祥子の感情らしい感情だった。

だが主婦と子供は、公園とは逆の方向に歩いていった。これから家に帰るのだろう。

予想が外れてもやはり祥子は、落胆したとか、あるいは好都合だとか、そんな陳腐な感情は抱かない。

そして祥子は、あの公園に辿り着く。

錆びた遊具、手入れが滞り伸び放題の草木、湿って土のようになった砂場。ピンクの像は所々塗装が剝げて無残な姿をさらしている。錆びたブランコが風できしんで音を立てている。

祥子は公園を突っ切る。そして公園の背後に鬱蒼と茂る森の中に入り込む。

数ヶ月前、自分が殺されたあの空き家を目指して。

青々とした木々。

土と、緑の葉の匂い。

空からは、まるで天の光のように太陽が差し込む。

そして祥子は、辿り着いた。

幼い頃、皆で忍び込んだ。輝樹と身体を重ねた。そして彼と約束した。あなたが私を殺しても、私は再びあなたに会いに来ると。

その約束を果たしに、祥子は。

祥子は、そっと玄関の扉を開ける。

そしてあの日、自分が殺された寝室に向かう。

廊下を、一歩一歩進む。

寝室に人の気配がした。

祥子は中を覗き込む。

祥子の血でどす黒くなった床に男が座り込み、一冊の本を読みふけっていた。

上等なスーツに、ネクタイ。だが汗にまみれ、皺《しわ》になり、かつてそれが高級品だったと気付く者は誰もいないだろう。

ボサボサの髪で、無精髭も伸ばし放題のその男は、祥子の存在に気付くと顔を上げて本を閉じた。

その本は新理司の『偏在者』だった。

男は祥子に言った。

「おかえり」

そして彼は祥子にあるものを手渡した。

それは四月二十五日、彼が現場から持ち去った祥子の眼鏡だった。

祥子は彼からその眼鏡を受け取り、言った。ささやかな微笑みと共に。茫漠とした、砂漠のような意識の中に仄《ほの》かに芽生えた、感情の存在を連れて。

「ただいま」

解説

佳多山大地

「夜分遅くすいません、萩原さんのお宅ですか」
「はい」
「安藤という者ですけど良二さんはいますか」

——浦賀和宏『記憶の果て』より

問題作だ。それも、とびきりの。この文庫解説を任せてくれた編集者には悪いが、傑作だとか逸品だなどと評する勇気はない。けれど一読後、気のおけない友人に「とにかく読め、読め」と勧めて、ああだこうだ感想戦に興じたくて仕方ない。これはつまり、そういう作品だ。

浦賀《うらが》和宏《かずひろ》の手になる本書『ＨＥＡＶＥＮ』は、もともと講談社ノベルスから『萩原重化学工業連続殺人事件』というタイトルで二〇〇九年六月に刊行された作品だ。この度、初刊から九年を経て初めて文庫化されるにあたり、なにやら公害問題がらみの社会派推理小説ででもあるかのような旧題はサブタイトルに回されている。なお、『萩原重化学工業連続殺人事件』の続編、もとい、前日譚にあたる『女王暗殺』（二〇一〇年一月、講談社ノベルス）も『ＨＥＬＬ』と改題のうえ幻冬舎文庫に入る予定である。天国《ＨＥＡＶＥＮ》と地獄《ＨＥＬＬ》と、両作品が姉妹編の関係にあることが、『彼女は存在しない』（二〇〇一年九月、幻冬舎）の〝文庫大当たり《ブレイク》〟以降浦賀作品に親しむようになった若い世代の読者に伝わりやすくなったはずである。

　浦賀和宏が第五回メフィスト賞受賞作『記憶の果て』で鮮烈なデビューを飾ったのは、その翌年の七の月に恐怖の大王が降ってくるはずだった前世紀末。じつに今年（二〇一八年）、浦賀は作家生活二十周年の記念の年を迎えたことになる。古顔の浦賀ファンには周知のとおり、いわゆる新本格ムーブメントの最盛期に十九の若さでデビューした俊英がついにブレイクするまでの道のりは思いのほか険しかった。スケールの大きなプロット構築力が持ち味で、ミステリやＳＦといった既存の小説ジャンルの枠組をクロスオーバーさせてゆく才走った作風は、ミステリ読みの一部から熱狂的に支持されながら、広範な読者層をつかむ機会を逃し続けてきた憾《うら》みがある。デビュー作以来の〝大看板〟と言っていい〈安藤直樹シリーズ〉にしても、順番どおりにシリーズ作品を追うことで寄せ木細工の模様のように全体像が浮かび上がるため、なかなか単独作品として評価しにくかったことも影響したはずである。

　不遇だったと断じていい状況は、二〇一〇年代に入ってようやく好転する。二〇〇三年に文庫化されてから十年近く鳴りをひそめてきた『彼女は存在しない』が、きっと熱心な浦賀ファンがいたのだろう書店の仕掛け《プッシュ》で、見る見る重版がかかり出した（二〇一八年二月現在、二十六万部を突破するロングセラー）。単発《ノンシリーズ》作品ということもあって、デビュー作の『記憶の果て』よりずっと間口の広い〝浦賀ワールド入門書〟となってくれている。実際その反響で、二〇〇一年に講談社文庫に入るも品切れ絶版状態だった『記憶の果て』が二〇一四年に装いも新たに同文庫のラインナップに復帰したのは欣快《きんかい》！　青少年の自意識を活写して十代二十代の読者にこそ一番突き刺さる浦賀ワールドに、新来の多感な顧客を呼び込む態勢がようやく整ったというわけだ。

　浦賀の出世作となった『彼女は存在しない』は、多重人格を扱ってサイコサスペンス色も濃厚なパズラーであり、トリックの切れ味は上々、結末で見事な着地を決めて間然するところがない。——ところが、本書『HEAVEN』の読書体験は、そういう印象のものには決してならないと断言していいだろう。

十九歳の浪人生、有葉零は名うてのナンパ師だ。ある夜、零は地元のファストフード店で清楚な眼鏡女子、祥子《しょうこ》を引っかける。この町に住む小説家、新理司《しんりつかさ》を暗殺する使命を負った「ある組織の殺し屋」だと名乗る祥子を。零は自宅で祥子と事に及んだ最中、うっかり彼女を絞め殺してしまうが、警察に自首してパトカーの到着を待つ間に、死体はなぜか煙のように消えてしまう。のちに祥子は空き家となっている洋館の寝室で頭頂部を切断された無惨な姿で見つかるのだが、頭蓋骨の中の脳はまるでくりぬかれたようにそっくり持ち去られていた……。

いやはや、小説本編の冒頭部分を紹介するだにトンデモナイ。旧題が示していたとおり、同様の手口の猟奇殺人が相次ぐほか、およそ尋常でないキャラクターが続々登場する展開に読者は戸惑いを覚えて当然である。作者の浦賀は、本書を安藤直樹シリーズの「シーズン2」と位置づける一方、「前シリーズを読んでいなくてもまったく問題ありません」（講談社BOOK倶楽部　http://kodansha-novels.jp/mephisto/atogaki/04/index.html）と保証しているが、まず浦賀ワールドを初見の向きは作者の正気を疑いながら読み進むことになるはずである。

——だが、それでも『HEAVEN』は、SF的設定を取り込んだ本格物のパズラーとして、危うくも成立している。本書のミステリとしての肝は異常きわまる頭頂部連続切断事件の動機探《ホワイダニット》しであり、この作品世界の〝隠された真実〟を知ってしまっては犯人が被害者の頭を切開したのも合理的な蛮行だったと腑《ふ》に落ちるのだ。

隠された真実とは、すなわち陰謀である。いわゆる陰謀論とは、世間一般で広く認められている事実の裏に〈権力者〉による謀議、情報操作があるとする見方で、ご存じジョン・F・ケネディ暗殺の黒幕に迫ろうとするジャーナリスティックなものから、人類はすでに人の皮を被った爬虫類人《レプティリアン》に支配されているという与太話まで硬軟とり交ぜて数知れない。

とまれ、陰謀論なんてものはアハハと笑い飛ばすのが常識的な大人のふるまいなのだが、荒唐無稽でいかがわしい陰謀論のまた奥に、その時代、その時代で最も権力（イコール金力）を持つひと握りの人々の強欲さが仄《ほの》見えることもある可能性まですべて否定する気はない。だいたい、この国の国権の最高機関で昨年（二〇一七年）から丸一年以上片付かないモリカケ問題（森友学園・加計学園問題）など、大まじめに陰謀論の真偽が戦わされているのにほかならない。そう、信じるか信じないかは有権者《あなた》次第です。

浦賀和宏が手がけるシリーズ物らしく、『ＨＥＡＶＥＮ』も大きな謎をいくつか残して幕が引かれる。その謎のひとつ、そもそも新理司は隠された真実をどうして知りえたのかは、姉妹編の『ＨＥＬＬ』で明らかになるので乞う御期待。

おっと、「姉妹編」と呼びつけてきたが、萩原重化学工業がからむ陰謀をめぐる新シリーズは、この二巻で終わったわけではないはずだ。戦闘美少女の祥子と幼なじみの輝樹との〈恋愛関係〉が今後この作品世界の命運にかかわってくるようにも思えて、新世紀最初の十年紀にサブカルチャー界を席巻した、いわゆるセカイ系の流れに『HEAVEN』も棹《さお》さしていたと見るべきだろう。尤《もっと》も、同シリーズの場合、とりわけ『HELL』において現代日本のリアルな社会・政治状況と意識的にコミットする点で異彩を放ち、むしろ浦賀の狙いは猖獗《しょうけつ》をきわめたセカイ系を批判的に乗り越えることにあったのかもしれない。古顔の浦賀ファンの一人として、『HEAVEN』のその後の展開に大いに期待している。

——ミステリ評論家

安藤直樹シリーズ&萩原重化学工業シリーズ作品リスト

（2018年2月現在）

安藤直樹シリーズ

①『記憶の果て』 1998年2月、講談社ノベルス→2001年8月、講談社文庫→2014年3月、講談社文庫新装版（上・下巻）

②『時の鳥籠』 1998年9月、講談社ノベルス→2014年5月、講談社文庫（上・下巻）

③『頭蓋骨の中の楽園』 1999年4月、講談社ノベルス→2014年9月、講談社文庫（上・下巻）

④『とらわれびと』 1999年10月、講談社ノベルス

⑤『記号を喰う魔女』 2000年5月、講談社ノベルス

⑥『学園祭の悪魔』 2002年2月、講談社ノベルス

⑦『透明人間』 2003年10月、講談社ノベルス

萩原重化学工業シリーズ（安藤直樹シリーズ・シーズン2）

①『萩原重化学工業連続殺人事件』２００９年６月、講談社ノベルス↓改題『ＨＥＡＶＥＮ』２０１８年４月、幻冬舎文庫　※本書

②『女王暗殺』２０１０年１月、講談社ノベルス↓改題『ＨＥＬＬ』２０１８年６月予定、幻冬舎文庫

本書は二〇〇九年六月に講談社ノベルスに所収された『萩原重化学工業連続殺人事件』を改題し加筆修正したものです。

HEAVEN《ヘブン》

萩原《はぎわら》重《じゅう》化学《かがく》工業《こうぎょう》連続《れんぞく》殺人《さつじん》事件《じけん》

浦賀《うらが》和宏《かずひろ》

平成30年4月10日　初版発行

発行人――石原正康
編集人――袖山満一子
発行所――株式会社幻冬舎
〒151-0051東京都渋谷区千駄ヶ谷4-9-7
電話　03(5411)6222(営業)
　　　03(5411)6211(編集)
振替00120-8-767643
印刷・製本―図書印刷株式会社
装丁者――高橋雅之

幻冬舎文庫

ISBN978-4-344-42717-4　C0193　う-5-10